Die Liebe zu Wort und Schrift machte sich bei **H.C. Hope** schon zeitig bemerkbar. Seit dem frühesten Lesealter las sie bergeweise Bücher. Ihr erstes Manuskript schrieb sie in der siebten Klasse und stellte dieses tapfer ihren Schulkameraden vor. Ein unvergessliches Erlebnis, das sie dazu motivierte, an der Schriftstellerei festzuhalten. *Cursed Hearts – Götter der Zeit* ist ihr Debütroman. H.C. Hope lebt mit ihrer Familie im beschaulichen Oberschwaben.

H.C. HOPE

Cursed Hearts

Götter der Zeit

Überarbeitete Neuausgabe Januar 2023

Copyright © 2023 dp Verlag, ein Imprint der
dp DIGITAL PUBLISHERS GmbH
Made in Stuttgart with ♥
Alle Rechte vorbehalten

Cursed Hearts

ISBN 978-3-98637-780-9
E-Book-ISBN 978-3-98637-682-6

Covergestaltung: ARTC.ore Design
Umschlaggestaltung: ARTC.ore Design
Unter Verwendung von Abbildungen von
shutterstock.com: © Slava Gerj, © Dim Dimich
freepik.com: © user5931942
Lektorat: Marie Weißdorn
Satz: dp DIGITAL PUBLISHERS GmbH
Druck und Bindung: Books on Demand GmbH, Norderstedt

Das Werk darf – auch teilweise – nur mit
Genehmigung des Verlages wiedergegeben werden.

Sämtliche Personen und Ereignisse dieses Werks sind frei
erfunden. Etwaige Ähnlichkeiten mit real existierenden Personen,
ob lebend oder tot, wären rein zufälli

Vorwort

„Es ist nicht zu wenig Zeit, die wir haben, sondern es ist zu viel Zeit, die wir nicht nutzen."
(Lucius Annaeus Seneca)

Die Zeit ist ein merkwürdiges Konstrukt. Dem einen scheint sie zu fehlen, der andere denkt er besäße sie im Überfluss. Doch schlussendlich zerrinnt sie uns allen zwischen den Fingern. Sie lässt uns endlich werden und es obliegt jedem sie individuell auszufüllen.
Doch wir Menschen neigen manchmal auch dazu verschwenderisch mit ihr umzugehen. Ja, uns vielleicht sogar keine Gedanken über die Zeit zu machen, die uns noch bleibt.
Diese Gedankenspiele waren schließlich die Geburtsstunde von Ty, der uns sinnbildlich aufzeigen soll, wie wir mit unserer wertvollen Zeit verfügen. Neigen wir doch manchmal dazu, sie zu verschwenden.
Ich glaube, da kann sich jeder an die eigene Nase fassen und manchmal ist es gerade das Sinnlose, dass seinen Reiz ausübt. Aber dennoch lag es mir sehr am Herzen durch die Geschichte von Ty und Livia darauf hinzuweisen, dass es vermutlich sehr viele Menschen oder Angehörige gibt, die sich mehr wertvolle Zeit auf dieser Erde wünschen und andere, die nicht wissen, womit sie die ihnen gegebene Zeit ausfüllen sollen.
Lasst uns wertvoll mit unserer Zeit umgehen.

Alles Liebe
Heidi (H.C. Hope)

Für all diejenigen, die sich die Zeit nehmen zu lesen.

Prolog

„Töte ihn!"

Die scharfe Anweisung durchschnitt die Luft wie ein blitzendes Messer. Dunkel hallte die Stimme von dem Platz wider, auf dem sich Dutzende schaulustige Menschen versammelt hatten. Die Leiber pressten sich aneinander, um die bestmögliche Sicht auf den gepflasterten Boden zu erhaschen.

Im Hof des prächtigen Anwesens kniete ein nackter, verwundeter Mann. Er war mit Schnittwunden übersät und sah auf seine blutenden Hände. Sein Rumpf zitterte. Die Verzweiflung stand ihm ins Gesicht geschrieben.

Wieder eine öffentliche Misshandlung. Diesem Vergnügen ging die englische Familie Conteville gerne nach.

Tychon Conteville, der jüngste Sohn, trat mit gezogenem Schwert auf den Mann zu. Ein hämisches Grinsen lag auf seinen Lippen.

Sein Vater, Dyleus Conteville, verfolgte verzückt jeden Schritt seines Sohnes. Als Tychon das Schwert langsam hob, keimte Jubel in der Menge auf und sein Vater beugte sich erwartungsvoll nach vorn. Er schien jeden Moment auszukosten.

Dekadent! Mit zorniger Miene stand Zeitgott Chronos in der Menschenmenge. Wellen der Wut wallten in ihm auf, als er sah, wie sie all ihre Zeit sinnlos verschwendeten. *Die Menschheit ist zu dekadent!*

Er würde nicht weiter tatenlos zusehen, wie sie in ihrer Langeweile zu Monstern wurden. Zu Monstern, die im Luxus badeten.

Die Menschen waren zu einem Haufen herzloser Hüllen mutiert, die aus Langeweile mordeten. Er ertrug die grausamen Spiele der Contevilles nicht mehr, zu lange hatte er zugesehen. Jetzt folterten sie ihren letzten treu ergebenen Diener. Ein Bediensteter voller Unschuld.

Schwer atmend schloss Chronos seine dicken Finger um den Zeitstab. Er würde eingreifen! Zum Wohle der Menschheit. So riss er den Zeitstab nach oben und aus der Spitze schossen feurige Blitze in den Horizont.

„Senk das Schwert! Sofort!", scholl seine dröhnende Stimme über den Platz.

Tychon sah auf. Überraschung blitzte in seinen Augen auf. „Sonst was?", fragte der junge schwarzhaarige Mann lächelnd und ließ das Schwert provokant nah am Kopf des Gepeinigten herunterfahren, bis die metallene Spitze auf die Pflastersteine schlug.

Die Menge johlte. Forderte die Exekution.

Chronos richtete den Zeitstab auf Tychon und rief einen weiteren Blitz, der das Schwert davonschleuderte. Dabei fing er den dankbaren Blick des verwundeten Mannes auf.

„So nutzt ihr eure wertvolle Lebenszeit? Ergötzt euch an dem Leid anderer! Schämt ihr euch nicht?"

Er verachtete die Menschheit mit jeder Faser seiner Gottheit für diese Eskapaden. Einst hatte er an die

Menschen geglaubt, an ihr harmonisches Miteinander. Doch die Erdbewohner hatten ihren Geist zugrunde gerichtet.

Zornig richtete er den goldenen Stab auf Dyleus. Der Master der Contevilles zog bei dieser eindeutigen Geste den Kopf ein.

„Allen voran deine Familie. Ihr seid eine Schande!" Chronos schloss die Augen, um sich zu besinnen und nicht komplett in Zerstörungswut zu verfallen. Er nahm einen tiefen Atemzug, als er schallendes Gelächter hörte.

Tychon warf den Kopf in den Nacken und verpönte ihn mit seinem Gelächter. Er hob die Hände, um die Zuschauer zu animieren, es ihm gleichzutun. Tatsächlich erklang vereinzeltes Gekicher aus der Menge.

„Der Wicht hat es nicht verdient, zu leben!"

Chronos fing Tychons wahnsinnsgetränkten Blick auf, während dieser flink einen Dolch aus seinem Lederstiefel zog. Ehe der Zeitgott reagieren konnte, lag die scharfe, silberne Spitze schon an der Kehle des geschundenen Mannes.

„Verschone sein Leben und es bleibt bei einer Warnung", raunte Chronos drohend. „Tötest du ihn, stürzt du dich und deine Familie ins Verderben!" Seine Wut drohte zu explodieren, als er den ersten Blutstropfen an der silbernen Klinge heruntersickern sah. Dann zog Tychon den Dolch mit einem Ruck über die bloße Kehle, der nackte Mann verdrehte die Augen und kippte leblos nach vorn.

Chronos sah das Leben aus dem Körper weichen. Ein unschuldiges Leben verging. Er spürte den sanften Windhauch, der es davontrug. Das war genug!

Von Donnergrollen begleitet reckte er den glühenden Zeitstab in die Luft und ließ seiner Wut freien Lauf.

„Du wagst es, unschuldiges Leben zu nehmen!" Er richtete seinen Zeitstab gegen Tychon. „Einen dir jahrelang treu ergebenen Menschen zu töten! Aus dem niederen Motiv der Langeweile."

Eine Feuerwelle schoss aus dem Stab und kreiste die Menschenmenge ein.

„Dafür sollt ihr büßen! Ich werde euch die Zeit nehmen. Die Zeit für niederträchtige Gedanken, für grausame Morde und für eure mich anwidernde Langeweile!"

Der Horizont verdunkelte sich und eine eisige Kälte sank auf den Platz. Aus der grauen Wolkendecke fuhr grollend ein goldener Blitz auf die Pflastersteine und durchzog sie mit einem gewaltigen Riss, während Chronos den glühenden Blick auf Tychon richtete.

Angstvoll wich dieser zurück und hob schützend die Arme vors Gesicht.

Goldenes Licht umhüllte Chronos' Gestalt. „Verdammt sollst du sein, zu nehmen, was dir im Überfluss gegeben!"

Seine Stimme hallte über den Platz und er entfesselte den mächtigen Fluch, der lange in ihm herangereift war. Endlich konnte er die Menschen bestrafen. Sie dazu verdammen, ihre Zeit sinnvoll zu verwenden.

„Du, Tychon, und deine ganze Familie sollt meine Wut zu spüren bekommen. Ihr sollt sie jagen, die sinnlos vergeudete Zeit, und sie den Menschen stehlen mit ihrer Lebenskraft. Für jede Minute der verschwendeten Zeit werdet ihr eine kostbare Lebensminute rauben!"

Chronos schloss einen magischen Zeitkreis um die versammelten Contevilles und sah mit Genugtuung, wie deren Mienen vor Entsetzen einfroren.

„Wandeln sollt ihr auf der Erde. Jahrelang. Getrieben nur von einem Gedanken: der Jagd!" Er ließ den Kreis enger werden und blickte direkt in Tychons hassverzerrte Augen. „Erliegen sollt ihr ihm. Meinem Zeitfluch!"

Krachender Donner erfüllte die Luft und der magische Kreis explodierte. Seine goldenen Funkenscherben fanden sich in der Luft und formten sich zu Zahnrädern. Jedes einzelne schwebte zu einem Mitglied der Contevilles und entzog ihm die Lebenszeit. Sie absorbierten die dünnen, goldenen Zeitfäden der einzelnen Männer und Frauen und sammelten sich vor Chronos wieder. Nach und nach fügten sich die magischen, mit Leben getränkten Zahnräder ineinander, bis sie ein ganzes Uhrwerk ergaben. Eingefasst in Mahagoniholz, dessen Front ein graziles, goldenes Ziffernblatt zierte. Zufrieden betrachtete Chronos sein Werk.

„Ihr habt eure Strafe selbst gewählt", donnerte er und fixierte Tychon ein letztes Mal, bevor er sich abwandte und hinauffuhr in den Götterhain.

Er sah nicht mehr, wie sich der zweite Zeitgott dieser Welt hinter Tychon materialisierte.

Tychon spürte den Druck des Fluches auf sich lasten. Tonnenschwer. Sein Inneres drohte zu zerbersten an dem brennenden Gefühl, das sich durch seinen Körper fraß. Er sank auf die Knie und sah keuchend seiner im Schock gefangenen Familie entgegen, als Kairos wie aus dem Nichts erschien. Er trug eine schlichte Leinenhose und in seiner linken Hand hielt er eine goldene

Waage. Sein Aussehen glich dem eines jungen Mannes mit blitzenden Augen.

Kairos, Chronos' Neffe und Gott des richtigen Momentes, legte Tychon eine Hand auf die Schulter. „Tychon Conteville. Die Ewigkeit sei mit dir und dem Kind des Kairos."

Der junge Zeitgott lächelte ihm zu. Dann verschwand er ebenso schnell wie Chronos.

Kapitel 1

1500 Jahre später

Unter dem blauen Ärmel des Oxford University-Jacketts zog Ty die Rolex enger um sein schmales Handgelenk. Er genoss das Gefühl des Goldes auf der Haut, doch das sanfte Ticken der filigranen Zeiger erinnerte ihn daran, dass ihm die Zeit im Nacken saß. Unerbittlich drängte sie ihn.

Verächtlich hob Ty eine schwarze Augenbraue und schüttelte den unbequemen Gedanken ab, während sein Blick verreiste.

Wie er es hasste, sein getriebenes Dasein, das von der Zeitplanung anderer Menschen abhängig war. Das wurde ihm jedes Mal aufs Neue bewusst, wenn er die Zeitskalen der Studenten durchforstete. In Form von prall gefüllten kleinen Taschenuhren schwebten sie über den Köpfen der Menschen und zeigten ihm hier an der Universität, wie sehr die Studenten dem Klischee entsprachen: Sie hatten Zeit im Überfluss. Die Zeitskalen zeigten ihm die golden glänzende vergeudete Zeit. Sie war es, was er begehrte, denn sie war sein Lebenselixier.

Versager, nichts als Versager, diese modernen Studenten, dachte Ty abfällig und knotete die blaue

Krawatte um den weißen Hemdkragen. Zu seinem Leidwesen aber waren sie die leichteste Beute. Deshalb hatte er sich wieder einmal in eine Universität eingeschrieben.

Natürlich hätte er auch jede andere Universität wählen können, aber er hatte einen Hang zum Luxus und bevorzugte Eliteuniversitäten. Dieses Mal Oxford, denn er hatte große Ziele.

Er fuhr sich mit der Hand durch sein schwarzes Haar, das ihm locker in die Stirn fiel. Dann griff er nach seiner braunen Ledertasche und verließ das Appartement in der obersten Etage des Studentenwohnheims, um zu seiner ersten Vorlesung dieses Semesters zu gehen. Er schlenderte über den grün bewachsenen Campus und trat ins imposante Hauptgebäude.

Professor Sterling, ein bedeutender Historikprofessor, gab heute die Einführung zur Götterkunde. Diesen Einstieg pflegte er schon jahrelang, denn es war ihm ein Anliegen, die Menschen an die Allmacht der Götter zu erinnern.

Ty setzte sich in die hinterste Reihe der dunklen Holzbänke und überblickte schmunzelnd den rege besetzten Raum. Götterkunde war meist gut besetzt, die Hintergründe zu Chronos' Zeitfluch weckten großes Interesse.

Sterling betrat den Raum und legte einen Stapel abgegriffener Wälzer auf das Pult. Dann ließ er den Blick über das Plenum schweifen und räusperte sich.

„Guten Morgen", begann er mit sonorer Stimme und wartete, bis Ruhe im Saal einkehrte. „Wer von euch hat seine Zeit heute Morgen schon akribisch eingeteilt, um Zeitfresser zu vermeiden?", fragte er offen.

Amüsiert besah Ty die verdutzten Gesichter seiner Kommilitonen, während Professor Sterlings Miene sich verfinsterte.

„Vermutlich habt ihr alle den Zeitjäger im Hinterköpfchen, aber fallt immer wieder auf die Verführungen des Internets rein, habe ich recht? Die Menschheit driftet immer wieder in ihren Unglauben ab, doch die Götter existieren. Sie sind so real wie wir alle in diesem Raum. Denkt daran, Chronos bewies es uns einst, als er auf die Erde hinabfuhr."

Leises Gemurmel zog durch den Raum und Ty hob verächtlich die Augenbrauen. Die Menschen verplemperten noch immer viel Zeit.

„Denkt bei eurer Tagesplanung immer an den Fluch, den Chronos im sechsten Jahrhundert auf die Familie Conteville gelegt hat. Er machte sie zu Zeitjägern und wollte uns damit warnen, unsere Lebenszeit sinnvoll zu nutzen. Verschwendet ihr eure Zeit, kann der Zeitjäger euch mit dieser auch wertvolle Lebenszeit rauben. Momente, die ihr vielleicht mit euren Liebsten, eurer Berufung oder den Wundern des Alltags verbringen wolltet. Diese Zeit werdet ihr nie mehr zurückerhalten."

Sein Blick streifte streng durch das Plenum. Die Köpfe reckten sich aufmerksam nach vorn. Er startete den Beamer.

„Nur die Horatio kann uns vor den Zeitjägern bewahren. Nach Chronos' Fluch schlossen sich eine Handvoll mutige Männer zusammen, um einen Pakt mit Hades einzugehen. Dieser verlieh ihnen den legendären Blutdolch. Nur diese Waffe kann die Contevilles niederstrecken. Hades stattete die Horatio außerdem mit einem

Radar aus, der ihnen das Pensum aller erfolgten Zeitraube anzeigt. Es gibt keine offiziellen Angaben zum Ausmaß der Zeit, die der Menschheit seit der Antike geraubt wurde. Aber glaubt mir, es sind sicher mehrere hundert Leben. Hades' einziger Antrieb, uns Menschen diese Macht zu verleihen, war sein Ego. Er will genauso präsent auf der Erde sein wie Chronos. Es gibt Mutmaßungen, dass es ihn wurmt, nicht derjenige gewesen zu sein, der diesen Fluch über uns brachte. Deshalb manövrierte er sich in die Gegenposition. Wir können nur vermuten, dass er irgendwann auf unsere Dankbarkeit spekuliert."

Sterling warf ein Bild der Gründungsmitglieder der Horatio, der Gemeinschaft, die noch heute unerbittlich Jagd auf die Zeitjäger machte, an die Wand.

„Wir können froh sein, dass sie den letzten noch verbliebenen Zeitjäger jagen. Doch wir müssen auch um Chronos' Gunst werben und ihm beweisen, dass wir unsere Zeit weise planen. Wisst ihr, es nützt nichts, sich im Spiegel zu betrachten und von Schönheitsgöttin Aphrodite einen Apfelpo zu wünschen. Lieber sollten wir uns auf die Zeitgötter konzentrieren und ihnen und ihren Geboten die nötige Achtsamkeit schenken."

Ty schnaubte. Der Professor war wirklich gut. Er warnte seine Schützlinge regelmäßig vor den Konsequenzen der verplemperten Zeit. Ganz zu seinem Leidwesen, denn genau diese Zeit benötigte er. Vor allem jetzt, denn seine Ausbeute während der Semesterferien war kläglich gewesen.

Deshalb trieb es Ty nach der Vorlesung umso mehr zu der Menschenansammlung vor der Mensa. Dort roch es nach Erbseneintopf. Er rümpfte die Nase und hätte gern wieder kehrtgemacht, doch das konnte er nicht. Der Fluch hatte ihn im Griff. Immer.

Instinktiv tastete er in die Innentasche des blauen Jacketts. Dort lag sie, die zierliche Schatulle, die sein Leben zerstörte. Er tastete über das Holz und spürte die feinen Schnitzereien. Sofort fühlte er ihren Hunger durch seine Finger. Quälend langsam fraß er sich durch sein Inneres und vernebelte seine Gedanken. Oh ja, er lauerte. Der jahrhundertealte Fluch.

Die Schatulle war ein notwendiges Instrument für den Zeitraub, nur mit ihr konnte er die goldene Zeit absorbieren. Die Schatulle war seine Verbindung zum Fluch. Sein Heilmittel und sein Verderben.

Ty schnaubte verächtlich.

Hunger!

Wenn er die Jagd weiter hinauszögerte, würde der Hunger die Kontrolle übernehmen. Der Fluch forderte Nahrung mit Gewalt, wenn es sein musste.

Tys Blick wanderte über die Schlangen an der Ausgabe. Daneben reihten sich weiße Tische, die beinahe voll besetzt waren. Auf einigen standen Kaffeekannen, auf anderen vermüllte Tabletts. Manieren suchte man hier vergeblich.

Wieder dieser abstoßende Erbsengeruch. Er rümpfte die Nase, wich ein paar Schritte zurück und konzentrierte sich auf die Zeitskalen der essenden Studenten. In leuchtenden Farben tanzten sie in der Luft, doch die meisten hatten zu wenig vergeudete Zeit geladen. Das war zu erwarten bei Semesterbeginn, und nach der Einführung von Professor Sterling sowieso.

Die vorlesungsfreie Zeit verbrachten die Studenten oft sinnvoller als die Freizeit zwischen den

Vorlesungen. Dort hingen sie planlos am Handy oder surften kreuz und quer im Internet. Tauschten den neuesten Klatsch und Tratsch aus, statt zu lernen. Alles vergeudete Zeit, insbesondere, wenn sie das aufgrund von Langeweile taten.

Tys Blick glitt zu einem der Tische am Fenster. Dort sah er sie aufblitzen, seine Rettung. Über einem Blondkopf schwebte eine golden blinkende Zeitskala. Sie glich einer antiken Taschenuhr, die kurz vor zwölf anzeigte. Ihr Ziffernblatt war fast vollständig mit dem Gold gefüllt, das er suchte. In sanften Wellen wog die fließende Zeit durch die Skala. Ty erkannte sogar Luftbläschen darin. Oh ja, er begehrte sie.

Vage musterte er den Blondschopf, über dem die Uhr hüpfte. Das Mädchen saß mit drei anderen am Tisch und quasselte lebhaft. In seinen Händen mit den pink lackierten Fingernägeln hielt es eine dampfende Tasse Kaffee.

Sie war hübsch, nicht sein Typ, aber attraktiv. Der Gemütsart zufolge schätzte er sie auf Naivchen. Wenn er sich die pinke Umhängetasche so besah, vielleicht auch eine Zicke.

„Hey, hat dir mein Anblick die Sprache verschlagen?"

Unerwartet hatte der Blondschopf sich zu ihm umgedreht und lächelte keck. Dabei glänzten ihre Haarspitzen in sanftem Rot und blaue Augen musterten ihn wohlwollend.

Okay, er hatte sie zu lange angestarrt. Aber das war gar nicht schlecht, so musste er sich keinen Anmachspruch aus dem Ärmel ziehen, um mit ihr ins Gespräch zu kommen.

Mit gespielter Unsicherheit fuhr sich Ty durch die Haare und setzte ein hinreißendes Lächeln auf. „Sorry, ich bin neu. Hab keinen Plan, wie das hier läuft", gab er betont locker zurück und bemerkte, wie ihre Augen interessiert aufleuchteten.

Feixend klopfte sie mit den Fingernägeln auf den Tisch. „Setz dich zu uns." Auffordernd deutete sie auf den leeren Stuhl neben ihrem Sitznachbarn, der Ty durch seine schwarze Nerdbrille kritisch musterte.

Oha, ein ganz freundlicher Zeitgenosse, dachte Ty und setzte sich. Dabei fühlte er sich wie die Beute eines Habichts, denn der Brillenkerl starrte ihn weiterhin missmutig an.

„Ich bin übrigens Amber", stellte sich der Blondschopf vor und wies auf ihre Gegenüber. „Das sind Livia und Theodore." Verschwörerisch beugte sie sich zu ihm. „Nenn ihn niemals Theo."

Der Nerd stöhnte auf und stierte sie aus braunen Augen zynisch an. „Amber, halt einfach die Klappe!" Erkennbar gereizt klappte er sein Notebook auf und tippte los. Dabei linste er immer wieder über seinen schwarzen Brillenrand zu Ty.

Ty checkte ruhig die Runde. Amber war die Aufgeweckte von den dreien. Theodore, nun ja, der konnte gern hinterm Notebook bleiben. Seine Zeitskala war ausgeglichen. Karg fließendes Gold schwamm darin herum. Das war nicht anders zu erwarten, Nerds waren von Haus aus keine geeigneten Opfer. Zu versessen versuchten sie, die Besten auf ihrem Fachgebiet zu sein. Theodore war sicher jemand der Kategorie „Hacker des Jahres", der in seiner Freizeit komplexe Programme strickte und Frauen nur als Poster in der Bravo anguckte.

Tys Blick glitt zu der braunhaarigen Livia, die ihm gegenübersaß. Amüsiert beobachtete er, wie sie vertieft ihre Notizen studierte. Dabei fielen ihr feine braune Strähnen ins Gesicht, die sich aus dem frisierten Knoten gelöst hatten. *Sicher eine Streberin*, überlegte er. Jede Clique brauchte eine Streberin.

„Hey, Mann."

Jäh riss ihn ein Ruck an der Schulter aus den Gedanken. Ein muskulöser Kerl mit gegelten, blonden Haaren war neben ihm aufgetaucht, hatte ihm auf die Schulter geschlagen und ließ sich gerade auf den letzten freien Stuhl fallen. Ein breites Grinsen lag auf seinen Lippen.

„Du bist neu, oder?" Er musterte ihn freundlich.

„Das ist Rick", stellte Amber den blonden Kerl vor. „Er ist der begehrteste und beste Ruderer an der Uni." Verschwörerisch zwinkerte sie Livia zu, die den Blick erstmals genervt von ihren Notizen hob.

Ty grinste hämisch und ließ seine Rolex unter dem Hemdärmel hervorblitzen. Mit Rick konnte er allemal mithalten. Amber sollte sich für ihn interessieren, nicht für den Sportler. Zumindest, bis er ihre vergeudete Zeit absorbiert hatte.

„Darauf stehen die Girls", erklärte Rick anerkennend, als er die polierte Rolex sah. Dann goss er sich Kaffee ein und griff in seine Umhängetasche. Daraus fischte er vier Blaubeermuffins hervor.

Theodore warf Ty einen ablehnenden Blick zu und nahm dankend einen Muffin.

„Prolet." Livia sah Ty kurz fest in die Augen, klappte ihr Notizbuch zu und verstaute es in ihrer Tasche. „Lass mir was übrig", rief sie dann und schnappte Rick, der inzwischen am zweiten Blaubeermuffin knabberte, das Gebäck aus der Hand. Genüsslich biss sie hinein und musterte Ty aus haselnussbraunen Augen.

„Livia ist quasi dauernd im Stress", erklärte Rick kauend.

Sie betrachtete ihn streng und zog eine Grimasse.

Ty zuckte mit den Schultern. Das sollte ihm recht sein. Sein Interesse galt Amber, die inzwischen gelangweilt in einem Klatschheft herumblätterte.

„Du hast uns deinen Namen noch nicht verraten", stellte Theodore fest. Sein skeptischer Blick blitzte hinter dem schwarzen Notebook hervor.

Ach, den Nerd hatte ich fast vergessen. Er setzte noch mal sein unwiderstehliches Lächeln auf. „Ich bin Ty."

„Ty wer?", bohrte Theodore.

„Nur Ty", antwortete er schnippisch und sein Blick wanderte zu Amber, die Theodore aufmerksam begaffte.

„Hast du keinen Nachnamen?", fauchte der.

Rick boxte dem Nerd freundschaftlich in die Seite. „Bleib mal locker, Theodore. Er sieht nicht gerade wie ein typischer Serienkiller aus."

Amber lachte auf. Sie klang dabei wie ein Ferkel, das sich auf sein Fressen freute.

„Serienkiller sind doch keine Stereotypen", mahnte Theodore.

„Genau, sonst säßen sie alle im Knast", stimmte Livia zu.

Ty stöhnte. Die machten ihm ja Laune. Zu gern würde er Theodore den Stinkefinger zeigen und sich vom Acker machen, aber er brauchte Ambers verschwendete Zeit. Sie direkt in der Mensa zu klauen, wäre zu gefährlich. Die Wahrscheinlichkeit, dass ihn ein Fluchjäger beobachten könnte, war zu hoch. Er musste Amber isolieren, um ungestört ihre Zeit zu rauben.

„Also, dein Nachname?", bohrte Theodore noch mal.

Da reichte es Ty. „Alter, was hast du eigentlich für ein Problem?", fragte er drohend, lehnte sich vor und verschüttete dabei den Kaffee in der weißen Tasse vor ihm.

Mist! Sein Temperament meldete sich, daran war der Fluch nicht unschuldig.

„Shit, meine Bluse", quiekte Amber und versuchte fahrig, die Kaffeespritzer von ihrer Bluse zu wischen.

Ty presste wütend die Lippen aufeinander. Er durfte jetzt keinen Fehler machen und auf keinen Fall die Beherrschung verlieren. Erbost funkelte er Theodore an. „Da hast du es. Einfach mal die Klappe halten und andere ihren Mist machen lassen wäre besser für dich, Nerd."

Theodore klappte wortlos seinen Laptop zu und verließ beleidigt den Tisch.

Ungläubig starrte Livia Ty an, um schließlich am Ärmel von Ambers weißer Bluse zu zupfen. „Ich glaube, wir machen das besser auf der Toilette sauber", schlug sie vor.

„Lass mal. Ich mach das", wandte Ty ein. Er schob die beleidigte Livia herrisch beiseite und bot Amber seinen Arm an, die sich dankbar einhakte und dann unschlüssig zu Livia sah.

Die stemmte grimmig die Hände in die Seiten. „Wenn du meinst", sagte sie zu Amber und funkelte dann Ty an. „Eine Entschuldigung bei Theodore wäre nett!"

„Kann keiner was dafür, wenn er seine Tage hat", gab Ty provokant zurück und zog Amber zum Ausgang. Von der Streberin würde er sich nicht provozieren lassen.

An der Tür drehte er sich noch einmal um, um zu sehen, ob sie ihnen folgte. Sie stand noch immer bei dem Tisch, aber trotzdem stockte er. Denn jetzt erkannte er, was er bisher übersehen hatte: Über Livia schwebte keine Zeitskala.

Ungläubig kniff Ty die Augen zusammen und überprüfte die Zeitskalen der anderen Studenten. Mühelos las er deren Pensum an verschwendeter Zeit. Die Skalen leuchteten allesamt golden auf und flirrten in der Luft wie verlorene Materie.

Sein Blick kehrte zurück zu Livia und angestrengt versuchte er, ihre Zeitskala auszumachen. Er fixierte den Punkt über ihrem Kopf, an dem die Taschenuhr tanzen sollte. Doch da war nichts. Über ihrem Kopf schwebte nicht einmal der kleinste Rest Zeitmaterie.

Merkwürdig. Spielten ihm seine Nervosität und der Fluch einen Streich?

Livia betrachtete ihn inzwischen irritiert und er spürte, wie Amber an seinem Arm rastlos wurde. Also wandte Ty sich ab und bugsierte sie aus dem Speiseraum zu den Toiletten.

Während Ambers blondes Haar mit dem rötlichen Schimmer an den Spitzen hinter der Tür der Damentoilette verschwand, seufzte Ty erleichtert auf. Er spürte das freudige Kribbeln des Fluchs. Seine Beute saß in der Falle.

Er zog die hölzerne Schatulle aus der Innentasche des Jacketts und öffnete sie einen Spalt. Daraus drangen dumpfe Vibrationen in seinen Körper. Er fühlte, wie sie sich langsam in ein stetiges Pochen verwandelten. Seine Magie war erwacht. Er atmete tief ein und schloss die Augen. Wilde Funken tanzten davor.

Oh ja, er war bereit! Er fühlte das Drängen der Schatulle und öffnete die Augen wieder.

Wie lange kann ein Mensch auf der Toilette brauchen?

Das Drängen wurde fordernder und Ty überlegte, ob er nicht in die Toilette stürmen sollte, um Amber ihre Zeit gewaltsam zu entreißen, doch da öffnete sie endlich die Tür. Glückselig strahlte sie ihn aus blauen Augen an.

„Soll ich dir den Campus zeigen?"

Ohne auf eine Antwort zu warten, nahm sie seine Hand und zog ihn mit sich. Diese kleine Berührung ließ die magischen Funken anschwellen. Ambers Körperwärme brachte sie schließlich zum Explodieren, das sanfte Pochen mutierte zu einem Grollen und der Fluch übernahm die Kontrolle.

Er hatte eindeutig zu lange nicht mehr gejagt. Sein ganzer Körper spannte sich in wohliger Vorfreude an, als er Ambers Hand umklammerte. Ihre Wärme stellte den goldenen Zugang zu ihrer Zeitskala her, und Ty konnte dem Sog nicht widerstehen. Er musste darauf achten, den Körperkontakt so lange hergestellt zu lassen, bis die Zeit absorbiert war. Das Händchenhalten war also perfekt. Ein zufälliger Rempler oder

Körperkontakt wäre bei der langen Absorbationszeit nie ausreichend.

Ein leuchtender Faden kroch aus der Schatulle und direkt über Tys Arm langsam nach unten, bis er Anschluss an Ambers Hand fand. Von dort schlängelte er sich über ihren Körper bis zu ihrer Zeitskala.

Als der goldene Faden Ambers vergeudete Zeit erreichte, durchzuckte Ty ein scharfer Schmerz. Er brannte sich tief in seine Haut und entfachte dort ein Feuer, wütete durch den Bauch und trieb seinen Puls in die Höhe. Ty presste die Zähne aufeinander, um nicht aufzustöhnen. Der dumpfe Druck am Kiefer lenkte ihn von der brennenden Hitze in seinem Körper ab. Wie jedes Mal tat es weh, die Zeit zu stehlen, aber er war darauf angewiesen. Diesen Preis forderte der Fluch.

Jahrhundertelang hatte Ty versucht, den Fluch zu umgehen oder zu unterdrücken. Aber je weniger er jagte, desto fordernder und brutaler war er.

Er konnte dem Fluch nicht entkommen. Er hatte es versucht, auf jede erdenkliche Art und Weise. Doch der Fluch war auf der Hut, er beschützte ihn, um selbst zu überleben. Schließlich hatte Ty einsehen müssen, dass er sein Leben nicht aus freien Stücken beenden konnte. Der Fluch verhinderte jeglichen Selbstmordversuch.

Langsam verblasste der Schmerz, stattdessen spürte Ty das Prickeln frischer Lebensenergie. Ambers Zeitskala leerte sich, der Sog verebbte.

Ty lockerte seinen Griff um Ambers Hand. Sie bemerkte noch nichts von dem Raub.

Unaufhörlich quasselte sie, vermutlich über die Uni. Als hätte er das nicht alles schon tausendmal gehört. Sicher, es war Jahre her, dass er über den Campus in

Oxford flaniert war. Trotzdem hasste er es, belehrt zu werden.

Der goldene Faden glitt sanft zurück in die Schatulle und Ty schloss sie behutsam. Erst dann realisierte er, dass sie über den Innenhof der Uni schlenderten. Der gepflasterte Boden erinnerte ihn an sein Zuhause. An den Ort, an dem er verflucht wurde. Verflucht, weil er aus purer Langeweile den treusten Diener der Familie ermordet hatte ...

„Das hier ist das Prachtstück der Uni. Falls du an Antiquitäten interessiert bist." Amber riss ihn aus seinen rachsüchtigen Gedanken und betrachtete ihn frech von der Seite. Sie stand breit grinsend vor der riesigen Sanduhr, die mittig in dem Innenhof der Uni prangte. Das mahagonifarbene Holz und die zwei polierten Glaskolben schimmerten in der Sonne.

„Ich finde sie absolut genial. Wir nennen sie Areia", fuhr sie fröhlich fort, als er nicht auf ihre Aussage reagierte. Dabei fuhr sie mit einem manikürten Fingernagel über das antike Holz der in Mahagoni gefassten Sanduhr. Darin rieselte feiner Sand.

„Es ist ein beruhigendes Gefühl, den Sand dort rieseln zu sehen", schwärmte sie und strich über die feinen Schnitzereien.

Skeptisch erfasste Ty die antike Sanduhr. Er kannte sie besser, als ihm lieb war, denn sie stand seit Jahrhunderten an diesem Ort. Um genau zu sein, war die Areia so alt wie der Fluch. Sie symbolisierte Chronos' Hinterlassenschaft an die Menschheit und sollte den Menschen ins Gedächtnis rufen, was damals passiert war. Sie sollte an den Fluch des Zeitgottes erinnern.

Die grausam und öffentlich von der Familie Conteville begangenen Morde waren mitunter Grund für Chronos' Strafe. Die Menschheit hatte zu viel freie Zeit gehabt, hatte sich am Leid des Todes ergötzt und war der Dekadenz verfallen. Luxus und Mord. Zwei Sünden, die Chronos bitter bestrafte.

Reue stieg in Ty auf, während er den rieselnden Sand beobachtete. Unaufhörlich rann er dahin, solange Zeitjäger unter den Menschen wandelten. Die Areia stand niemals still. Denn die Menschheit sollte lernen, ihre Zeit sinnvoll zu nutzen.

Ty schnaubte verächtlich. Für ihn verkörperte die Areia nichts als ein Relikt des Zeitgottes, der ihn verflucht hatte. Er hielt Abstand von ihr. Wer wusste schon, wie die Areia reagieren würde, wenn er sie berührte. Am Ende blinkte sie noch auf und entlarvte ihn.

„Boah, überleg mal, wer die schon alles angefasst hat. Welche historischen Fingerabdrücke auf dem Glas ruhen", schwärmte Amber, deren Hand noch immer in der seinen ruhte.

Ty nickte freundlich und löste seine Finger von Ambers. Prompt blinzelte sie benommen und gähnte.

„Huch, sorry." Sie stützte sich an der Sanduhr ab, um mit der anderen Hand das Gähnen zu verstecken.

„Kein Ding. Vielleicht ruhst du dich aus und wir verschieben den Rundgang?", schlug er vor. Der Schwächeanfall nach dem Zeitraub war normal und er konnte sich Besseres vorstellen, als mit der Klatschtante über den Campus zu laufen.

Amber richtete sich wacker auf und schwankte. „Die Areia schafft mich jedes Mal."

Ty checkte seine Rolex. Die Mittagspause war längst vorbei.

„Glaubst du, ich kann die Fingerabdrücke davon wegbekommen?", murmelte Amber und sah Ty schläfrig an. „Das wäre ja der Hammer ... Ich sehe schon ein Bild von mir auf der nächsten *Vogue*... mit pinken Strähnen im Haar. So hübsch ..." Ein herzhaftes Gähnen unterbrach ihren Wortschwall. Irritiert musterte sie ihn. „Oh, seit wann stehen wir denn hier? Puh, ich bin total erledigt." Sie fuhr sich nervös über die Stirn und gähnte erneut.

Ty strich über seine schwarzen Bartstoppeln. Es kostete ihn wirklich Überwindung, nicht die Beherrschung zu verlieren, denn Ambers Naivität brachte sein Blut in Wallung. Trotzdem waren das die ganz normalen Symptome nach dem Zeitraub.

„Am besten legst du dich erst mal schlafen", riet er ihr fachmännisch.

Dafür erntete er einen dankbaren Blick von ihr. „Eine gute Idee", nuschelte sie und löste sich von der Areia. „Sehen wir uns heute Abend?" Hoffnungsvoll suchte sie seinen Blick. Dabei sah sie aus wie ein Schoßhündchen, das sein Herrchen nicht gehen lassen wollte.

Er war kurz davor abzusagen, als ihm Livia und ihre nicht vorhandene Zeitskala durch den Kopf huschten. Vielleicht war ein Treffen mit Amber eine gute Möglichkeit, um der Sache auf den Grund zu gehen. Es wäre ja nur ein Abendessen.

„Schön", willigte er ein und Ambers Miene erhellte sich.

„Prima, wir treffen uns im *Stax*, um acht. Dort gibt es die weltbeste Pizza." Sie winkte ihm matt zu und trottete Richtung Wohnheim. Ty folgte ihr in einigem Abstand.

Genervt ließ er die dicke Holztür seines Appartements ins Schloss fallen und warf seine Ledertasche auf das schwarze Designersofa, das den Wohnraum dominierte.

Es war sein liebstes Appartement von allen, die er bewohnte. Zwischen den dunklen Holzmöbeln und Lampen aus Chrom fühlte er sich zu Hause. Sein ganzer Stolz war aber die alte Bodenstanduhr, ein Relikt aus den Anfängen der Uhrenproduktion. Ihr Ticken und das goldene Pendel, das im Uhrgehäuse hin und her schwang, beruhigten ihn. Zu jeder vollen Stunde gab sie einen metallisch klingenden Gong von sich.

Daneben stand ein massives Regal gefüllt mit Büchern, unter anderem jahrhundertealte Schätze mit zerfledderten Einbänden. Außerdem standen dort Vorlesungsverzeichnisse vergangener Jahre, die er teilweise hier verbracht hatte. Wie jeder andere Student musste er Prüfungen ablegen, um weiterhin an der Uni zu bleiben. Damit wahrte er sein Alibi. Leidige Bildung, die ihn oft langweilte, weil er während seines langen Daseins auf der Erde massenhaft Fächer studierte hatte. Außerdem stand dort sein Familien-Buch mit Stammbaum und den letzten Erinnerungen an diese. Das Familienwappen war im feinen Leder eingestanzt. Verborgen zwischen der anderen Lektüre fiel es nicht auf.

Er warf ein Limettenstück in ein Glas mit frischem Wasser und setzte sich aufs Sofa. Seine Gedanken glitten zu Livia. Es war seltsam, dass ihre Zeitskala verborgen war. In all den Jahrhunderten war ihm das noch nie untergekommen. Falls das ein schlechter Scherz von Chronos sein sollte, konnte der sich warm anziehen.

Ty zog die Schatulle aus der Jacke und schob den grauen Teppich vor dem Sofa zur Seite. Rasch drückte er auf einen kleinen, schwarzen Knopf, der an der Unterseite der Schatulle angebracht war, und legte es auf das alte Parkett. Dann leuchtete es auf und ein goldenes Muster entstand drumherum. Dünne, gold glänzende Fäden wanden sich in den Boden und brachen die Holzadern auf. Ein Ächzen erklang, als sich die feinen Zeitfäden aus dem Parkett erhoben und sich schließlich zu einem glänzenden Klumpen zentrierten. Fasziniert beobachtete Ty, wie sich die Fäden wummernd, zischend und vibrierend ineinanderwoben.

Kurz darauf stand die vertraute quadratische Apparatur vor ihm. Hunderte kleine Zahnräder griffen präzise ineinander, sodass keines der Rädchen jemals stehen bleiben konnte. An zwei Seiten war die Apparatur mit feinstem Mahagoniholz verkleidet, die anderen Flächen waren durch Glas geschützt. Vorne, in der Mitte des Zahnradgebildes, prangte ein rundes Ziffernblatt mit römischen Zahlen und zwei goldenen Zeigern. Je mehr Lebensenergie aus der Schatulle entwich, desto weiter rückten die Zeiger vor. Als sie beinahe die Zwölf erreichten, wusste Ty, dass ihr Pensum fast voll war.

Zufrieden tippte er auf den Vorsteckstift, der die Uhrzeiger in der Mitte zusammenhielt. Durch den Körperspeicher fiel die Apparatur wieder in sich zusammen und die goldenen Fäden zogen sich in die Schatulle zurück. Sobald es wieder still war, hob Ty das Kästchen aus der Mulde und steckte es wieder in sein Jackett.

Nur indem er die vergeudete Zeit in diese Apparatur einbrachte, fütterte er den Fluch und kam zu Kräften. Bald würde er genug Lebenszeit gesammelt haben, um die letzten Mitglieder der Horatio auszulöschen. Diesem Ziel folgte er seit Jahren, denn die Horatio verfolgte Zeitjäger wie ihn und hatte bereits seine gesamte Familie ermordet. Sie waren als Einzige dazu in der Lage, seinem elenden Dasein ein Ende zu bereiten. Doch er würde sich nicht ergeben, bevor er seine Rache hatte. Er war der letzte verbliebene Zeitjäger. Wenn er sterben sollte, dann mit dem Wissen, seine Familie gerächt zu haben.

In jeder freien Minute wälzte er Stammbäume der Horatiomitglieder, die er bisher getötet hatte. Präzise trieb er seine Recherchen voran, um jeden ihrer Hauptstützpunkte auszulöschen. Ein gefährliches Spiel, doch er war besessen davon. Schließlich hatte ihn seine Suche zurück nach England getrieben. In sein Heimatland, dessen Politik die Horatio kontrollierten. Doch sie hatten ihn bis jetzt nicht in die Finger bekommen und würden das auch in naher Zukunft nicht. Ihm fehlte nur noch ein letztes Quartier. Dann würde er ihre Zentrale finden und sich in den letzten Kampf werfen.

KAPITEL 2

Livia steckte den Füllfederhalter zurück in das jeansblaue Mäppchen, das Amber ihr zum Semesterbeginn geschenkt hatte. Der ausgefallene Geschmack ihrer Freundin und die Mitbringsel von ihren Reisen rund um den Globus waren oft genauso verrückt wie sie. Das blaue Mäppchen hingegen war erschreckend normal.

Manchmal wünschte sich Livia, sie könnte auch ausgelassen um die Welt jetten wie Amber, aber dafür war sie zu vernünftig. Ein hervorragender Abschluss war zwingend notwendig, wenn man wie sie im Verlagswesen einen Job ergattern wollte. Schon in der Grundschule keimte der Wunsch in ihr auf, eines Tages Bücher zu verlegen. An diesem Ziel arbeitete sie bis heute.

Livia schob ihre schwarze Brille ein Stück höher und band ihre braunen Strähnen zu einem neuen Knoten zusammen. Ihre Lieblingsfrisur. Praktisch und schnell.

„Oh Livia, nicht wieder die Streberfrisur!"

Amber war vor ihr aufgetaucht und wedelte mit dem Zeigefinger vor Livias Nase herum. Sie saß in der Lern-Lounge, wie jeden Tag nach den Vorlesungen. Das warme Licht und die blauen Sofas verliehen dem Raum Gemütlichkeit und sie lernte gern hier.

„Damit siehst du so streng aus", tadelte Amber und ließ sich neben Livia auf das bequeme Polster plumpsen.

Livia runzelte grimmig die Stirn. Ihr war es schlicht und bequem lieber, das galt im Moment auch für ihre Haare. Amber hingegen liebte die Trends der Mode. Sie kombinierte wilde Muster miteinander oder färbte sich die Haare in jeglichen trendigen Blondtönen, die Englands Stylisten auf den Markt brachten. Momentan war ihr Faible für Erdbeeren unverkennbar. Die Hälfte ihrer Hygieneprodukte war mit Erdbeer- oder Rosenduft. Rot war das neue Blond. Das galt auch für Deo, Seife und Duschgel.

„Kann nicht jeder eine Trendsetterin sein wie du", neckte Livia ihre beste Freundin. Ihr Blick blieb an deren weißer Bluse hängen. „Ist der Fleck weg? Oder ist das eine Neue?"

Vorsichtig versuchte sie, das Thema auf Ty zu lenken. Insgeheim hatte sie eine Ahnung, warum Amber unbedingt in seiner Begleitung die Mensa verlassen wollte.

„Das ist eine neue Bluse. Ich war vorhin derart müde, dass ich erst mal pennen musste", gab sie keck zurück.

Livia verdrehte die Augen. „Okay. War das ein Schläfchen mit oder ohne Ty?" Sie packte grinsend ihre Notizen in die Tasche. „Ich weiß nicht, was du an ihm findest."

„Haha, leider ein Schläfchen ohne ihn. Was ich an ihm finde? Hallo, Erde an Livia! Hast du keine Augen im Kopf? Der hat ein supersüßes Lächeln." Ambers Blick glitt verträumt zur blauen Wand der Lounge.

„Bisher hat er noch nicht wirklich viel gelächelt, Amber", sagte Livia stirnrunzelnd und erhob sich.

„Er kann sicher gut küssen." Amber stand ebenfalls auf und blitzte sie frech an.

„Darüber mache ich mir nun wirklich keine Gedanken", brummte Livia und ging zum Ausgang.

„Optisch ist er jedenfalls eine Wucht." Spitzbübisch grinste Amber und hakte sich bei ihr unter. „Du musst zugeben, er hat einen heißen Hintern."

Livia runzelte die Stirn, während sie zusammen über den Innenhof Richtung Studentenwohnheim gingen. Die Wege waren von satten Sträuchern umgeben, dahinter lagen grüne Wiesen mit vereinzelten Bäumen. Im Sommer war der Park ein beliebter Ort zum Lernen und im Winter die Location für den gemütlichen Uni-Weihnachtsmarkt. Auch jetzt, im milden Herbst, kümmerten sich Oxfords Gärtner zweimal wöchentlich um das Grün, um die lernfreundliche Idylle zu pflegen. Der Wind wirbelte das orangebraune Laub durcheinander, während die Abendsonne die alten Mauern der Universität in ein romantisches Licht tauchte.

„Sein Hintern ist mir schnuppe", unterbrach Livia Ambers Schwärmtirade über Ty.

„Sei nicht so garstig", witzelte Amber und stieß die Tür zum Wohnheim auf. „Gönn mir doch so eine Augenweide. Es kommt nicht alle Tage ein Kerl mit seinem Format an die Uni."

„Ich bin nicht garstig." Livia schloss die Tür ihres gemeinsamen Appartments im Mädchentrakt des Wohnheims auf und der wohlige Geruch von Tee empfing sie.

Herrlich. Sie atmete tief ein und war dankbar über ihre Ausbeute vom Teashop. Sie liebte die offenen Teesorten. Der Duft bedeutete ein Stück Zuhause.

„Tee?", fragte sie und griff nach dem Wasserkocher. Sie wollte Amber unbedingt von dem Macho ablenken, der einen Tick zu lange Gesprächsthema war.

„Nee", lehnte Amber naserümpfend ab und ging ins Badezimmer.

Livia entschied sich für einen Chai-Gewürztee und ließ ihn ins Sieb rieseln. Insgeheim hoffte sie, damit auch den Erdbeerduft, der sich durch den Wohnbereich zog, zu übertünchen.

Amber kam aus dem Bad gelaufen, beugte sich mit der Zahnbürste im Mund über den Tresen und schnappte sich einen Apfel. „Ich hab ihn übrigens zum Abendessen eingeladen."

Livia stöhnte genervt. Sie ahnte, wen Amber eingeladen hatte. „Musste das sein? Hattest du nicht heute Mittag genug Spaß mit ihm?" Sie nahm den Tee und zog ihre Notizen von der Vorlesung aus der Tasche. Damit setzte sie sich auf das Sofa. Mit einem Schluck begann sie, die Vorlesungsnotizen durchzuarbeiten.

„Schätzchen, heute Mittag war das Aufwärmen. Der Angriff folgt noch. Er soll schließlich auf mich abfahren." Amber stolzierte wieder ins Badezimmer. Der angebissene Apfel lag auf dem Tisch. Apfel mit Zahnpasta ... manchmal war ihre Freundin eigenartig.

„Ist das nicht pure Zeitverschwendung? Der Typ hat sicher an jedem Finger mindestens fünf Ladys", gab Livia zu bedenken. Sie hatte echt keine Lust, ihn wiederzusehen. Sympathie auf den ersten Blick war was anderes.

Amber streckte den Kopf aus dem Badezimmer. „Na und? Das macht es reizvoller!"

„Du weißt, wie wichtig Theodore das Treffen im *Stax* ist. Er wird nicht begeistert sein, wenn du Ty mitbringst."

Theodore war nicht der kontaktfreudige Typ. Vermutlich würde er die gleichen Sympathiepunkte an Ty vergeben wie sie. Nämlich keine.

„Rick schaukelt das schon." Amber trat aus dem Badezimmer und schaute zufrieden in den Spiegel. Sie hatte sich umgezogen und trug ein pinkes Shirt, das an den Säumen mit Glitzer verziert war. Dazu hatte sie eine hautenge Bluejeans ausgewählt und pinke High Heels. Ebenfalls mit Glitzer.

Livia schmunzelte. Genau so hatte sie Amber kennengelernt. Sie bestand in ihrer Freizeit aus Pink und Glitzer. Es glich einem Wunder, dass sie die Vorstandschaft der Uni nicht dazu überredet hatte, pinke Krawatten für die Mädchen zuzulassen.

„Rick mochte ihn. Also steht es zwei zu zwei", verteidigte sich Amber und setzte sich zu Livia aufs Sofa. Ihr süßes Parfum stieg Livia in die Nase. Rosenduft.

„Okay. Ich geb ihm eine Chance", lenkte sie Amber zuliebe ein. Etwas anderes blieb ihr kaum übrig, wenn ihre Freundin einmal einen Entschluss gefasst hatte.

Im *Stax* war es proppenvoll, wie die meisten Abende bei Semesterbeginn. Theodore schob genervt die Unterlippe nach vorne und betrachtete den Gastraum skeptisch.

„Wir hätten reservieren sollen", beschwerte er sich bei Amber.

Livia nickte zustimmend. Daran hatte niemand gedacht.

„Ach kommt, Leute, wir quetschen uns irgendwo dazu. Gar kein Thema." Amber stöckelte auf ihren High Heels zum nächstbesten Tisch. Kurz darauf rückten zwei der Jungs nach hinten an die Wand und machten ihnen Platz.

„Na also, geht doch." Rick, der sich die Haare nach oben gegelt hatte und im lockeren Jeanshemd angekommen war, streckte den Jungs auffordernd die Hand entgegen und stellte sich vor.

Livia lächelte. Rick war der offenste und freundlichste Mensch, den sie kannte. Sie setzte sich neben ihn und fing Theodores düstere Miene auf, mit der er sich hinter der Speisekarte versteckte. Er war empfindlich bei der Platzwahl und hatte „seine" Tische im *Stax*, die er bevorzugte. Theodore würde lieber das Restaurant wechseln, statt an einem Tisch zu sitzen, den er nicht für sich auserkoren hatte. Beinah hatte Livia Mitleid, dass Amber ihm einen Strich durch diese Rechnung gemacht hatte. Andererseits hatte auch er die Reservierung vergessen.

„Da ist er!" Amber sprang begeistert auf und winkte hastig zum Eingang.

Natürlich, Mister Macho persönlich. Livia presste die Lippen zusammen.

„Was will der hier?", raunte ihr Theodore leise zu. Sie zuckte mit den Schultern und beobachtete, wie Amber Ty um den Hals fiel. Ihre Freundin zog alle Register, um bei ihm zu landen.

Theodores Augenbraue schossen empört in die Höhe, aber er sagte nichts. *Besser so*, dachte Livia und musterte Ty.

Er trug ein weißes Hemd und darüber eine schwarze Lederjacke. Sein Haar hatte er nach hinten gekämmt und der Dreitagebart ließ sein kantiges Gesicht noch männlicher wirken. Er war attraktiv, wenn man von seinem Charakter absah. Aus grünen Augen funkelte er sie vorwitzig an und setzte sich neben Amber, die ihm gleich eine Speisekarte in die Hand drückte. Beinahe verliebt lächelte sie ihn an.

„Also Ty, erzähl, welche Kurse besuchst du?"

Wie gewohnt eröffnete Rick das Tischgespräch, um eine lockere Atmosphäre herzustellen.

„Ich interessiere mich für Kunst und Geschichte", antwortete Ty und sah in die Runde.

„Wie toll", schwärmte Amber und klatschte in die Hände.

„Historiker", brummte Theodore und gab der Kellnerin ein Handzeichen.

„Was dagegen, Kumpel?" Ty beugte sich nach vorne und seine goldene Rolex blitzte unter dem Hemdärmel hervor.

Theodore kniff den Mund zusammen. Livia war sich ziemlich sicher, dass er den gesamten Abend über nichts mehr sagen würde. Er zeigte direkt, wem seine Sympathie und Antipathie galt. Ein blöder Kommentar und vorbei war es mit der Konversation.

„Er wird sicher der nächste Historikprof an der Uni." Amber lehnte sich zu Ty und berührte beiläufig seine Hand, die er wegzog.

Livia schmunzelte und bestellte wie die anderen Pizza und Coke. Es verblüffte sie, dass Ty eine Pizza bestellte und keine exquisiten Trüffel-Nudeln. Sein gesamtes Auftreten strotzte vor Reichtum und Geld. Okay, das war an einer Elite-Uni zu erwarten, trotzdem war er anders. Spezieller.

„Belegst du einen Sportkurs?", fragte Rick und biss in ein Stück Salamipizza. Er war Kapitän der Rudermannschaft, die regelmäßig um den Titel der besten Ruderer Englands antrat.

„Nope. Bisher nicht", antwortete Ty höflich.

„Er hat genug Muskeln", gluckste Amber und eine zarte Röte überzog ihre Wangen.

„Machst du Sport?"

Livia war überrascht, dass sich Ty an sie wandte. Bisher hatte er sie nicht beachtet, jetzt lächelte er charmant und musterte sie abwartend.

„Ja, ich bin in der Tennismannschaft, zusammen mit Amber", antwortete sie irritiert.

Er nickte anerkennend und sie entdeckte kleine Grübchen auf seiner Wange. „Cool!"

„Leute, ich pack es nicht. Schaut mal, wer sich heute dazu herablässt, hier zu speisen." Rick wies zur Tür und grinste schelmisch.

Theodore legte wie vom Blitz getroffen sein Besteck beiseite. Sein Blick flackerte nervös hin und her und er griff zur Serviette, mit der er sich fahrig den Mund abwischte.

„Sehe ich okay aus?", fragte er, zeigte hastig auf seinen Mund und sah fieberhaft in die Runde.

Livia nickte. „Kein Krümel dran."

Erleichtert lächelte Theodore und eilte zur Tür. Livia grinste. Es gab nur einen Grund, warum Theodore überhaupt nervös wurde.

„Cleo! Hi, ich ... äh ... was machst du hier?", stammelte er und schloss aufgeregt die Tür hinter der grazilen

Brünette, die umringt von ihren Freundinnen Penelope und Joyce den Gastraum betrat.

Cleo war die Naturschönheit schlechthin. Mit ihren weiblichen Rundungen, der schlanken Taille und den sportlichen Beinen war sie die Anführerin der Tennismannschaft. Jeder Kerl auf der Uni stand auf sie. Besonders Theodore.

„Danke, Theo", sagte Cleo leise und schaute durch den Raum.

„Sie ist die Einzige, die ihn so nennen darf", erklärte Livia, der Tys fragender Blick nicht entging.

„Was geht mit dem ab? Denkt er ernsthaft, er kann bei ihr landen?", entgegnete er sichtlich belustigt.

Amber zuckte mit den Schultern. „Theodore steht schon lang auf sie."

Man musste Cleo zugutehalten, dass sie nie gemein oder demütigend zu ihm gewesen war. Im Gegenteil, es war, als hätte Cleo für jeden ein warmes Lächeln oder eine liebe Geste übrig.

„Sie ist nicht so, wie du denkst." Livia wusste, dass Cleo wie ein verzogenes Modepüppchen wirkte. Das war sie ganz und gar nicht. Ihre Freundin Penelope umso mehr. Sie lästerte und triezte, wo sie konnte, und ihr liebstes Opfer war Theodore.

„Aha, sie ist der geborene Engel. Schon klar." Ty schüttelte den Kopf. „Soll er schön auf die Fresse fliegen, der kleine Theodore."

„Lass ihn. Der treibt das Spielchen schon ewig", wandte Rick ein, während Livia die Fäuste ballte.

„Lass Theodore in Ruhe und kümmere dich um deinen Mist", herrschte sie ihn an. Wenn Amber ihn schon eingeladen hatte, sollte er sich wenigstens benehmen!

„Mhm, und du bist sicher die, die alle brav beim Prof verpetzt." Provokant beugte sich Ty nach vorne und fixierte sie mit seinen smaragdgrünen Augen. „Danke, Lady, ich brauch keine Erzieherin", konterte er und verengte die Augen zu Schlitzen.

„Hey, Mann." Rick legte beschwichtigend eine Hand auf Tys Schulter. „Kein Grund, gleich abzugehen."

Ty ließ Livia nicht aus den Augen und zog die Mundwinkel nach oben. Sie schnaubte. Dieser arrogante Mistkerl. Am liebsten würde sie ihm die Meinung sagen, aber Amber zuliebe verkniff sie sich jeglichen Kommentar und biss sich auf die Unterlippe.

„Komm lieber mal mit zum Rudern. Das bringt dein Gemüt in Einklang", bot Rick Ty inzwischen an.

„Da bin ich wieder." Theodore setzte sich glückselig auf seinen Platz und nahm einen Schluck Cola. „Cleo hat eine Pizza Hawaii bestellt. Sie hat Geschmack", schwärmte er und lächelte verträumt.

Tys hämisches Grinsen widerte Livia an. Sie war nur froh, dass er nichts darauf antwortete.

„Also zu dir, Ty, wie war noch gleich dein Nachname?"

Livia fiel vor Überraschung beinahe die Gabel aus der Hand, doch Theodore hatte gerade wirklich das Wort an Ty gerichtet und aß in aller Ruhe weiter.

„Stimmt, den hast du uns nicht verraten", unterstützte sie Theodore und schaute Ty provozierend an. Der schob sich ein Stück Pizza in den Mund und betrachtete sie nachdenklich.

„Theodore hat eine Art Zeitjäger-Tick", erklärte Rick ernst. „Er hat sich darauf eingeschossen, dass einer der Zeitjäger eines Tages nach Oxford zurückkommt."

Theodore nickte langsam. „Genau, wenn ich Zeitjäger wäre, würde ich unter den Studenten jagen. Zeitverplemperei ohne Ende."

Er wies auf Amber, die entwaffnend lächelte. „Hey, ich verplempere keine Zeit. Ich nutze sie, um neuesten Klatsch und Tratsch zu erfahren, statt irgendwelche komischen Formeln in meinen PC zu tippen."

Livia, die die ganze Zeit von Ty beobachtet wurde, wartete gespannt auf seine Antwort. Sie kannte die Theorien zu den Zeitjägern, hier an der Uni wurden dauernd Geschichten über sie erzählt. Die Tatsache, dass in der Areia Sand rieselte, bewies, dass der Zeitjäger noch unter den Menschen wandelte. Der Letzte der alten Adelsfamilie Conteville. Theodore sammelte schon seit Ewigkeiten alle möglichen Theorien zum Zeitjäger und hatte daraus seine ganz eigene Wissenschaft kreiert. Damit wuchs auch sein Misstrauen Fremden gegenüber.

„Also, dein Nachname", forderte Theodore weiter.

„Du glaubst nicht ernsthaft, dass ich einer von denen bin?" Ty verengte die Augen zu Schlitzen. „McMiller. Mein Nachname ist McMiller", setzte Ty langsam hinzu und schob sich ein Stück Pizza in den Mund.

„Okay", sagte Theodore und widmete sich wieder seinem Teller. „War doch nicht schwer, oder?"

„Depp!", kommentierte Ty grinsend Theodores Anmerkung.

Es war das erste Mal, dass Livia Ty ehrlich lachen sah. Aber so schnell, wie es aufblitzte, so schnell verschwand es wieder.

Sie wusste nicht, was Amber an ihm fand. Bis auf das gute Aussehen hatte er wenig Substanz bewiesen. Zumindest, was ihre Wertmaßstäbe anging.

Als Livia sich am nächsten Tag in der Umkleidekabine die Tennisschuhe zuband, setzte sich Penelope mit klackenden Armreifen neben sie.
Ihr südländischer Teint wurde von der weißen Sportkleidung betont und stand ihr ausgezeichnet. Die schwarzen Haare hatte sie zu einem eleganten Zopf geflochten und sie beobachtete Livia aus mandelförmigen, braunen Augen.
„Hey, Pen." Livia ließ sich nicht aus der Ruhe bringen, obwohl sich Penelope selten dazu herabließ, mit ihr zu plaudern. Meistens war sie damit beschäftigt, Joyce herumzukommandieren.
„Dieser Ty ...", fing Penelope an und betrachtete betont gelangweilt ihre French Nails. „Kennst du ihn näher?"
Aha, daher wehte der Wind. Sicher hatte Penelope Interesse an ihm und wollte ihr Revier abchecken.
Gut, kann sie haben.
„Wir haben ihn ins *Stax* mitgenommen, damit er Anschluss findet." Gut, das hörte sich lächerlich an, denn Ty war nicht der Typ, den man unter seine Fittiche nahm. Er war der Schlag von Mann, der sich krallte, was er wollte.
„Aha." Penelope grinste diabolisch. „Dann stört es dich nicht, wenn ich ihn in meine Clique integriere?"
„Fragst du mich neuerdings um Erlaubnis?" Livia mochte dieses Herumgerede um den heißen Brei nicht. Zudem hatte es gestern keinerlei Anzeichen gegeben,

dass sie Ty näher kennen würde. Sie hatten sich nicht einmal berührt, gemeinsam gelacht oder ein halbwegs normales Gespräch geführt.

„Als ob ich das nötig hätte", pikierte sich Penelope und erhob sich. Dann strich sie den weißen Tennisrock glatt. „So, wie er dich den ganzen Abend angesehen hat, wollte ich dich vorwarnen."

„Penelope, meinetwegen kannst du ihn adoptieren." Livia nahm ihren Tennisschläger und stapfte aus der Umkleide. Damit war das unsinnige Gespräch für sie beendet, allerdings folgte Penelope ihr direkt auf den Tennisplatz.

Sie kam näher, schwang lässig ihren Schläger und flüsterte dicht an Livias Ohr: „Gut, denn ich werde dich blamieren, sodass er nicht mehr das geringste Quäntchen Interesse an dir haben wird."

Mit einem diebischen Grinsen stolzierte sie zum gegnerischen Feld, auf dem Cleo wartete. Sie winkte Livia zur Begrüßung fröhlich zu.

Stirnrunzelnd stellte sich Livia neben Amber, die ihre Doppelpartnerin war. *Drehen jetzt alle durch wegen dieses Kerls?*

Langsam füllten sich die Zuschauerränge und sie spürte Penelopes Präsenz wie eine Lawine, die unaufhaltsam auf sie zurollte. Zwischen den Studenten erkannte sie Rick und daneben saß er. Ty. Der Blick seiner grünen Augen ruhte auf ihr. Gänsehaut breitete sich auf ihren Armen aus.

„Alles klar?", wisperte ihr Amber zu und sie nickte.

Coach Spinderbee gab das Spiel frei und der erste scharfe Aufschlag von Penelope schoss in ihre Richtung. Mit Wucht parierte Livia den Ball und schlug ihn zurück in Penelopes Feld, die ihn knapp verpasste. Erleichtert atmete Livia auf.

Amber grinste. „Treffer." Ihr Daumen schoss in die Höhe, als sie die Seiten wechselten.

Das Match war unerbittlich. Penelope ließ keine Gelegenheit aus, ihr hervorragendes Tennisspiel zu demonstrieren. Das machte Livia nervös. Immer wieder schlug sie flache Bälle, die kaum aufzuhalten waren. Bald waren sie kurz vor dem ersten Matchball, und dann trennte Penelope und Cleo nur noch ein Punkt vom Sieg.

Schweißgebadet griff Livia vor dem nächsten Feldwechsel nach der Wasserflasche. Dabei streifte ihr Blick das Publikum. Wieder fixierte Ty sie, doch sie unterbrach den Blickkontakt hastig. Sie musste sich auf das Match konzentrieren.

Mit gehässigem Grinsen schlug Penelope den letzten Ball auf, den Livia knapp verpasste. Matchball und Sieg für die Gegnerinnen.

Sie beobachtete, wie sich Penelope vom Publikum feiern ließ und sich keck um die eigene Achse drehte. Dabei warf sie den Zuschauern Luftküsse zu.

Livia holte tief Luft und ging zum Netz. Dort reichte sie Cleo die Hand. „Gut geschlagen. Gratuliere."

Cleo grinste und drückte ihre Hand. „Ihr wart gute Gegner."

Es war lieb von Cleo, das zu erwähnen, doch der Stachel des Verlierens saß tief im Stolz.

Penelope gesellte sich zu ihnen. „Das war nicht alles, Schätzchen", flüsterte sie Livia zu, bevor sie Ambers Hand mit einem unschuldigen Lächeln umfasste.

Genervt ging Livia zu ihrer Tennistasche, um die Wasserflasche und den Schläger darin zu verstauen. Coach Spinderbee legte ihr tröstend die Hand auf die Schulter. „Wacker geschlagen."

Livia nickte ihrer Trainerin zu, griff ihre Tasche und wollte sich gerade umdrehen – da stolperte sie. Erschrocken streckte sie die Arme aus und wollte sich noch abfangen, aber es war zu spät. Sie verlor das Gleichgewicht und fiel auf den staubigen roten Boden. Peng. Vor versammeltem Publikum.

Verdammt! Sie hob den Kopf und setzte sich auf. Ein dumpfer Schmerz pochte in ihren Knien und ihrer Stirn. Sie hob die Hand und spürte, dass Blut aus der Schürfwunde quoll. Erst dann realisierte sie das Gelächter.

„Ups, wie tollpatschig von dir." Penelope bot ihr die Hand zum Aufstehen an, doch Livia wischte sie energisch beiseite.

Diese Schlange hatte ihr ein Bein gestellt und wollte jetzt auf Samariter machen. Das hatte sie nicht nötig.

Mit zusammengepressten Lippen und beherrschter Miene stand sie auf. Sie wollte sich auf keinen Fall anmerken lassen, wie weh die Schürfwunde tat, und griff nach ihrer Tasche. Dann hastete sie zur Kabine, ohne noch einmal zum Publikum zu sehen.

Amber erwartete sie dort schon mit kühlen Umschlägen in der Hand.

„Mann, was für eine Bitch", kommentierte sie Penelopes Anschlag und drückte Livia die kalten Lappen auf die Knie.

Sie schloss die Augen und genoss die lindernde Kühle. „Vor dem Match hat sie mir gedroht. Wegen Ty", erzählte sie bitter und öffnete die Augen.

Überrascht hob Amber die Augenbrauen. „Wegen Ty? Was will sie von meinem Typen?"

Livia erzählte von Penelopes Drohung und ihrem Interesse an ihm. Warum auch immer Penelope gegen sie und nicht gegen Amber schoss.

„Die soll sich wieder einkriegen. Wenn überhaupt, dann hatte er Augen für mich", meinte auch Amber schnaubend, als sie sich umzog und Livia gerade etwas Wundsalbe auf ihre Knie auftrug.

Kurz darauf betrat Cleo die Umkleide und setzte sich neben Livia. „Livia, hör mal, es tut mir wirklich leid, was Penelope da abgezogen hat." Geknickt lächelte sie. „Manchmal geht ihr Temperament mit ihr durch, wenn sie gewinnt."

„Danke, Cleo. Mach dir keinen Stress. Und ihr wart heute einfach besser", räumte Livia ein.

„Das nächste Mal gewinnt ihr wieder", sagte Cleo und ging zur Dusche.

„Was war das denn?", raunte Amber, als Cleo verschwunden war. „Seit wann entschuldigt sie sich für Pen?"

Livia zuckte mit den Achseln. „Keine Ahnung. Nett von ihr."

***

Er hatte zugeschlagen. Endlich!

Zufrieden betrachtete die Gestalt die schwarze Scheibe des Hades und strich andächtig darüber.

Dieser Fluchjäger-Radar zeigte an, wie viel verschwendete Zeit gestohlen worden war. Nur ein Mitglied der Horatio konnte ihn aktivieren, und er war beinahe allen Contevilles zum Verderben geworden.

Die Menge der gestohlenen Lebensenergie war nicht klein, aber auch nicht sehr groß. Er würde wieder zuschlagen müssen. Und das recht bald. Mit zufriedenem Grinsen schob die Gestalt den Radar in die Jackentasche.

Es gab nicht mehr viele Fluchjäger, denn die meisten scheuten sich davor zu versagen. Die Gestalt ballte die Fäuste. Sie aber gehörte der Horatio schon seit langer Zeit an, jener Organisation, die erbarmungslos gegen Chronos' Fluch kämpfte. Sie hatte es sich zum Ziel gemacht, den letzten Zeitjäger zu töten. Nur der jüngste Sohn der Familie Conteville war noch übrig. Und solange die Areia rieselte, würde die Horatio auf die Jagd gehen.

Die Menschheit hatte sich damals, direkt nach Chronos' Fluch, gewehrt und die Horatio ins Leben gerufen. Denn die Menschen waren nicht damit einverstanden, dass ihnen kostbare Lebenszeit geraubt wurde.

Hades, der Gott der Unterwelt, hatte der Horatio einen Pakt angeboten und ihnen das einzige Artefakt verliehen, mit dem sie die Zeitjäger töten konnten.

In all den Jahren hatte die Horatio alle möglichen Institutionen infiltriert. Firmen, Krankenhäuser, Schulen, Kindergärten und Universitäten. Außerdem waren Mitglieder in der Politik aktiv. Der Informationsfluss und aufkeimende Gerüchte über den Aufenthalt des jüngsten Contevilles waren deren Lebenselixier.

Die Gestalt schnaubte. Die Familie Conteville war gerissen. Sie hatten sich bald, nachdem sie vom Fluch getroffen wurden, weltweit verteilt und den Kontakt zueinander abgebrochen, um sich gegenseitig zu schützen. Das hielten die Fluchjäger ihnen zumindest zugute: sie starben lieber, als dass sie die anderen verrieten.

So war Dyleus Conteville einen grausamen Foltertod gestorben, um seine Frau zu beschützen. Ein Jahrhundert später ging sie der Horatio in Venedig in die Falle. Ihre Schwäche für Maskeraden hatte sie verraten. Das war den anderen Contevilles eine Lehre und sie brachen jeden noch so kleinsten und geheimsten Kontakt zueinander ab.

Über das Aussehen des letzten Zeitjägers konnte man nur mutmaßen. Die letzten Aufnahmen der Familie Conteville stammten aus dem alten England, dort hatte der Kerl schwarzes Haar und war zweiundzwanzig Jahre jung. Wer wusste, ob er in der Zeit des Haarefärbens und Kontaktlinsentragens nicht zu so manchem Hilfsmittel griff.

Die Horatio wusste mittlerweile, dass die Zeitjäger körperlich nicht alterten. Das war deren Vorteil, denn die Fluchjäger der Horatio alterten und starben. Immer wieder rutschten sie in ein Generationsproblem und so kam es, dass die einzelnen Fluchjäger in die Organisation hineingeboren und von klein auf ausgebildet wurden.

Nun aber würde der Fluchjäger-Radar den Aufenthaltsort des Zeitjägers bestätigen. Jetzt würde die richtige Jagd beginnen.

Kapitel 3

Ty tigerte in der Bibliothek zwischen der Antike und dem literarhistorischen Regal hin und her. Eine innerliche Unruhe hatte ihn befallen, denn der von Amber gewonnene Zeitvorrat war zur Hälfte aufgebraucht und er brauchte bald Nachschub. Allerdings wollte er nicht zweimal hintereinander am gleichen Ort jagen. Das wäre fahrlässig und ließe ein genaueres Jagdmuster erkennen.

Vielleicht wäre ein Ausflug in die Stadt sinnvoll. Dort würde er sicher ein Opfer finden, bevor er wieder Amber anzapfen konnte. Schließlich musste er ihr Zeit geben, um Zeit zu vergeuden.

Zuerst stand aber die Vollversammlung des Party Komitees der Universität an. Ein Umstand, der ihn nervte. Er wusste nicht mal mehr, wo er mit seinen Gedanken gewesen war, als Amber ihn gefragt hatte. Eigentlich hatte er sie nur abwimmeln wollen und so leider zugestimmt, ihr in dem Komitee zu helfen.

Oxford war berühmt für seine Götterparty und rühmte sich schon lange mit dieser Tradition. Kein Klatschreporter hatte es je geschafft, sich dort einzuschleusen, und so suhlte die Universität sich in den Geheimnissen, die sich um die Götterfeier rankten.

Ty konnte darüber nur verächtlich den Kopf schütteln. Nie im Leben würde er freiwillig zu Ehren der Zeitgötter Chronos und Kairos eine Party schmeißen und für die zwei auch nur einen Finger krumm machen. Im Nachhinein war das aber gar nicht blöd, immerhin musste er sich Amber warmhalten, wenn er weiter von ihrer Zeit zehren wollte. Außerdem quälte ihn das Rätsel um Livias fehlende Zeitskala. Weder im *Stax* noch auf dem Tennisplatz hatte er sie lesen können. Das gab ihm ordentlich zu denken, immerhin erkannte er die Skalen selbst bei den Mitgliedern der Horatio.

Leider konnte er auch nicht recherchieren, was es mit Livia auf sich hatte. Die einzig wahre Überlieferung des Zeitfluchs, die ihm neben Informationen über die Horatio vielleicht auch etwas über die fehlende Skala verraten könnte, verfasste sein ältester Bruder Perscys, doch die Fluchjäger hatten ihn längst erwischt. Ty spekulierte nun nach langer Suche darauf, dass seine Darstellung sich hier in Oxford befinden musste. Er hatte die Spur seines Bruders bis nach England zurückverfolgt, und immerhin stand die Universität an derselben Stelle, an der vor Jahrhunderten ihr Familienanwesen niedergebrannt war. Wenn Perscys seine Aufzeichnungen irgendwo versteckt haben sollte, damit Ty sie fand, dann hier.

Schnaubend nahm Ty zwei Bände über die Antike im sechsten Jahrhundert aus dem Regal und schlenderte zum Tresen, um sie zu leihen. Dann legte er sie behutsam in seine lederne Umhängetasche.

Bisweilen enthielten die Bibliotheken auf dem Campus elf Millionen Bücher. Eine Tatsache, mit der sich die Universität gern schmückte und die Ty beeindruckte. Er war gern in den alten Bibliotheken unterwegs. Das war für ihn immer wieder Grund, an die Universität zurückzukehren. Es lag wertvolles historisches Material verschlossen in den dunklen Räumen. Deshalb hoffte er, dort Hinweise zur Zentrale der Horatio zu finden.

Lustlos verließ er die Bibliothek, um sich am Kaffeewagen einen Kaffee to go zu schnappen, bevor er die wahnwitzigen Ideen zur Party über sich ergehen lassen musste. Es war ein Wunder, dass die Menschheit überhaupt noch an diesen Festen festhielt, die sie damals zur Beschwichtigung der Zeitgötter ins Leben gerufen hatte.

Mit dem dampfenden Heißgetränk in der Hand bahnte er sich den Weg durch das Atrium. Es war ein imposanter Saal aus dem zwölften Jahrhundert, der Oxford zu den schönsten Universitäten weltweit zählen ließ. Er blieb kurz stehen, um die alten Holztische und die alte Wandvertäfelungen anzusehen. Der Steinboden war original belassen und erinnerte Ty mit jedem Schritt an das Anwesen seiner Familie. Soweit er mitbekommen hatte, wurde das Anwesen zerstört, als seine Geschwister und seine Eltern von dort geflohen waren.

Das Atrium bildete eine Art Knotenpunkt im Hauptgebäude. Es führte zu den Vorlesungssälen, ins Freie hinaus zum Mensagebäude oder zur Aula. Letztere steuerte er an.

Inmitten der Reihen stach Ambers erdbeerblonder Schopf sofort aus der Menge hervor. Livia saß direkt daneben und unterhielt sich mit ihrem Sitznachbarn. Ein Typ, den er noch nie gesehen hatte. Vermutlich eine

Vorlesungsbekanntschaft. Optisch für ihn natürlich keine Konkurrenz. Mit diesen straßenköterbraunen Haaren und dem Hauch vom Bart im Gesicht wirkte er pseudoerwachsen. Aber was juckte ihn das. Er hatte kein näheres Interesse an Livia.

Als Amber ihn entdeckte, winkte sie ihm aufgeregt zu und schmiss ihre pinke Tasche von der Bank, mit der sie ihm anscheinend einen Platz freigehalten hatte.

„Da bist du ja!" Freudig fiel sie ihm um den Hals und der Kaffee schwappte gefährlich im Pappbecher. Ty stellte ihn eilig ab und legte seine Umhängetasche zwischen Amber und sich.

„Japp, ohne Kaffee halte ich die Veranstaltung nicht aus." Er verzog die Mundwinkel zu einem verächtlichen Grinsen. Wenn er schon hier war, dann durfte sie auch wissen, dass es ihn nervte.

„Du wirst sehen, die Party wird gigantisch. Gold, antik und griechisch. Mystisch", schwärmte Amber und beugte sich neugierig nach vorne, als die Professoren und der Schulleiter Hookling den Raum betraten.

„Also protzig und pompös", murmelte Ty abfällig.

„Müsste dir ja gefallen", mischte sich Livia ein und deutete auf das Gold unter seinem Hemdärmel. Touché, eins zu null für sie.

„Dir ja offensichtlich auch", konterte er.

Livia zog die Augenbrauen zusammen und erwiderte nichts. Es kam kein Gegenargument von ihr. Ob es an der beginnenden Ansprache von Rektor Hookling oder an der Wahrheit seiner Aussage lag, war ihm egal.

Gelangweilt verfolgte er die Rede. Lobpreisungen der Zeitgötter Chronos und Kairos, Regeln für die Party und das Durchgehen der organisatorischen Punkte.

Geplant war eine riesige Aphrodite-Bar, getragen von Säulen, in denen jeweils eine griechische Gottheit eingefasst war. Das Atrium sollte in Gold und weißem Sandstein aussehen wie der Götterhain.

Ty schnaubte verächtlich. Der Götterhain. Was für ein erbärmlicher Schwachsinn. Diese ganzen Ideen waren Vorstellungen der Menschen. Wie der Götterhain aussah, wussten nur die Götter.

Am Ende der Rede konnten sich Freiwillige für eines der Organisationskomitees melden. Selbstverständlich würde sich das positiv auf die Laufbahn an der Universität auswirken.

Er rümpfte die Nase, als Amber wild mit der Hand wedelte, um in das Dekorationsteam zu gelangen. Die Essens-, und Getränke- und Musikteams waren bereits vollständig.

Livia lehnte entspannt an der Bank und Ty bemerkte, dass sie ihn beobachtete. Zugegeben, es war ein kleiner Pluspunkt, dass sie sich nicht wie eine Wilde über das Pult lehnte, um durch Wedeln Beachtung bei den Professoren zu finden.

Er würde jedenfalls keinen Finger für die Party krumm machen. Geräuschvoll schlürfte er den letzten Schluck Kaffee aus und warf den Pappbecher gezielt in den Papierkorb. Volltreffer.

„Ich hab's geschafft!" Ambers Kreischen drang an sein Ohr und schon hing sie ihm am Hals. „Ich bin im Dekorationsteam!"

Ach. Du. Scheiße. Er schob sie energisch von sich, während Livia aufstand und die freudestrahlende Amber umarmte.

Ty blendete ihr Gekreische aus und sah zum Podium. Dort rangelten sich Studentinnen mit feurigem Eifer um die letzten Plätze in den Komitees. Sein Stichwort, zu verschwinden.

„Hast du jetzt eine Vorlesung?" Amber stellte sich ihm in den Weg, als er aufstand und seine Ledertasche um die Schulter legte. Dabei stemmte sie die Hände in die Hüften.

„Nein, ich muss ein paar Besorgungen machen", log er und hoffte, sie würde ihn ohne Tamtam gehen lassen.

„Dann sehen wir uns später?"

Livia wippte genervt mit dem Fuß und sah auf die Uhr. Sicherlich hatte sie einen Kurs. Die Frau war verplant bis in den Abend und dort machte sie vermutlich nur eines: Lernen.

„Später?", hakte er nach.

„Wir könnten zusammen abhängen und lernen?", schlug Amber vor und Hoffnung glomm in ihrem Blick.

„Sorry, heute nicht. Ich brauche heute Abend Ruhe."

„Okay." Enttäuscht drehte sie ab und zog mit Livia zusammen in Richtung Vorlesungssäle.

So verlockend ihr Angebot war, er musste jagen.

An der Bushaltestelle nahm er die Linie, die direkt zum Oakenhold Care, Oxfords Altenheim, fuhr. Er wollte unauffällig agieren und hasste die schwarzen Taxen in Oxford. Die Fahrer waren geschwätzig wie Kaffeetanten, da war ihm eine Busfahrt lieber. Außerdem war sie anonymer.

Die roten Stadtbusse Oxfords waren mit Werbung bedruckt und Ty setzte sich direkt hinter einen Getränkeaufdruck, der perfekt zu dem Bus passte. So wurde er draußen von niemandem erkannt. Das ließ zumindest ein Gefühl von Sicherheit in ihm aufkommen.

Moral beim Zeitraub war schon lange kein Thema mehr für ihn. Zu manchen Zeiten, in denen er den Fluch unterdrücken wollte und dieser gewaltsam die Kontrolle an sich riss, trieb es ihn sogar in die Krankenhäuser. Dort stahl er Patienten, die nur noch herumliegen konnten, Zeit. Ohne einen Funken von schlechtem Gewissen oder Anstand. Sicher, er hatte ihnen damit die Lebenszeit verkürzt, ihr Sterben beschleunigt und Schuld auf sich geladen. Aber was war das schon für ein Leben? Über die Zukunft der Betroffenen verlor er keinen Gedanken. Ob er ethisch darüber richten durfte oder nicht, war ihm egal.

Heute sah er das anders. Er respektierte zumindest das letzte bisschen Zeit am Lebensabend, das dem fließenden Gold einen silbergrauen Schatten anhaften ließ. Daran erkannte er, dass die Zeitskala keine Unmengen an Zeit mehr aufnehmen würde. Denn die letzte Zeit, die den Menschen blieb, nutzten sie meist sinnvoller und sie beinhaltete trotz mancher Qualen auch viel Liebe. So hatte er sich geschworen, die Zeit nur noch von den fitteren Bewohnern des Altenheims zu stehlen. Das machte ihn zumindest nicht zum aktiven Mörder.

Während er sich seinem Geschichtsband über die griechische Antike widmete, sah er sie einsteigen. Livia.

Ihr Blick scannte den Bus, der überwiegend voll war, nach einem freien Platz ab.

„Ich dachte, Frau Streberin hat Vorlesung?", begrüßte er sie, als sie sich mit genervtem Gesichtsausdruck auf den letzten freien Platz neben ihn setzte. Hastig zog sie ihr Notizbuch aus der Tasche.

„Nein, ich habe Pause." Sie rückte ihre Brille zurecht und kontrollierte ihre braunen, zusammengebundenen Haare. Ihre feinen Gesichtszüge und die Stupsnase fielen ihm erst bei näherem Hinsehen auf. Eigentlich war sie hübsch, abgesehen von der Streberbrille.

„Aha", brummte er und fixierte den Punkt über ihrem Kopf, an dem ihre Zeitskala hüpfen sollte. Egal, wie sehr er sich anstrengte, die Luft flackerte nicht, es gab keinen Farbstich, nichts. Er sah nichts.

Schweigend brachten sie die nächsten drei Stopps der Buslinie hinter sich.

Ty überflog die ersten Seiten des Geschichtsbandes. Dieselbe langweilige Einführung zur griechischen Antike wie in den anderen Geschichtsbänden.

„Schwerer Lernstoff?" Livias Blick schwenkte neugierig zum Einband des Schmökers.

„Nein, nichts Neues", antwortete er.

„Aha", ahmte sie seinen wenig begeisterten Ton nach. „Die Geschichte bringt nun mal nicht regelmäßig neue Erkenntnisse hervor."

Japp, sie wäre die perfekte Lehrerin. Eine von der Sorte, die mit Häkeldecke und Karorock unterrichten würde.

„Vielleicht weiß ich auch einfach zu viel." Er tippte sich provokant an den Kopf und hörte die nasale Ansage der nächsten Haltestelle, die aus dem Lautsprecher röhrte. Oakenholt Care.

„Da muss ich raus. Bye." Livia packte ihr Notizheft ein, schwang die Tasche über die Schulter und stieg aus dem Bus. Ty ließ einige Augenblicke verstreichen und folgte ihr unauffällig, bevor der Busfahrer die Türen mit einem Surren wieder schloss.

Livia schien ihn nicht zu bemerken und lief über den gepflasterten Vorhof zu den gläsernen Eingangstüren des Oakenholt Care. Als sie das Altenheim betrat, drehte sie sich zu ihm.

Okay, sie hatten ihn doch bemerkt.

„Was willst du denn im Altenheim?"

„Besuchsdienst", antwortete er prompt und scannte die Zeitskalen der Bewohner und der umherschwirrenden Pflegekräfte ab.

Die Altenheime waren oft nach demselben Konzept aufgebaut. Im Erdgeschoss siedelten sich Cafés, Plauderecken und die fitteren Bewohner an. Die oberen Stockwerke waren für die schwer betroffenen Patienten. Denen galt sein Interesse.

„Besuchsdienst?", wiederholte sie ungläubig.

„Hallo Olivia, schön, dass du da bist." Eine rothaarige Pflegerin lächelte sie vertraut an und wies auf die grauen Treppen. „Du weißt ja, wohin."

Oh scheiße, hoffentlich ist Livia nicht im Besuchsdienst. Ty lächelte der Pflegerin nervös zu, die ihn skeptisch musterte.

„Natürlich." Livia nickte der Rothaarigen zu und lächelte.

„Du musst nach oben?", fragte er sie unschlüssig.

Livia nickte und ein bekümmerter Ausdruck schlich sich in ihre braunen Augen. „Meine Granny liegt seit Kurzem dort."

„Oh, das wusste ich nicht." Betroffen schwieg er, als sie die Treppen nach oben gingen. Er wusste, wie es war, ein Stück Familie zu verlieren. Obwohl es ewig her war, dass sein letzter Bruder getötet worden war.

Manchmal vermisste er die alten Zeiten, als seine Familie nicht zerrüttet gewesen war. Die viele freie Zeit und die Langeweile hatten die dunkelsten Seiten aus ihnen hervorgekehrt, insbesondere sein Vater war der Grausamkeit der Langeweile verfallen.

Damit fing alles an. Seine Launen und der Streit mit seiner Mutter, der sich auf seine Schwester und seine zwei Brüder übertrug. Intrigen, Hass und Manipulation kehrten ein, um dann zu Folter und Mord aus purer Langeweile zu mutieren.

„Miss Parks. Zweiter Stock, siebtes Zimmer", erklärte Livia oben angekommen und sah auffordernd zu ihm.

Ach so, ja. Besuchsdienst. „Ich war länger nicht mehr hier. Du weißt schon, Unistress." Er erkannte an ihrer gerunzelten Stirn, dass sie ihm kein Wort glaubte. Ihr Blick ruhte forschend auf ihm. Es war eine blöde Ausrede, aber was hätte er anderes sagen sollen? Einen Verwandten zu erfinden, wäre unglaubwürdiger.

Das Piepen von Geräten und das Surren der Küchenmaschinen empfingen sie, während Ty die schwere Tür zum zweiten Stock öffnete, um weiteren Rechtfertigungen zu entgehen. Er rümpfte bei dem Geruch die Nase. Das Pflegepersonal hatte seinen tiefsten Respekt, sich täglich durch diese olfaktorische Vielfalt zu mühen.

„Ich geh da lang." Er deutete auf die entgegengesetzte Richtung mit den vermeintlich höheren Zimmernummern.

„Komm doch mit zu Granny, sie freut sich bestimmt über den Besuchsdienst. Dann könnt ihr euch vertraut machen."

Mit zusammengebissenen Zähnen nickte er und folgte Livia ungeduldig zu ihrer Granny. Jetzt musste er also den Besuchsdienst mimen. Eine schlaue Finte von Livia, ihn dahingehend zu prüfen.

Miss Parks lag bewegungslos in ihrem Bett. Eingefasst in der gelb-weiß gestreiften Bettwäsche des Heims.

Vorsichtig trat Livia ans Bett und begrüßte ihre Grandma mit einem liebevollen Streichen über deren Wange. Von ihrer Großmutter kam keine Reaktion. Mit leerem Blick stierte sie an die gelbe Decke.

„Sie hatte vor einigen Monaten einen schlimmen Schlaganfall", wisperte Livia, der der Anblick ihrer Großmutter sichtlich zu schaffen machte.

Ty nickte. Die Zeitskala der alten Dame war gefüllt mit goldener Zeit, die ein leichter, silbergrauer Schatten umhüllte. Zeit, die nicht mehr verplanbar war. Zeit, die sie ablag, während sie sich dem Lebensabend näherte. Abschätzend begutachtete er das Zeitpensum. Es übte einen faszinierenden Sog auf ihn aus. Damit könnte er ein paar Tage über die Runden kommen. Verdammt! Er ballte die Hand zur Faust. Er hatte sich geschworen, niemandem mehr seinen Lebensabend zu rauben. Rasch riss er sich von der Zeitskala los, um der Anziehung nicht nachzugeben.

„Willst du ihr nicht guten Tag sagen?" Livia rollte den metallenen Ständer mit der Sondennahrung zur Seite. Dann strich sie ihrer Granny noch mal über die Wange. „Schau, Granny, ich habe Besuch mitgebracht."

Ty trat einen Schritt näher ans Bett und räusperte sich. „Guten Tag, Miss Parks."

Er verzog die Lippen zu einem Lächeln und sah, wie der Blick von Livias Granny kurz zu ihm flackerte, bevor er wieder stur an der Decke hing. Er vermied es tunlichst, noch mal zur Zeitskala zu schauen.

„Sie hat dich angesehen", flüsterte Livia ehrfürchtig und ihre Augen füllten sich mit Tränen.

Oh nein. Nicht das auch noch!

Mit Sentimentalität konnte er nicht umgehen. Für Gefühlsduselei hatte er früher vielleicht etwas übrig gehabt, heute verachtete er sie.

„Für mich hat sie den Blick noch nie von der Decke genommen", erklärte sie traurig und wischte sich mit dem Handrücken die Tränen von der Wange.

Ty schluckte. Das war hart. Das konnte er nachvollziehen. Jetzt wäre der Zeitpunkt, Livia ein Tempo anzubieten.

Ob die Oma ahnte, dass ihn die Verlockung, ihre Zeit zu rauben, beschäftigte? Einen Augenblick gruselte er sich sogar vor ihr. Menschen, denen der Lebensabend unmittelbar bevorstand, sahen merkwürdige Dinge ... Moment. Was war denn los mit ihm? Wurde er sentimental?

Er spürte das Drängen des Fluches, der ihn nicht tatenlos gehen lassen wollte. Verdammt! Er wollte ihre Zeit. Er brauchte ihre Zeit. Es wäre nur noch ein einziges Mal, dass er jemandem den Lebensabend raubte. Einmal wäre doch verkraftbar, oder? „Ähm, vielleicht solltest du das der Rothaarigen von vorhin erzählen?", schlug er vor.

Irritiert sah sie ihn an und er zog ein Tempo aus seinem Jackett, um es ihr anzubieten.

„Ja, sie hat einen Fortschritt gemacht", versuchte er, sich zu rechtfertigen und Livia aus dem Raum zu locken.

„Die Ärzte sagten, es wären keine Weiterentwicklungen mehr zu erwarten. Ihre Blutungen waren so massiv, dass sie wichtige Teile des Gehirns geschädigt haben." Traurig wischte sich Livia weitere Tränen von der Wange und nahm die Hand ihrer Granny. „Trotzdem hoffe ich, dass sie spüren kann, dass wir da sind und nach ihr sehen."

Beklommen sah Ty auf ihre Hand. Er sah die Liebe, die Livia ihrer Oma entgegenbrachte.

Tief in ihm, unter Trümmern der Dunkelheit und des Jagdtriebes, erwachte ein Funken Mitgefühl. Er glomm in einem kleinen Berg Asche auf und ließ sie langsam verbrennen. Ein Hauch der Wärme berührte sein Herz und er begriff, dass er in Erwägung zog, diese Frau zu verschonen.

Schnell senkte er den Blick, um sich zu besinnen.

Als er ihn wieder anhob, mehr oder weniger unsicher, was er tun sollte, sah er, wie Livia ihr ein Küsschen auf die Wange hauchte. „Mach's gut, Granny. Ich komme bald wieder."

Dann wandte sie sich ab und lief schweigend an Ty vorbei, um das Zimmer zu verlassen.

Endlich stand er hier, allein. Die Zeitskala tanzte verlockend vor ihm. Eine verheißungsvolle Chance, die er nicht verstreichen lassen konnte.

Doch die kleine Flamme des Mitgefühls brannte weiter in ihm.

Er griff bereits zur Schatulle im Jackett, als ihn Übelkeit überkam. Nein, er konnte das nicht. Er hatte soeben, durch Livia, eine Bindung zu deren Granny aufgebaut. Die Schuld, die er auf sich laden würde, wenn er ihr die vergeudete Zeit und Lebenszeit raubte, wäre zu groß. Was, wenn sie seinetwegen starb?

Er würde ihren Tod durch Livias Trauer dauernd mit sich tragen. Das wollte und konnte er nicht auf sich nehmen.

Entsetzt darüber, dass er nicht beenden konnte, was er vorhatte, verließ er den Raum. Zitternd fuhr er sich mit der Hand über die Stirn und atmete tief ein.

Verdammt. Jetzt musste er ein neues Opfer finden.

***

Zur selben Zeit ertönte ein Knirschen im Innenhof des Oxford-Campus.

Altes, mahagonifarbenes Holz ächzte und kleine Splitter trennten sich daraus ab. Der laue Wind blies sie davon. Ungesehen landeten sie im Gras, während das alte Holz weiter stöhnte. Es knarzte und krachte.

Niemand schien sein Leiden zu bemerken. Die Studenten flanierten achtlos daran vorbei.

Ein Ruck fuhr durch die alte Sanduhr und sie erzitterte. Der Sand wirbelte auf und benetzte das Glas.

Ein helles Pling erklang, als sich ein feiner Riss durch das dicke Glas der Areia fraß. Knirschend bahnte er sich den Weg im oberen Glaskolben, so fein, dass kein Sandkorn hindurchpasste.

Dieser Riss zeichnete die Sanduhr. Unverkennbar. Es war der erste Akt einer zerstörerischen Ader.

***

„Alles okay?", fragte Livia und musterte ihn besorgt.

Moment, sollte das nicht anders herum sein? Ihre Granny hatte schließlich ihn angesehen und nicht ihre Enkelin.

Livia hatte ihre Tränen fortgewischt. Nur das sanfte Rot, das ihre Augen umschloss, deutete ihre Trauer an.

Ty nickte. „Danke, passt."

Sie streckte ihm einen Plastikbecher mit Wasser entgegen. „Hier. Manchmal holt das einen runter. Egal, wo man gerade war."

„Ist bei dir alles okay?", fragte er und griff dankbar nach dem Becher. Dabei bemerkte er, dass ihre Hand zitterte.

Sie nickte. „Es ist nicht leicht, sie so zu sehen. Granny war eine lebensfrohe Frau. Sie hat ihr Leben und ihre Unabhängigkeit geliebt."

Er leerte den Becher in einem Zug. Obwohl es Wasser aus dem Wasserspender war und wahrscheinlich schon Ewigkeiten stand, verschaffte es ihm einen klaren Kopf. „Hört sich nach einer tollen Lady an."

Er hielt ihr die Tür zum Treppenhaus auf und folgte ihr.

„Ja, sie hatte einen kleinen Teeladen in London. Als Kind war ich fast täglich dort, um ihr zu helfen. Der Duft ist heute noch mein zweites Zuhause." Sie lächelte verträumt und er sah ihre kleinen Grübchen auf der Wange. Süß!

„Granny war herzensgut zu ihren Kunden. Selbst den Kranken schenkte sie speziell auf sie abgestimmte Teemischungen. Sie war eine Art Kräuterhexe." Livia schmunzelte. Die Erinnerungen an ihre Kindheit schienen sie zu trösten.

„Willst du ihren Teeladen übernehmen?", fragte er neugierig, während sie das Gebäude verließen.

Sie schüttelte den Kopf. „Nein, er wurde verkauft, als mein Grandpa vor zwei Jahren starb. Er hatte Krebs. Damit ging es bei Granny auch bergab."

„Die Vergänglichkeit des Lebens." Okay, das klang philosophisch. Nicht sein Stil, aber irgendwie passend.

„Ja, sie trifft uns alle." Sie holte ihre Geldbörse aus der Jackentasche und kramte das Fahrtgeld heraus.

Erst jetzt bemerkte Ty, dass die Sonne schon unterging. Er sah auf seine Rolex, das Abendessen hatten sie wohl verpasst. Er lehnte sich an das rote Bushaltehäuschen. „Schon spät, was?"

„Ja. Amber wartet sicher schon auf mich", sagte sie, während der Linienbus anhielt und mit einem Zischen die Türen öffnete. Schweigend setzten sie sich in eine Sitzreihe, obwohl der Bus vorwiegend leer war.

Ty lehnte den Kopf an die Scheibe und beobachtete die vorbeiziehenden Straßenlampen. Oxford am Abend war beruhigend. Die robust beleuchteten Kneipenschilder und die vereinzelten Menschen, die sich am Herbstabend draußen herumtrieben, zeugten von einer Ruhe, die Oxford in seinem geschäftigen Treiben innehatte.

Ty hätte diese Ruhe gern genossen, doch er spürte das Ziehen und Kribbeln in seinem Bauch. Der Fluch meldete sich. Eine Vorwarnung, dass der Hunger bald einsetzen würde. Verdammt!

„Kommst du, ähm, hast du vielleicht Lust, mit mir und Amber zu lernen?"

Aus dem Augenwinkel beobachtete er überrascht, wie sie nervös mit dem kleinen Finger zuckte. Niedlich! Hatte sie ihn gerade ernsthaft zu ihr und Amber eingeladen? „Ein Lerndate?"

Die Busansage schallte über den Gang und kündigte die Uni an. Ty drückte auf den roten Stopp-Button.

„Hast du nichts zu lernen?", fragte Livia neckisch, als sie aus dem Bus stiegen.

„Du weißt doch, in der Geschichte gibt es nicht immer neue, bahnbrechende Erkenntnisse." Er zwinkerte ihr verschwörerisch zu, bevor er sich ohne ein weiteres Wort abwandte und um die nächstbeste Ecke verschwand. Im Schatten verborgen beobachtete er, wie sich ein Lächeln auf Livias Lippen stahl, obwohl er nicht auf ihre Einladung eingegangen war. Gern wäre er noch auf ein Tässchen Tee mitgekommen. Er schmunzelte bei dem Gedanken. Aber sein Hunger drohte ihn zu überwältigen.

Er musste handeln.

Geduldig wartete er, bis Livia den Weg zum Studentenwohnheim einschlug, dann reckte er seine Glieder und trat aus dem Schatten hervor. Es war Showtime.

Im milden Licht der Laternen, die das Gelände und den Park an der Uni beleuchteten, ging er über den Kiesweg zum Innenhof an der Areia vorbei. Schon wollte er einfach weitergehen, als er den kleinen Riss am oberen Glaskolben bemerkte und überrascht innehielt. Vorsichtig trat er näher.

Er wagte es nicht, die Sanduhr zu berühren, aber das war schon seltsam. Ein Riss in der Areia glich einer Sensation. *Was hat er zu bedeuten?*

Ty knurrte. War das wieder eine von Chronos' Warnungen? Wollte er eine Hetzjagd veranstalten? Zuerst die nicht sichtbare Zeitskala und jetzt die beschädigte Areia. Oder war das eine Scharade der Horatio? Er musste wachsam und auf der Hut sein.

Der Fluch kam plötzlich. Noch bevor Ty einen klaren Gedanken fassen konnte, brach er im Bruchteil einer Sekunde über ihn herein und übernahm die Kontrolle. Über seinen Körper, über seinen Geist.

Ein Knurren entfuhr ihm, als der beißende Hunger ihn verzehrte. Er sah sich um, hektisch, panisch, und erkannte ein helles Flimmern im nächtlichen Park. Es war eine Zeitskala, die über schwarzen Haaren und mandelförmigen Augen schwebte. Das Gold darin war verlockend und wog so gleichmäßig, dass für ihn nichts anderes mehr existierte als der Drang, es an sich zu reißen.

Ty stürmte los. Seine Instinkte waren auf Angriff gepolt und die Beherrschung, nicht einfach über Penelope herzufallen, schmerzte gewaltig. Er erreichte sie, packte ihre Arme und presste sie ohne ein Wort gegen den nächstbesten Baum.

Penelope brauchte einen Moment, um ihn zu erkennen. Dann aber lächelte sie. „So stürmisch", hauchte sie atemlos und schmiegte sich an ihn. Offensichtlich fand sie Gefallen an der engen Position. Er spürte ihre aufgeregte Atmung an seinem Brustkorb.

„Oh, ja", gab er knurrend zurück und erkannte die Vorfreude, die über ihr Gesicht huschte.

Das Drängen wurde unhaltbar. Er musste es tun. Jetzt!

Mit der einen Hand ließ er von ihr ab, strich über die hölzerne Schatulle in seiner Tasche und öffneten sie.

„Böse Mädchen tummeln sich nachts im Park." Provokant schob sie die Unterlippe nach vorne und sah zu ihm auf. Dabei versuchte sie, die Arme um ihn zu schlingen.

Ach, am liebsten hätte er ihr den Mund zugehalten, aber er konnte nicht. Er keuchte auf. Die Schatulle war bereit, er musste nur noch mehr Körperkontakt herstellen. Kurzerhand presste er seine Lippen auf ihre. Sie schien nur darauf gewartet zu haben und lehnte sich an ihn. Gierig erwiderte sie den Kuss, für ihn hingegen war er nur Mittel zum Zweck.

Ty roch ihr herbes Parfum und spürte, wie der goldene Faden Penelopes Zeitskala anzapfte. Der stechende Schmerz durchzuckte ihn und er versteifte sich. Langsam prickelten die Wellen der frischen, goldenen Lebensenergie über seinen Arm zur Schatulle.

Sekunden später war der Hunger vorerst gestillt. Jetzt sollte er die Zeit schleunigst einlesen, um den Fluch zu sättigen.

Als die Schatulle endlich Penelopes vergeudete Zeit vollständig absorbierte hatte, löste er seine Lippen von ihren. Sein Oberkörper war noch immer an Penelopes Rundungen gepresst. Sicher, sie waren durchaus ansehnlich. Aber zu seinem Leidwesen war es nicht das, wonach er sich sehnte.

„Was machst du so spät hier draußen?", fragte er, um Abstand zu schaffen. Dabei achtete er sorgfältig darauf, sie noch zu berühren.

Sie zog eine perfekt gezupfte schwarze Augenbraue nach oben. „Auf Gelegenheiten wie diese warten." Ihre Armreifen klimperten, während sie ihm über die Wange strich.

Der goldene Faden löste sich von ihrer Zeitskala. Der Fluch hatte genug absorbiert, um sich wieder in seine dunkle Ecke in Tys Körper zurückzuziehen. Erleichtert strich er über den Holzdeckel der Schatulle und schloss sie zufrieden. Penelope entfuhr ein Gähnen. Entsetzt schlug sie die Hand vor den Mund.

„Sorry, ich werde irgendwie schläfrig."

Ty nickte verständnisvoll. Seine Chance, die Sache hier zu beenden. „Natürlich, dann eine gute Nacht." Er wandte sich abrupt ab und ließ Penelope am Baum lehnend stehen.

„Willst du mir nicht Gesellschaft leisten?" Sie ging ein Stück auf ihn zu und sah ihn spitzbübisch an, bevor sie noch einmal gähnte. In ihren braunen Augen erkannte er ein süßes Versprechen.

Ty lachte auf. „Sorry, aber das hier ..." Er zeigte zwischen ihm und ihr hin und her. „War 'ne einmalige Sache, das hat mir der Kuss deutlich gezeigt."

„Wegen dem Flittchen Olivia oder der ach so putzigen Amber?" Empört stemmte sie die Hände in die Hüfte und zog die Augenbrauen zusammen. „Die beiden sind nicht annähernd so renommiert, hübsch und attraktiv wie ich!"

Ty schnaubte. *Ganz schön eingebildet, das Madamchen.* Deren einziger Bonus war ihr südländischer Touch, welcher ihren Teint wie in Schokolade getaucht aussehen ließ. Der Goldschmuck hob ihn hervor.

„Geschmackssache, meine Liebe. Jedenfalls hat Livia den knackigeren Hintern. Das war auf dem Tennisplatz unverkennbar." Mit Genugtuung beobachtete er, wie sie säuerlich den Mund verzog und die Faust ballte. Dann setzte er noch einen drauf: „Das war gut zu sehen, weil du sie auf dem Platz so gehetzt hast. Jede Faser ihrer trainierten Beine kam unter dem weißen Rock zur Geltung. Also ..." Er zeigte noch mal auf sie und ihn. „Das hier wird nicht mehr passieren, Prinzessin."

Damit ließ er sie endgültig stehen und ignorierte die Schimpftiraden, die sie ihm in schrillem Ton nachwarf. Ihm war es egal, dass vereinzelt gespannte Gesichter um die Ecke spickten, um zu sehen, was sich Dramatisches zwischen ihm und Penelope abgespielt hatte.

Es war immer dasselbe Spiel, wenn man sich mit einer Tussi anlegte, dachte er, während er sein Appartement aufschloss und die Schatulle in die Mulde einsetzte, um den Fluch zu sättigen.

Mit der würde er schon fertig werden.

KAPITEL 4

Livia schaute nicht auf, als Cleo mit ihrer Gefolgschaft an ihr vorbeischwirrte und die Lern-Lounge verließ. Gewissenhaft versuchte sie stattdessen, die Literaturvorlesung zusammenzufassen. Außerdem wollte sie Penelope nach der Sache auf dem Tennisplatz ignorieren.

Erschrocken fuhr sie hoch, als eine filigrane Hand mit feinen goldenen Armreifen auf ihre Notizen niedersauste und sie mit einer Bewegung vom Tisch wischten.

Was zur Hölle?

Die Blätter ihres Notizblockes segelten zu Boden. Entsetzt sah sie zu Penelope auf, die sie mit einem zufriedenen Lächeln musterte. Schatten umringten ihre Augen.

„Vergiss ihn. Er war gestern Abend bei mir."

Verwirrt blickte sie Penelope an. Was um alles in der Welt war mit der los?

„Was meinst du?" Livia erhob sich und sammelte gereizt die verstreuten Notizblätter ein. *Was fällt der arroganten Kuh eigentlich ein, mich blöd von der Seite anzumachen?*

Amber eilte Livia zur Hilfe und fauchte mit einem Stapel Blätter in der Hand: „Pen, hast du sie noch alle?" Sie drückte Livia die zerknitterten Zettel in die Hand. „Was soll der Scheiß?" Wütend baute sie sich vor Penelope auf, die das wenig beeindruckte.

„Ich wollte Olivia nur mitteilen, dass sie sich Ty abschminken kann."

„Was bringt dich zu der Annahme, ich hätte überhaupt Interesse an ihm?", fragte Livia bissig, steckte die Notizen rasch in ihre Tasche und stellte Blickkontakt zu Amber her. Die würde nach ihrem Ausflug mit Ty ins Altenheim gestern doch nicht denken, sie stand auf ihn, oder?

Das tat sie nämlich nicht. Obwohl er im Altenheim irgendwie süß gewesen war. Nein, stopp, halt! Sie stand nicht auf ihn, Punkt.

„Jedenfalls hat er mich gestern geküsst. Im Park. Ganz romantisch unter einem Baum." Penelopes Augen glänzten und sie gestikulierte heißblütig mit den Händen. Sie fuhr sich provokant über die rot geschminkten Lippen. „Küssen kann er."

Livia konnte nur genervt die Augen verdrehen und hoffen, dass Amber nicht auf diese offensichtliche Finte hereinfiel.

Cleo, die Penelopes Provokation von der Tür aus beobachtet hatte, ging auf ihre Freundin zu und zog diese am Arm. „Komm, wir müssen los." Entschuldigend nickte sie Livia zu. „Sorry, du weißt ja, wie sie ist."

Livia zuckte mit den Achseln und versuchte die Ruhe zu bewahren. Insgeheim war sie erleichtert, dass Cleo interveniert hatte. Auf einen handfesten Streit mit Penelope konnte sie verzichten. „Kein Ding."

Doch ein seltsames Gefühl breitete sich in ihrem Bauch aus. Ty hatte Penelope geküsst. War er wirklich so oberflächlich, dass er das nötig hatte?

Cleo und Penelope schwirrten ab und Livia verstaute die restlichen Notizen in ihrer Tasche. Die Lust aufs Lernen war ihr vergangen.

„Ich glaub der Kuh kein Wort", schimpfte Amber, als sie nach draußen stiefelten. „Die will mich mobben."

Livia drückte mitfühlend die Hand ihrer besten Freundin. „Vermutlich ist gar nichts dran an der Sache", versuchte sie, Amber zu trösten. Livia wusste, wie verschossen diese in Ty war. Trotzdem hatte sie keine Ahnung, wie Penelope Ty bezirzen konnte. Vermutlich schmückte sie die Sache mehr aus. Zumindest für Amber und vielleicht ein bisschen für sie selbst wollte sie das hoffen.

Während sie um die Ecke zum Atrium bogen, bemerkte Livia eine Ansammlung von Studenten vor der Areia. Sie hörte aufgeregtes Geplapper und sah, dass einige die Köpfe reckten. Ricks blonder Haarschopf war ebenfalls im Gemenge zu sehen, deshalb steuerte sie neugierig darauf zu.

„Was ist denn hier los?", fragte Livia, neben ihm und Theodore angelangt.

Rick zeigte auf die obere Glasfläche der Areia. „Sieh hin."

Livia stellte sich auf die Zehenspitzen.

„Ich kann nichts erkennen", schimpfte Amber und drückte sich weiter nach vorne.

Theodore schnaubte. „Typisch. Die muss ihre Nase wieder am nächsten dran haben."

„Die Sanduhr hat einen Sprung", hauchte eine bekannte Stimme in Livias Ohr und Gänsehaut breitete sich in ihrem Nacken aus. Ob es die dunkle Stimme war oder die Neuigkeit, die ihr einen Schauer über den

Rücken jagte, darüber wollte sie nicht nachdenken. Ihr Herz klopfte aufgeregt und sie wandte sich langsam zum Sprecher um. Die Sanduhr, einen Riss? Das glich einer Sensation, immerhin stand sie seit Jahrhunderten unbeschadet hier.

Ihr Blick traf seine grünen Augen, die sie frech taxierten. Die schwarzen Haare hatte er heute nicht so akkurat frisiert wie sonst. Trotzdem sah er unverschämt gut aus. Ty lächelte sie müde an.

„Einen Sprung?", wiederholte Livia ungläubig und las die Bestätigung in seinen Augen, bevor er nickte. Sie schluckte. „Was hat das zu bedeuten?", fragte sie und riss sich von seinem intensiven Blick los.

„Ich weiß es nicht", flüsterte ihr Ty verbittert zu.

„Leute, der Hammer!" Amber drückte sich durch die Menge zurück zu Livia und den Jungs. Ihre Augen leuchteten aufgeregt. „Die Areia hat einen Sprung. Am oberen Glas. Ist das nicht eine Sensation?" Sie atmete tief ein und fächerte sich mit den Händen Luft zu.

„Dreh nicht gleich durch!" Theodore stierte Amber genervt durch seine Brille an und schnaubte.

„Die Presse", quietschte Amber aufgekratzt. „Die wird bald da sein und einen Artikel darüber schreiben. Oh mein Gott. Ich muss mich umziehen. Was, wenn ich auf einem der Fotos sein werde?" Sie nestelte an ihren Haaren herum. „Sitzt meine Frisur?" Fragend blickte sie zu Livia, die schmunzelte.

Theodore tippte sich an die Stirn. „Du hast sie nicht mehr alle. Die Reporter der *Times* sind sicher an einem Interview einer Studentin interessiert, die nicht mal alle geschichtlichen Daten der Sanduhr auf die Reihe kriegt."

Rick lachte lauthals los und Livia grinste. Trotzdem war sie sich des Ernstes der Lage bewusst. Denn der Riss in der Sanduhr war der Beweis dafür, dass hinter den Kulissen etwas arbeitete. Livia konnte nur spekulieren, ob es bedrohlich für die Menschen war oder nicht. Nicht auszudenken, wie sich der Riss auf den historischen Wert der Areia niederschlug.

„Du bist neidisch, weil sie dich nicht interviewen würden", gab Amber an Theodore gewandt zurück und kramte ihr Puderdöschen aus der pinken Tasche hervor. Flott puderte sie sich die Nase. Zufrieden betrachtete sie das Ergebnis im Spiegel des Puderdöschens. „So, die Reporter können kommen", verkündete sie glücklich, während Ty die Areia mit verschlossener Miene betrachtete.

Rektor Hookling betrat den Hof und begutachtete die Areia. Professor Sterling nahm fachmännisch Maß vom Riss und notierte alles auf einem Klemmbrett. „Bitte, geht wieder ins Gebäude", setzte Rektor Hookling an. „Die Areia wird bis auf Weiteres abgesperrt. Die bereits laufenden Untersuchungen werden sicher bald zu einem Ergebnis führen." Er linste unter seiner Brille hervor. „Wir alle wissen, was es mit ihr auf sich hat. Wir sollten sehen, dass wir Chronos und Kairos nicht verärgern. Deshalb stürzen Sie sich bitte alle auf die Vorbereitung der Götterparty. Wollen wir hoffen, dass das die beiden milde stimmt."

Professor Sterling nickte zustimmend und bedachte die Menge mit einem strengen Blick. Einige der Schaulustigen bewegten sich daraufhin langsam ins Gebäude.

Livia warf noch einen Blick auf den Riss in der Sanduhr, bevor sie ebenfalls ins Gebäude trat. Die Areia wirkte trotz des Schandflecks mächtig und alt. Als könnte sie allem trotzen, was kam.

Ein mulmiges Gefühl breitete sich in Livias Bauch aus, als sie zusammen mit den anderen die Mensa erreichte. Was, wenn Chronos oder Kairos zu einem neuen Fluch ansetzte? Wenn die Menschen den Riss als Warnung verstehen sollten?

Theodore setzte sich an ihren üblichen Tisch am Fenster und klappte sofort sein Notebook auf. Geschäftig tippte er auf der Tastatur herum. Vermutlich ließ er diverse Filter durch Google irren, um relevante Informationen zu sammeln. Er liebte es, sich mit der Zeitjägerthematik auseinanderzusetzen.

Livia, Ty und Amber setzten sich ebenfalls, nur Rick ging zur Auslage mit belegten Sandwiches.

„Leute, der Sprung im Glas ist keine Kleinigkeit." Theodore sah in die Runde. „Ihr wisst, was das alles bedeuten könnte, oder?"

Rick, der sich ein Käsesandwich geholt hatte, stöhnte. „Kommst du wieder mit deinen Verschwörungstheorien an?"

Livia lehnte sich vor. Sie fand die Thematik durchaus interessant. „Was denkst du, Theodore? Was bedeutet der Riss?"

Er holte tief Luft. „Na ja, zum einen könnte es sein, dass der Zeitjäger merklich geschwächt wurde und die Horatio ihn erfolgreich verwundet hat. Aber dann hätte die Sanduhr zuvor schon Risse haben müssen, als die Horatio die anderen Contevilles geschnappt hat."

„Und zum anderen?", fragte Ty, der Livia heute eigenartig ernst und vergrämt vorkam. Ob ihn die Sache mit Penelope schlauchte? Sie wischte den Gedanken beiseite. Ein Typ seines Kalibers machte sich darüber sicher keine Gedanken.

„Es könnte tatsächlich ein Zeichen von Chronos sein. Vielleicht will er den Fluch aufheben?", überlegte Theodore und rieb sich das Kinn.

„Ich frag mich bis heute, was Chronos mit dem ewig alten Fluch noch will", mischte sich Amber in das Gespräch ein.

„Wäre es nicht auch möglich, dass der Zeitjäger die Horatio schwer geschädigt hat? Ich meine, könnte er es schaffen, die Areia von innen heraus zu zerstören?" Diese Option schien Livia absolut denkbar, schließlich schadete die Sanduhr dem Zeitjäger eher, denn sie bewies seine Existenz. „Ich meine, er wäre ohne sie besser daran, oder?"

Theodore nickte langsam. „Gut möglich, Livia. Dazu müsste er sich in der Nähe aufhalten und zumindest einen Plan haben, wie er sie zerstören kann. Offensichtlich ist ihm das nicht gelungen. Warum sonst sollte sie nur einen Sprung haben?"

„Er wäre bescheuert, wenn er sich hier aufhalten würde", warf Ty ein. „Hier wimmelt es von Leuten der Horatio."

„Na ja, die Horatio lässt eh nichts raus. Wann gab es zuletzt Gerüchte, wo sich der Zeitjäger aufhalten soll? Vor ein paar Jahren?", meinte Amber.

Theodore nickte. „Exakt. Aber die Horatio ist auch nicht unfehlbar."

„Die wäre schön dumm, wenn sie ihr Versagen in der Presse kundtun würde, oder?", mischte sich Rick ein.

„Eben." Theodore tippte weiter auf der schwarzen Tastatur seines Notebooks herum. „Bisher gibt es keine Eilmeldungen. Weder in den Social Media noch auf irgendwelchen Nachrichtenkanälen."

„Merkwürdig", bemerkte Livia. Schlagzeilen verbreiteten sich normalerweise wie ein Lauffeuer.

„Ach, genug davon. Lasst uns an die Party denken, wie Rektor Hookling meinte", warf Amber in die Runde. Sie stupste Theodore an. „Schau, da hinten ist Cleo."

Hastig schloss er sein Laptop und packte es unter den Arm. „Bis später." Flink ging er zu Cleo und stolperte dabei beinahe über seine eigenen Füße.

Amber lehnte sich stolz zurück. „Das funktioniert immer, um ihn loszuwerden."

„Ist nicht die feine Art", schalt sie Rick mit einem amüsierten Blitzen in den Augen. „Du verpasst ihm mal noch einen Herzinfarkt, wenn du so weitermachst, Amber."

„Alles okay?", wandte sich Livia nebenbei an Ty, der sich in ein ernstes Schweigen hüllte.

Er lächelte ihr zu und nickte. „Alles bestens. Wie geht es dir? Hast du gestern verkraftet?"

Seine plötzliche Empathie überraschte sie. „Jeder Besuch ist schwierig", gestand Livia. „Wann gehst du wieder hin?"

Verständnisvoll nickte Ty ihr zu. „Ich weiß es noch nicht", gab er zurück.

„Gib mir Bescheid. Zu zweit ist es einfacher als allein."

Überraschung blitzte in seinen Augen auf, aber sie bereute die Worte nicht. Ja, vielleicht war es zu zweit leichter, Granny zu sehen. Und ja, sie hätte Amber, Rick oder Theodore fragen können. Aber nein, sie fragte Ty. Anscheinend verbrachte ein Teil von ihr gerne Zeit mit ihm. Dem Macho, den sie absolut nicht leiden konnte. Und ihr Mund hatte gesprochen, bevor ihr Gehirn einverstanden war.

Am nächsten Tag verlief das Tennistraining zu Livias Zufriedenheit. Sie hatte das Doppel mit Cleo geübt. Ihre Rückhand war verbesserungswürdig und das Training mit Cleo half ihr dabei, ihre Technik zu verfeinern. Cleo beherrschte jegliche Tenniskniffe perfekt und bereitete ihre Profikarriere vor. Wann immer Zeit blieb, trainierte sie zusammen mit Coach Spinderbee und lud Livia öfter dazu ein.

„Du wirst echt immer besser", sagte Cleo strahlend und wischte sich mit einem Handtuch den Schweiß von der Stirn. „Respekt." Sie fokussierte ihre Profikarriere und auch wenn sie sich immer nett und zuvorkommend gab, war es ihr größtes Ziel, einmal weltberühmt zu werden. Das hatte sie Livia während des Trainings nicht nur einmal erzählt.

„Danke." Livia genoss es, von ihr gelobt zu werden. „Wir wären ein passendes Doppel."

„Ich glaube, das könnten wir unseren Partnerinnen nicht antun", antwortete Cleo lachend und stopfte das Handtuch in ihre Sporttasche. „Penelope bekommt schon Ausschlag, wenn sie nur Ambers Namen hört."

„Ich wüsste zu gern, was sie gegen uns hat", überlegte Livia auf dem gemeinsamen Weg in die Umkleidekabine. Die Gespräche mit Cleo waren meist ruhig und besonnen. Das schätzte Livia und hielt ihr die Tür zur Umkleide auf.

„Konkurrenzkampf ist ihr Problem. In Amber und dir sieht sie potenzielle Nebenbuhlerinnen. Besonders, wenn es um Ty geht", sagte Cleo und stellte ihre Tasche auf ihren Umkleideplatz. Rasch holte sie ein Handtuch aus dem Schrank und warf es sich über die Schulter. „Mach dir nichts draus. Pen ist eigentlich harmlos", fuhr sie fort und fischte ihr Shampoo aus der Tasche. Damit verschwand sie in der Duschkabine.

Livia kramte ebenfalls ihr Waschzeug hervor. Prinzipiell machte ihr Ambers und Penelopes Wettkampf nichts aus, aber dass sie da neuerdings mit hineingezogen wurde, fand sie lästig. Sie wollte so ungestört wie möglich ihr Studium absolvieren, um Chancen auf einen rechtschaffenen Job zu haben. Bisher verlief ihr Studium, wie sie es sich wünschte. Sie hatte Freunde gefunden, verhielt sich unauffällig und hatte jede Prüfung mit Bravour bestanden.

Sie öffnete die Duschkabine und stellte sich unter die Brause. Das Wasser temperierte sie auf 27 Grad und ließ es seicht auf sie hinabrieseln. Herrlich.

Tennis war nicht nur ihr Lieblingssport. Es war auch ihre Leidenschaft neben dem Tee. Zur Profikarriere reichte es nicht, aber sie nahm gern an Wettkämpfen teil und war motiviert, ihr Handling zu verbessern.

Nach der Dusche zog sie sich in aller Ruhe an und band ihre Haare vor dem Spiegel zu einem ordentlichen Knoten zusammen. Dann legte sie Rouge auf und tuschte sich die Wimpern.

Jetzt fehlte noch die Brille. Sie wandte sich vom Spiegel ab, um diese zu holen. Doch sie war nicht mehr auf der Umkleidebank, wo sie sie vor dem Duschen hingelegt hatte. Verwirrt kramte Livia in ihrer Tasche. Hatte sie die Brille nicht auf die Bank gelegt?

„Suchst du die hier?"

Plötzlich stand Penelope neben ihr. Erschrocken fuhr Livia zusammen und erkannte schemenhaft, wie Penelope die Brille hin und her schwang. Ihre goldenen Armreifen klimperten dabei metallen.

„Kann die arme Livia ohne Brille nichts sehen?", imitierte sie eine überfürsorgliche Mutter und grinste gehässig. „Was wohl passieren würde, wenn sie versehentlich hinunterfällt?" Provokant legte sie den Zeigefinger auf die Lippen und sah grüblerisch nach oben.

Livia ließ sich nicht provozieren. *Wie dämlich ist das denn bitte?* „Die Brille ist aus Titan. Man kann sie beliebig verbiegen. Probier es aus", erklärte sie Penelope abwartend. Das Herunterfallen würde der Brille nichts ausmachen. Livia behielt die Nerven und hoffte, Penelope würde sich damit vom Acker machen. Sie zwang sich, einigermaßen seriös ihre Sachen zusammenzupacken und zog ihre Tennistasche über die Schulter.

„Darf ich?", fragte sie und wollte nach ihrer Brille greifen, doch Penelope war schneller und ging aus der Umkleide.

Genervt folgte ihr Livia. „Können wir das nicht einfach lassen?", fragte sie. „Ich weiß echt nicht, was dir das bringt."

Penelope ignorierte sie und steuerte auf den asphaltierten Eingangsbereich der Uni zu.

„Penelope, was soll das denn?", fragte Livia genervt. „Können wir diese Spielchen nicht lassen?" Sie hatte keine Lust auf Machtdemonstrationen wie auf dem Tennisplatz.

„Ich will dir zeigen, wie es ist, wenn man sich mit mir anlegt." Penelope stoppte und funkelte sie an. Bevor Livia etwas erwiderte, warf die südländische Schönheit die Brille in hohem Bogen mit aller Wucht weg.

Livia sah ihr panisch hinterher und registrierte dann erleichtert, wie die Brille unbeschadet auf dem Boden aufschlug.

„Okay", sagte sie erleichtert und ging zur Brille. Froh, dass sie keinen Schaden davon genommen hatte, griff sie danach, doch Penelope kam ihr zuvor und versperrte ihr den Weg.

„Sieh es als Warnung. Er gehört mir", sagte sie, bevor sie ihr Bein hob und mit aller Kraft auf die Brille stampfte. Ihr Absatz schmetterte auf das Gestell und ein hässliches Knirschen erklang. „Ups, das war mein Absatz", kommentierte Penelope gespielt entsetzt das zersprungene Brillenglas.

Livia war fassungslos über Penelopes Abneigung und starrte sprachlos auf das verbogene Titan auf dem Boden. Daneben funkelten Scherben der ehemaligen Brillengläser in den milden Herbstsonnenstrahlen.

„Sag mal, spinnst du?", fuhr sie Penelope an und hob die kaputte Brille auf. „Weißt du, was die gekostet hat?" Wut stieg in ihr auf. Ihre Wangen erröteten und ihr wurde brennend heiß.

Mittlerweile stellten sich Schaulustige um Penelope und sie. Livia hörte deren Gekicher.

„Was läuft bei dir schief?", fauchte sie Penelope an und schob die kaputte Brille in ihre Tasche. „Du hast kein Recht, fremdes Eigentum zu beschädigen und auch kein Recht andere zu demütigen, wenn es dir in den Kram passt!" Nein, sie sah es nicht ein, die Situation schweigend zu beenden. „Weißt du was?" Sie machte einen Schritt auf Penelope zu. „Das macht dich hässlich. So richtig hässlich."

In Penelopes Augen glomm Wut auf und sie sog scharf Luft ein. Doch bevor die südländische Schönheit zum verbalen Gegenschlag ansetzen konnte, verließ Livia mit erhobenem Kopf den Platz. Sie war genug getroffen mit der kaputten Brille, die ein Vermögen kosten würde. Ein Vermögen, das sie nicht besaß.

Niemand wusste, dass sie per Stipendium an der Oxford studierte, und dabei sollte es bleiben. Livia wollte dazugehören und nicht aufgrund schwacher finanzieller Mittel gemobbt werden. Würde Penelope das erfahren, wäre es ihr gesellschaftliches Todesurteil. Die Finanzspritze ihrer Eltern reichte, um Lernmaterial zu kaufen und ab und zu auszugehen. Eine neue Brille war längst nicht drin.

Sie schnaubte. Jetzt war es an der Zeit, sich einen Job zu suchen. Vielleicht könnte sie zum Besuchsdienst im Altenheim.

Vor dem Studentenheim zögerte sie kurz. Sie könnte Ty fragen. Jetzt gleich?

Entschieden öffnete sie die schwere Eingangstür und nahm den Flur zum Trakt der Jungs. *Hat er erwähnt, ob er hier auf dem Campus wohnt?*, überlegte sie kritisch. Es war auch unter den reichen Studenten nicht üblich, eine eigene Wohnung in der Stadt oder eine WG zu haben.

Vor dem Bewohner-Index stoppte sie und suchte die Liste nach seinem Namen ab. Ohne Brille war das gar nicht so einfach. Angestrengt kniff sie die Augen zusammen.

Ty McMiller. Appartement 7.

Bingo. Er hatte eines der teuersten Appartements auf dem Campus. *Irgendwie war das ja klar*, dachte sie, während sie den Fahrstuhl nach oben nahm. *Wer eine Rolex trägt, kann sich ein Deluxe-Appartement leisten.*

Mit einem Ping hielt der Fahrstuhl im obersten Stock. Die Türen gaben den Blick auf den Gang frei und ihr stockte der Atem. Sie hatte gewusst, dass der oberste Stock als prunkvoll galt. Aber das hatte sie nicht erwartet.

Der Boden war mit rotem Samt ausgelegt und die Tapeten aus schwerem blauen Brokat, der mit goldenen Ranken verziert war. Gesteppt mit Knöpfen hatten sie ein majestätisches Flair. Die antiken Lampenschirme an der Decke beleuchteten den samtenen Teppich mild.

Ehrfürchtig trat Livia aus dem Fahrstuhl. Der Gang verlief kerzengerade und umfasste auf den ersten Blick zehn Appartements. Auf jeder Seite waren fünf Türen aus dunklem Holz, in deren Mitte die goldene Zahl prangte. Sie fühlte sich ein bisschen ans Grand Hotel erinnert, eine ihrer Lieblingsserien.

Vor der Tür mit der Ziffer Sieben blieb sie stehen und fasste all ihren Mut zusammen. Zaghaft klopfte sie daran. Kurz darauf wurde die Tür mit einem sanften Klicken geöffnet.

Ty spickte hinter der Tür hervor und schaute sie mit zerzaustem Haar und müden Augen an. Offensichtlich hatte sie ihn in einem schlechten Moment erwischt. So matt hatte sie ihn bislang nicht gesehen.

„Oh, ähm, sorry. Ich wusste nicht, dass du schläfst." Verlegen schob sie die Hände in die Jackentaschen.

Mist, jetzt hatte sie ihn aufgeweckt. Sie hätte nicht herkommen sollen. Sie wollte sich schon wegdrehen und gehen, doch er lächelte und öffnete die Tür ein Stück weiter.

„Nein, nein, ich war nur … vertieft." Er trat zur Seite. „Komm rein", lud er sie höflich ein.

Zögerlich huschte sie in seinen Flur, der mit grauen Fliesen und einer weißen Garderobe ausgestattet war. Daran hing seine schwarze Lederjacke und darunter standen blaue Chucks. Das erste Indiz, dass sich hinter dem Luxusmacho ein normaler Kerl verstecken könnte.

Eine milchige Glastür verdeckte den Wohnraum. Verunsichert machte sie davor Halt.

„Geh durch", forderte er sie auf und sie spürte seinen warmen Atem im Nacken. *Himmel, wann ist er so nah gekommen?* Hastig öffnete sie die Glastür.

„Wow", entfuhr es ihr, als sie das geschmackvoll eingerichtete Wohnzimmer betrachtete. Das antike schwarze Ledersofa in der Mitte passte perfekt zu den grauen Gardinen und den alten Bildern an der Wand. Sie erkannte Kunstdrucke, die in schweren dunkelbraunen Holzrahmen hingen. Stil hatte der Kerl definitiv. Die Lampenständer und die Couchtischbeine waren mit Chrom verkleidet. *Er hat Modernes und Antikes harmonisch kombiniert*, dachte sie anerkennend.

Sofort fiel ihr die alte Standuhr aus Eichenholz auf. Sie stand neben dem Sofa in einer gemütlichen Ecke und war mit warmem Licht beleuchtet. Im Uhrenkasten schwang das goldene Pendel hin und her. Die Zeiger waren ebenfalls mattgold und mit filigranen Mustern verziert. Das Ticken klang hölzern und schwer, doch es passte perfekt zum Flair der Wohnung.

Livia fühlte sich an ein Antiquitätengeschäft erinnert. Das hätte sie Ty nicht zugetraut. Im Gegenteil, zu ihm hätte eine moderne, sterile Wohnung gepasst. Aber wie gut kannte sie ihn schon?

Im hinteren Teil des Raumes stand auf marmoriertem Boden eine graue Küchenzeile samt Theke. Alles war sauber und aufgeräumt. Bis auf den Esstisch, darauf stapelten sich Bücher und Karten. Livia fand es sympathisch und normal, endlich auf Unordnung zu stoßen.

„Gefällt es dir?", fragte er mit einem Hauch Stolz in der Stimme.

Sie hatte fast vergessen, dass er da war, so gefesselt war sie von seiner Möblierung.

„Es ist wunderschön", hauchte sie und lächelte ihm schüchtern zu. Dann wanderte ihr Blick wieder zu den Karten auf dem massiven Esstisch. Sie zeigten Großbritannien. Darauf hatte er rote Kreuze gemalt. Voller Neugier studierte sie die in die Jahre gekommene Karte mit zusammengekniffenen Augen, um besser sehen zu können. *Was hat er mit den Kreuzen markiert?*

„Willst du was trinken?", fragte er und rollte die Karte beiläufig zusammen.

Sie nickte. „Gerne."

Während er ihr Wasser einschenkte, stöberte sie in seinem Bücherregal. Er schien sich für die griechische Antike im sechsten Jahrhundert und das alte England zu interessieren. Auf dem Tisch lagen Werke dazu aufgeschlagen.

„Ich störe dich beim Lernen, oder?", fragte sie und das schlechte Gewissen machte sich in ihr breit, als sie das Wasserglas dankend entgegennahm.

„Nein, echt nicht. Das sind Recherchen. Nichts Wichtiges." Er schlug die Bücher zu und stapelte sie aufeinander, bevor er sich setzte. Livia schmunzelte, er hatte einen Ordnungstick.

„Also, was führt dich zu mir?" Er lehnte sich neugierig vor und musterte sie. Ob ihm wohl auffiel, dass sie keine Brille trug?

„Ich wollte dich fragen, ob du beim Besuchsdienst ein gutes Wort für mich einlegen kannst."

Erstaunt hob er die schwarzen Augenbrauen. „Du willst zum Besuchsdienst?"

Sie nickte und trank einen Schluck Wasser. „Ja, ich brauche das Geld." Dafür hätte sie sich auf die Zunge beißen können. Das ging ihn wirklich nichts an und war vorschnell geantwortet.

„Du brauchst Geld?", wiederholte er langsam und musterte sie ungläubig. „Ich dachte, hier ersticken alle an ihrer Kohle."

Okay, damit hatte er sie getroffen. Livia schluckte hart. „Nicht alle", gab sie zu. Das war ihr unangenehm. Aber jetzt hatte sie mit dem Thema angefangen und musste es auch zu Ende bringen. Sie holte ihre kaputte Brille aus der Tasche und legte sie auf den Tisch. „Deshalb brauche ich das Geld."

Ty nahm das verbogene schwarze Gestell in die Hand und betrachtete es eingehend. „Ich wusste doch, dass etwas an dir anders ist." Er zeigte auf ihre Nase, auf der normalerweise die Brille saß. „Wie hast du das denn geschafft?"

„Ist egal." Sie nahm ihm die Brille wieder aus der Hand. „Kannst du mich beim Besuchsdienst einschleusen?"

„Du warst das nicht, hab ich recht?" Forsch bohrte er weiter, ergriff ihre Hand und drückte sie. „Wer war das?" Wärme ging von seiner Hand aus und er blickte sie erwartungsvoll an.

Sie schluckte. Galant entzog sie sich seiner Berührung. Nein, das würde sie ihm sicher nicht unter die Nase reiben. Doch Ty wandte den Blick nicht von ihr ab, als würde er die Antwort kennen.

„Penelope. Stimmt's?"

Livia schwieg.

„Dieses Miststück!" Er schlug mit der Faust auf den Tisch und das halb volle Glas wackelte. „Was ist mit euch Weibern los, dass ihr immer gleich die große Liebe vermutet, wenn man sich mal gehen lässt?" Er fuhr sich genervt durch die schwarzen Haare und stöhnte auf. „Das ist einfältig."

Livia schluckte. Sein Frauenbild wäre somit geklärt. Sie konnte nur hoffen, dass er nicht mit Amber und Penelope spielte. „Wenn du dich mal für eine entscheiden könntest, müsste ich nicht den Sündenbock spielen", fuhr sie ihn beleidigt an. „Überhaupt sind nicht alle Frauen einfältig oder dämlich und wollen gleich die große Liebe. Manche von ihnen wollen einfach nur in Ruhe gelassen werden." Sie stand auf und stapfte zur Tür. „Ich zum Beispiel."

Es war ein Fehler gewesen, herzukommen und ihn ins Vertrauen zu ziehen. Was hatte sie sich dabei gedacht? Er war der Vollblut-Macho, den sie vom ersten

Moment an in ihm vermutet hatte. Nicht mehr und nicht weniger.

„Halt!"

Sie spürte seine Hand an ihrer Schulter.

„Warte. Es tut mir leid." Mit dem Arm versperrte er ihr den Weg durch die Glastür. „So war das nicht gemeint."

Livia stoppte und verschränkte die Arme vor der Brust. „Aha", gab sie unwirsch zurück.

„Penelope hat da was in den falschen Hals bekommen. Das war eine einmalige Sache. Eigentlich hatte ich das klargestellt", erklärte er ernst.

„Du bist mir keine Rechenschaft schuldig, Ty. Ich hätte nicht herkommen sollen." Damit schob sie seinen kräftigen Arm beiseite und betrat durch die Glastür den Flur, um eilig die Appartementtür zu öffnen. Erleichtert atmete sie auf, als sie im Flur ankam. Das Licht dort war gedimmt und sie ging über den roten Samt zum Fahrstuhl. Frustriert drückte sie den Knopf, um ihn zu rufen. Sie hätte nicht so aufbrausen sollen, aber der Kerl ging ihr massiv an die Nerven.

„Livia, es tut mir leid", hörte sie ihn sanft hinter sich sprechen. Offensichtlich war er ihr gefolgt. Ein Kribbeln durchzog ihren Bauch, das sie eilig verdrängte. Sie seufzte erschöpft.

„Klär das mit Penelope, okay? Ich will in Ruhe weiter studieren."

Mit einem Kling verkündete der Aufzug sein Kommen und die silbernen Türen öffneten sich. Livia trat hinein und blickte Ty wacker in die grünen Augen.

„Das wird nicht mehr vorkommen, okay? Ich kümmere mich um Penelope und werde dich nicht aus den Augen lassen."

Sie sah sein süffisantes Grinsen, bevor sich die Aufzugtüren schlossen. Ein süßes Versprechen, das er ihr mit auf den Weg gab. Jetzt hatte sie nicht nur das Problem der kaputten Brille, sondern auch noch einen ungewollten Aufpasser. *Wie Panne ist das denn!*

Sie seufzte und lehnte sich an die kalte Rückwand des Fahrstuhls. Kaum kam ein dahergelaufener Macho und manövrierte sich in ihre Clique, fing das Gefühlschaos an.

Kapitel 5

Die Gestalt rieb sich beschwingt die Hände in den schwarzen Lederhandschuhen.

Der Plan hatte funktioniert. Der Zeitjäger war in die Falle getappt. Ein aufgeregtes Kribbeln bahnte sich durch den Bauch der Gestalt. Es brauchte nur ein naives und leichtgläubiges Opfer und schon biss der Zeitjäger an wie ein hungriger Fisch.

Endlich konnte die letzte Mission der Horatio beginnen. Die Angelschnur war bereits ausgerollt und der Köder ausgesucht.

Es wäre ein bahnbrechender Triumph, den letzten Zeitjäger hier in England zu fangen und zu töten. Nie endender Ruhm. Eine verheißungsvolle Vorstellung.

Die Gestalt wusste, sie musste wachsam sein und den Dingen ihren Lauf lassen, um sich nicht zu verraten und zur richtigen Zeit zuzuschlagen. Das Wichtigste war, den Augenblick der Schwäche zu nutzen. Denn die Horatio benötigte weit mehr als den Tod des letzten Zeitjägers. Ein verräterisches Grinsen schlich sich auf die schmalen Lippen der Gestalt.

Schaffte sie es, die letzten fehlenden Informationen aus dem Zeitjäger herauszuquetschen, würde die Menschheit siegen. Über Chronos, über Kairos und über deren Gotteskraft. Entmachtet müssten die Götter einsehen, dass die Menschen am Zug waren.

Das Kribbeln durchflutete die Gestalt, während sie den aktuellen Bericht der letzten Aktion an die Horatio verschickte. Mit dem Go der obersten Stelle würde es bald so weit sein. Dann würde die Horatio wissen, wer ihr wertvollstes Mitglied war. Der beste Fluchjäger von allen, die je ausgebildet worden waren!

***

„Yo Mann, wann kommst du denn mit zum Rudern?" Rick setzte sich zu Ty, der in einer ruhigen Ecke der Bibliothek lernte. Er bevorzugte es, ungestört seinen Recherchen nachzugehen, und nebenbei hatte er etwas zu erledigen, was niemanden etwas anging.

Ty steckte das Geld in einen weißen Umschlag und schloss diesen langsam.

„Zur nächsten Einheit?", beantwortete er die Frage und schrieb Zimmernummer und Namen auf den Umschlag.

Rick packte zeitgleich geräuschvoll seine Unterlagen aus. Schmunzelnd schob Ty den Briefumschlag zwischen die lockeren Seiten seines Schreibblocks und schlug den Geschichtsband auf, der vor ihm lag. Rick sollte keinen Verdacht schöpfen und keine Fragen stellen.

„Klar, Mann. Gern. Da trainieren wir extra hart und öffentlich. Du verstehst?" Rick zwinkerte ihm zu und zog sein Handy aus der Tasche, um eine Nachricht zu tippen. Fragend blickte er zu ihm auf. „Ist es okay, wenn die anderen herkommen?"

Das war es dann wohl mit Tys Mittagsruhe. „Klar", entgegnete er versucht locker. Zugegeben, er fing an, Rick zu mögen. Seine offene und unkomplizierte Art trug dazu bei, dass er sich unverfänglich mit ihm unterhalten konnte. Das genoss er, weil es ihn zeitweilig von seinen Problemen ablenkte.

„Gibt's denn schon was Neues über den Riss in der Sanduhr?", fragte Ty interessiert.

Ihm war in den letzten Tagen aufgefallen, dass Rick viel Zeitung las. Aus reiner Faulheit, um nicht selbst zur Tagespresse zu greifen, fragte er den informierten Ruderer. Er hasste es, unnötige Nachrichtenapps auf dem Handy zu haben, die wegen jedem Schwachsinn aufblinkten.

Rick schüttelte den Kopf. „Nope, die Presse hält sich bedeckt. Ich denke, keiner weiß, was hinter dem Riss steckt."

Davon war Ty ausgegangen, er wusste ja selbst nicht, was er bedeutete.

Er schob den unbehaglichen Gedanken beiseite und hörte Amber schon von Weitem plappern. Ihr Tonfall war unverkennbar. Livia lief neben ihr und lächelte verschüchtert zu ihm rüber. „Hey", begrüßte er die beiden.

Amber legte die neueste Ausgabe ihres Klatschmagazins auf den Tisch. „Hier steht nicht mal annähernd etwas über die Areia drin."

„Ich denke nicht, dass das die richtige Zeitung dafür ist", meinte Rick grinsend und sie zog eine Grimasse.

„Schade, dann wirst du wohl nicht interviewt", zog Ty sie auf und erntete gleichermaßen eine Grimasse von ihr.

„Na ja, was sollen die schreiben, wenn sie nicht wissen, was los ist." Theodore setzte sich ebenfalls und klappte sein schwarzes Notebook auf. Ty fragte sich, ob er es nachts mit ins Bett nahm oder es zum Duschen aus den Händen gab. „Mich würde interessieren, ob der Zeitjäger seither wieder geraubt hat", merkte er hinter dem Bildschirm an.

Tys Misstrauen gegenüber Theodore wuchs. Der Nerd wusste einiges über die Zeitjägertheorien und interessierte sich öffentlich dafür. Würde das ein Fluchjäger tun? Es könnte sich um eine Falle handeln, die Theodore geschickt eingefädelt hatte. Na ja, Theodore im schwarzen Fluchjägeranzug, bei dem Gedanken grinste Ty. Athletisch war der Nerd nicht unbedingt. Aber was sollte es, die Fluchjäger waren schließlich keine Stereotypen. Trotzdem war Vorsicht geboten.

„Woher weißt du das eigentlich so genau?", fragte er Theodore patzig.

„Hobby", antwortete dieser und sah nicht von seinem Desktop auf.

„Er war schon immer so", intervenierte Livia freundlich.

„Na ja, das ist schon spannend. Ein Fluch, der die Menschheit bestrafen soll. Irre. Sonst kriegen wir ja nicht viel von den ganzen Göttern mit", sagte Rick und griff nach Ambers Klatschheft. Aufmerksam blätterte er darin herum.

„Und was glaubst du, wo sich der Zeitjäger aufhält?", bohrte Ty weiter. Es schadete nicht, herauszufinden, wie viel der Kerl wusste.

Theodore blickte nicht von seinem Laptop auf. „Ich persönlich glaube, dass er sich in England befindet. Alle

Mitglieder der Familie Conteville wurden außerhalb Englands von der Horatio gefasst. Keiner von ihnen kehrte an den Ort des Geschehens zurück. Es wäre ein cleverer Zug von ihm, das zu tun, was am wenigsten erwartet wird."

Das hatte Theodore gut recherchiert. Er lag mit allem richtig. Ein schlaues Kerlchen.

„Direkt vor der Nase der Horatio herumzutanzen, ohne geschnappt zu werden, wäre eine Demütigung für die gesamte Organisation", kombinierte Livia und hob die Augenbrauen.

Exakt. Das war sein Plan. Die Horatio komplett hochgehen zu lassen, seine Rache für die Familie öffentlich zu machen und Chronos herauszufordern, den Fluch zurückzunehmen.

Gut, der letzte Gedanke war erst neulich hinzugekommen. Es reizte ihn, noch mal ein normales Leben zu führen. Zumal er sich in Livias Clique und in ihrer Nähe irgendwie wohlfühlte. Außerdem sah sie süß aus ohne Brille. Sie hatte sich Kontaktlinsen angeschafft.

„Lassen wir dieses leidige Thema", meinte Amber entrüstet und erntete einen scharfen Blick von Theodore.

„Japp. Das finde ich auch. Es gibt Besseres", pflichtete ihr Rick bei. „Zum Beispiel das Rudertraining heute Mittag. Ty wird mit dabei sein."

„Echt?" Theodore sah tatsächlich von seinem Notebook hoch, um ihn skeptisch zu mustern.

Ty nickte. „Traust du mir das nicht zu?" Herausfordernd sah er in Theodores Richtung.

„Doch, doch." Sein brauner Haarschopf verschwand wieder hinter dem Bildschirm.

„Das sollten wir uns anschauen", meinte Amber zu Livia gewandt, die kurz von ihren Notizen aufblickte und lächelte.

„Klar, warum nicht."

„Läuft." Zufrieden packte Ty seine Geschichtsbände zusammen. „Leute, ich muss noch was erledigen. Man sieht sich heute Mittag." Er faustete Rick zu, der ihm wohlwollend zunickte. Dann verließ er die Bibliothek, bevor Amber ihn aufhalten konnte.

Am Studentenheim warf er den Umschlag mit dem Geld in Livias Briefschlitz und steuerte die Mensa an, um sich für das Rudern zu stärken.

Hin und wieder trainierte er zwar mit den Hanteln, aber so in Form wie Rick war er keinesfalls. Dennoch war er auf seine muskulösen Oberarme stolz. Sich beim Rudertraining vor der Damenwelt zu blamieren, war keine Option.

Seine Gedanken schweiften zu Livia. Er war nachlässig, was das Rätsel um ihre Zeitskala anging. Das bereitete ihm Kopfzerbrechen. Außerdem fing er an, sich für sie zu interessieren. Irgendetwas an ihr weckte sein Interesse. Nachdem sich Theodore heute mit seinen korrekten Informationen zum Zeitjäger in sein Schussfeld gerückt hatte, war das ein Grund mehr, in ihrer Nähe zu bleiben.

Theodore war durchaus ein Typ, dem er es zutrauen würde, unter seinem Nerd-Sein mit der Horatio zusammenzuarbeiten. Dass er ihn offen provozierte, verwirrte ihn. Sollte die Horatio ihn enttarnt haben, rechnete er bald mit einem Anschlag. Dafür wappnete er sich. Gefühlt jeder in seiner Umgebung konnte ein

Fluchjäger sein. Vielleicht auch Livia. Vielleicht aber auch nicht.

Ty stand im Neoprenanzug vor dem kanuähnlichen Gefährt am Ufer der Themse. Unsicherheit übermannte ihn bei dessen Anblick. Die Ruderer versammelten sich um ihn herum und Rick hielt, als Kapitän, eine Motivationsansprache. Seine Körperhaltung und seine Aura zeigten, wie sehr er für den Sport brannte. Das bewunderte Ty durchaus.

Die Kanus wippten durch die sanften Wellenausläufer, die das Ufer der Themse erreichten. Die Gischt perlte an dem saftigen Grün ab. Es wäre ein beruhigender Anblick, wenn seine scheiß Nervosität nicht wäre.

Da soll ich einsteigen? Gott, was hab ich mir dabei gedacht!

Ty verfluchte sich und blickte zu den gut gefüllten Zuschauerrängen. Warum war es hier bitte ein Trend, dauernd öffentliche Trainings zu veranstalten? Worin bestand der Sinn, die Zuschauer den Anfang des Rennens beobachten zu lassen, nur damit sie dann zum Zielpunkt wanderten, um das Eintreffen der Ruderer zu sehen? Die Oxford Universität rühmte sich mit Transparenz. Niemand sollte sich schämen, Leistung zu zeigen und bejubelt zu werden. Dieses Motto steckte hinter den Trainings. Sehen und gesehen werden.

Was für ein Schwachsinn, dachte er. Ruhm und Neider gaben sich hier Hand in Hand. Dieses Vorgeführtwerden nutzten einige aus, um Intrigen und Hetze voranzutreiben. Ganz nach dem Motto: Zeigst du Leistung, bist du jemand, zeigst du nichts, bist du ein

Nichts. Vielleicht wäre es besser gewesen, ein Nichts zu bleiben, überlegte er. Aber dafür war es zu spät.

„Alles kapiert, Mann?" Rick wies die Ruderer an, in die Boote zu steigen, und stand schon bis zu den Knien in der Themse. Ty hatte von der kompletten Ansprache nichts mitbekommen, nickte aber trotzdem. „Okay, dann los."

Rick stieg hinten ins Boot und überließ Ty den Platz vorne. Oh, oh, das war gar nicht gut, planlos ins Kanu zu steigen. Dann noch mit Rick im Nacken, der sicher jede seiner Bewegungen bewertete. Er fasste allen Mut zusammen, stieg ins Kanu und setzte sich ohne große Gleichgewichtsprobleme auf die hölzerne Bank.

Rick gab das Start-Kommando und Ty beobachtete, wie sein Vordermann beherzt die Ruder packte. Schnell fasste er seine. Der Pfiff zum Start ertönte und er spürte die kräftigen Ruderzüge seines Vordermannes. Krampfhaft versuchte er, sich dem Rhythmus der drei anderen im Boot anzupassen. Das war schwierig, denn die Ruderbewegung beanspruchte Muskeln, die er lange nicht mehr aktiv genutzt hatte. Er ließ sich nichts anmerken. Tapfer versuchte er weiterhin, im allgemeinen Tempo zu rudern, um keine Bremse zu sein oder seine Paddel mit einem anderen zusammenzustoßen.

Sein Blick glitt zu den Zuschauerrängen, die langsam verschwanden, je weiter das Kanu in die erste Kurve glitt. Irgendwo dort saß sie. Ein Kribbeln durchzog seinen Bauch ... nein, er sollte fokussiert bleiben. Rasch drängte er den Gedanken an Livia beiseite.

Rick brüllte ein Kommando, das er nicht verstand. Die Kraft, während des Ruderns nachzufragen, hatte er nicht, das würde ihn komplett aus dem Rhythmus werfen. Allerdings bemerkte er entsetzt, dass sich das Rudertempo erhöhte.

Er kam ordentlich ins Schwitzen, obwohl es Mitte Herbst und die Themse kalt war. Der Neoprenanzug klebte an ihm und zwickte störend. Er fluchte innerlich und seine Oberarme schmerzten, als Rick sie anfeuerte, mehr Tempo zu geben.

Wie, um Himmels willen, soll ich noch schneller rudern?

Angespannt biss er die Zähne aufeinander und versuchte, alle Kraft aus seinen Armen zu holen. Ihr Boot überragte den Zweitplatzierten um eine Nasenlänge.

Ty ruderte verbissen weiter. Er war zu stolz, um zu verlieren, aber Rudern würde auf keinen Fall sein neues Hobby werden.

Als der Rudercoach Thompsen, ein totales Muskelpaket um die Mitte vierzig, endlich abpfiff, rann Ty der Schweiß über die Stirn. Sofort ließ er die Paddel los. Er hatte keine Ahnung, wie viele Kilometer oder Seemeilen sie gerudert waren, aber seine Arme zitterten vor Anstrengung. Mit schmerzenden Gliedern stieg er aus dem Kanu.

„Gut geschlagen", sagte Rick und nickte ihm anerkennend zu. Insgeheim freute Ty sich darüber. Den Jubel der Zuschauer nahm er nur vernebelt wahr, der Schmerz in seinen Armen dominierte seine Empfindungen.

„Danke. Das ist saumäßig anstrengend", erklärte er und versuchte, das Muskelzittern zu kontrollieren.

„Wird häufig unterschätzt." Rick griff sich an seinen trainierten Bizeps. „Diese Babys kommen nicht von ungefähr."

„Haben wir gewonnen?", fragte Ty, als er den rasenden Beifall der Zuschauer registrierte.

„Na klar, mit dem Kapitän im Boot kann nichts schiefgehen."

„Angeber."

„Tja, da gehörst du jetzt offiziell dazu." Damit trat Rick mit erhobenen Händen auf die Ränge zu und ließ sich feiern. Johlender Applaus tönte ihm entgegen.

Das warme Wasser der Dusche prickelte auf Tys Gesicht. Mittlerweile hatte er kein Gefühl mehr in den Oberarmen, trotzdem stellte sich eine wohlige Zufriedenheit ein.

Mit einem Handtuch um die Hüften ging er in die Umkleide, in der Rick auf ihn wartete.

„Bist du so weit?"

Fragend runzelte Ty die Stirn. „Wofür?"

„Ich schätze, die Mädchen warten draußen auf uns. Umtrunk nach dem Training, wie es sich gehört." Ein verschmitzter Ausdruck schlich sich auf Ricks Gesicht und er kontrollierte seine Frisur vor dem Spiegel. Er hatte die blonden Haare wie immer nach oben gegelt und trug ein lockeres weißes Shirt zur Blue Jeans.

„Klar. Geh schon vor, ich komme gleich", wies Ty ihn an. Er wollte sich in Ruhe zurechtmachen.

Rick nickte und trat aus der Kabine. Ty zog sich rasch an. Er hatte sich für ein Jeanshemd und eine schwarze Hose entschieden. Dazu trug er Lederschuhe und seine Lederjacke. Zum Schluss legte er die goldene Rolex an und schob die Schatulle in die Innentasche der Jacke. Der Fluch ließ ihn glücklicherweise noch in Ruhe, Penelopes Zeitpensum war ordentlich. Sicherheitshalber wollte er die nächsten Tage in die Stadt fahren, um dort in einer Kneipe zu rauben. Mädels an der Theke waren ebenfalls leichte Opfer. Außerdem garantierte ihm sein Charme eine Trefferquote von hundert Prozent. Sollte die Horatio näher an ihm dran sein, als er glaubte, musste er Verwirrung stiften und an verschiedenen Orten tätig werden. Er wollte nichts überstürzen, bevor er nicht deren Hauptquartier ausfindig gemacht hatte.

Draußen, am Ufer der Themse, erkannte er Rick, Livia und Amber auf einer karierten Picknickdecke sitzen. Sie war blau, wie so viel an der Oxford Universität. Meist paarte sich das Blau mit Weiß oder mit unterschiedlichen Grautönen, wie die Schuluniform. Traditionell, englisch, schlicht.

Ty ging langsam auf die Clique zu. Ein Stück entfernt saß Cleo mit der rothaarigen, schüchternen Joyce und Penelope. Sie prosteten sich mit Sektgläsern in der Hand zu.

Typisch Frauen, ein Sektchen hier, ein Sektchen da!, dachte Ty und bemerkte einen braunen Haarschopf unter ihnen. Wer war das denn? Neugierig reckte er sich, um zu sehen, wer dort saß. Ach ja, richtig. Der unsterblich verliebte Nerd. Ty war es ein Rätsel, wie Cleo trotz seiner auffälligen Avancen so nett zu Theodore sein konnte.

„Da bist du ja!" Amber streckte ihm ein Schnapsglas mit milchigem Inhalt entgegen und unterbrach seine gehässigen Gedanken zu Theodore.

„Was ist das?", fragte er und setzte sich auf die karierte Decke. Skeptisch nahm er das Schnapsglas entgegen. Die milchige Flüssigkeit schwappte schwerfällig.

„Eierlikör mit Zimt", klärte Amber ihn mit geröteten Wangen auf.

„Davon hatte sie schon einige", zog Rick sie sofort auf.

Amber sah ihn entrüstet an. „Na und? Echt lecker, das Zeug." Sie kippte das Gläschen hinunter und leckte sich die Lippen. Dann verfiel sie in ein beschämtes Kichern und schenkte sich noch mal ein.

Ja, sie hat eindeutig zu viel gekippt, dachte er amüsiert. Er stieß sein Schnapsglas an Livias und erntete ihren überraschten Blick. Sie zögerte kurz und nippte am Glas. Ty tat es ihr gleich und eine wohlige Wärme breitete sich in seinem Hals aus. *Wuah, ist das Zeug süß.* Er stand eher auf die herberen und härteren Sachen.

Schaudernd gab er Amber das Gläschen zurück. „Mädchenzeug."

Rick lachte und leerte sein Glas. „Sag ich auch immer. Trotzdem ist es Tradition, dass die beiden damit auf mich warten."

„Sagt nicht, ihr macht das Gesöff selbst?", zog er die beiden auf. Amber war drauf und dran, ihm nachzuschenken. Wie ein Habicht, der seine Beute fixierte. Rasch schob er ihre Hand mit dem gefüllten Glas beiseite.

„Natürlich. So schwer ist das nicht", erklärte sie stolz. Livia verdrehte die Augen und ließ sich von ihr nachschenken.

„Sicher, man nehme gekauften Eierlikör und würze ihn mit Zimt", prustete Rick und ließ sich von Amber ebenfalls einschenken.

„Wie gesagt, es ist Tradition", wiederholte Amber achselzuckend und stieß mit ihm an. Dann exten sie den Inhalt.

„Manchmal ist Tradition das Einzige, was bleibt." Nachdenklich fuhr Ty über seine goldene Rolex. Die schlechten Traditionen seiner Familie würden ihm für immer ins Gedächtnis gebrannt bleiben. Dafür sorgte Chronos.

„Schon so spät? Verdammt, ich muss los." Rick stand hastig von der Decke auf und zog sein Hemd zurecht. „Seh ich gut aus?", fragte er Amber, die verschwörerisch nickte.

„Definitiv. Hau rein."

Er stellte sein Schnapsglas in den Picknickkorb, den die Mädels mitgebracht hatten, und ging.

„Was hat er denn vor?", fragte Ty neugierig.

„Ein Date, vermutlich", überlegte Livia.

„Ruderer sind sehr beliebt", ergänzte Amber und packte die Gläschen und den Likör in den Picknickkorb. *Endlich!*

„Du gehst auch?", fragte er Amber ungläubig.

Sie nickte. „Ich muss zu Professor Teensburry, Fördergespräch."

„Ich drück dir die Daumen." Livia lächelte ihrer Freundin aufmunternd zu und rückte näher zu Ty.

„Hast du auch noch was vor?", fragte er. Es war die Gelegenheit, noch mal Zeit mit ihr allein zu verbringen. Die nicht vorhandene Zeitskala legte sich wieder wie ein Schatten über seine Gedanken.

„Nein, ich wollte noch ein wenig lernen", gab sie seufzend zurück.

„Lass uns doch ins *Stax* gehen. Nach der Anstrengung könnte ich eine Pizza vertragen", schlug er ihr vor, nachdem Amber sich vom Acker gemacht hatte. Überrascht stellte er fest, dass sie nickte und auf sein Angebot einging. Ein zartes Kribbeln flatterte durch seinen Bauch.

Im *Stax* war es ungewöhnlich still. Die Tische waren vereinzelt belegt und das Licht war gedimmt. *Fast schon romantisch*, dachte Ty, während er beim Kellner einen Tisch für zwei bestellte. Der wies ihnen einen Platz an der Fensterfront zu. Regen prasselte gegen die Scheiben, die Straßenlaternen warfen ihr mildes Licht in die Dunkelheit.

„Worauf darf ich dich einladen?", fragte er, nachdem sie Platz genommen hatten.

Livia studierte die Speisekarte. „Keine Einladung. Jeder bezahlt für sich." Sie legte die Karte ab und griff in ihre Tasche. Zum Vorschein kam sein Umschlag. „Du hast mich schon genug eingeladen." Mit ernstem Blick schob sie den Umschlag zu ihm.

„Es gehört dir", sagte er und schob ihn über den hölzernen Tisch zurück.

„Ich kann das nicht annehmen, Ty", sagte Livia beklommen und beförderte den Umschlag wieder zu ihm.

Sanft legte er seine Hand auf ihre und schob sie mitsamt dem Umschlag wieder zu ihr zurück. „Doch, kannst du."

Er nahm seine Hand nur ungern von ihrer, aber so betonte er die Endgültigkeit seiner Worte noch.

Sie seufzte ergeben. „Nur, wenn ich es dir zurückzahlen kann."

„Gern. Wenn ich dich jetzt einladen darf." Er wartete, bis sie langsam nickte, und rief den Kellner an den Tisch. Dieser zündete geduldig die rote Kerze an und nahm ihre Bestellungen entgegen. Livia entschied sich für eine Lasagne und er sich für eine Peperoni-Pizza. Dazu bestellte er eine Flasche Chianti.

„Ich hoffe, du magst Wein?", fragte er, nachdem der Kellner gegangen war.

„Ja. Ich trinke nicht oft, aber ein Gläschen guten Wein genieße ich ab und zu." Dabei sah sie ertappt aus.

Nein, jemand so Anständiges musste entweder perfekt schauspielern oder war kein Mitglied der Horatio.

„Das mit dem Besuchsdienst hat sich übrigens erledigt", sagte er. „Die wollen ihn komplett abschaffen. Zu viel rausgeschmissenes Geld für die alten Leute", log er und hoffte, sie würde das Thema zukünftig ruhen lassen. Sein schlechtes Gewissen ignorierte er derweil, denn das ließ ihn sonst nur noch sentimental werden. Trotzdem versetzte es ihm einen Stich, als Enttäuschung in Livias Blick aufflackerte.

„Warum versuchst du es nicht als Aushilfe im Teeladen?", schlug er ihr stattdessen vor und nippte an dem Rotwein, den der Kellner gerade gebracht hatte.

„Ja, das werde ich machen", meinte sie ernüchtert und führte ihr Glas zum Mund. Ihre Lippen umschlossen es und sie kostete vom Wein. Fasziniert beobachtete er sie dabei.

Es tat ihm leid, dass er sie belogen hatte, aber er konnte nicht riskieren, dass sie beim Besuchsdienst seinen Namen erwähnte.

„Gut?", hakte er nach, als sie das Glas absetzte.

„Ja, sehr gut. Danke noch mal für das Geld, Ty. Es ist für mich nicht selbstverständlich, dass jemand so schnell eine solche Summe locker macht." Beschämt rutschte sie auf ihrem Stuhl hin und her. „Das bedeutet mir echt viel."

Er lehnte sich vor und ergriff ihre Hand. „Ich weiß", sagte er und sah ihr tief in die Augen. Sie erwiderte seinen Blick mit geröteten Wangen und entzog ihm die Hand erst, als der Kellner die Lasagne und die Pizza servierte.

Ty lief das Wasser im Mund zusammen. Der erste Bissen war der beste, denn er machte Appetit auf mehr. Außerdem war er hungrig wie ein Wolf, der sich die Nächte um die Ohren geschlagen hatte. Das Rudertraining musste etliche Kalorien verbrannt haben.

Überwiegend schweigend aß er und beobachtete Livia aus dem Augenwinkel. Sie aß bedächtig, stellte er fest. Es fühlte sich nicht an wie ein peinliches Schweigen beim Essen, eher wie ein vertrautes Verstehen. Ohne Worte.

„Wie hast du dich eigentlich mit Theodore angefreundet?", fragte Ty, um das Schweigen zu brechen.

„Als ich frisch an die Uni kam, hat er mich unter seine Fittiche genommen. Ein Pate für die ersten Wochen."

„Theodore? Echt jetzt?"

Wissend lächelte sie. „Natürlich. Durch ihn habe ich mich an der Uni wohlgefühlt. Er gab mir das Gefühl, nicht die Einzige zu sein, die nicht total reich ist."

„Ihr wart also zwei Außenseiter", umriss er grob.

„Genau. Das schweißt zusammen. Amber hat im gleichen Jahr mit mir angefangen und sich dann mit Rick angefreundet", erzählte sie weiter und wurde vom

Kellner unterbrochen, der die leeren Teller abräumte und sich nach weiteren Wünschen erkundigte. Beide verneinten.

„Theodore ist nicht so bissig, wie er sich gibt. Er beschützt diejenigen, die er mag."

„Ein Wachhund ist er also auch noch."

Livia lächelte milde und nippte an ihrem Wein. Langsam verbreitete sich die Röte über ihre Wangen. „Er braucht Zeit, bis er auftaut."

Ty nickte, nahm sein Weinglas und prostete ihr zu. „Auf den Wachhund."

„Und seinen aufpasserischen Geist."

Er lachte und sie stimmte mit ein. Dann hielt sie inne und sah ihn intensiv an. „Als ich dich das erste Mal gesehen habe, war ich der völligen Überzeugung, du wärst ein Prolet erster Klasse", sagte sie und kicherte.

Der Rotwein ließ sie geschwätzig werden. Ty lächelte amüsiert. Das gefiel ihm. „So, dachtest du?" Er lehnte sich vor. „Als ich dich das erste Mal gesehen habe, dachte ich, du wärst die Streberin vor dem Herrn."

„Eine Streberin." Sie verschränkte die Arme. „Aha."

„Das lag an deiner Brille."

Ihre neugierigen haselnussbraunen Augen blitzten auf. Ohne Brille kamen sie besser zur Geltung. Ihre langen Wimpern umrahmten den aufgeweckten Blick perfekt.

„Die ist jetzt erst mal hinüber. Ich bin auf Kontaktlinsen umgestiegen", erklärte sie und tastete über ihr Haar. Ein paar Strähnen hatten sich aus dem Knoten gelöst.

„Eine hervorragende Idee." Mit dem Finger fuhr er über den Rand seines Weinglases. „Ohne gefällst du mir noch besser."

Der Kellner trat an den Tisch und erkundigte sich noch mal nach weiteren Wünschen, Ty lehnte dankend ab. Es war spät. Außerdem wollte er Livia nicht abfüllen. Er bat den Kellner um die Rechnung und bezahlte höflich mit üppigem Trinkgeld.

Livia hatte keine Einwände und er half ihr in die Jacke, bevor sie in die kalte Nacht hinausspazierten.

„Das war jetzt unverhofft angenehm", hauchte sie in die Stille. Der Regen hatte aufgehört und die Straßen glänzten nass im Mondschein. Es war frisch und der Himmel klar.

„Du meinst unverhofft angenehm im Sinne von *das könnten wir mal wiederholen*?" Er überprüfte kurz, ob seine hölzerne Schatulle in der Tasche war. Wie immer ruhte sie dort. Drängend und zufrieden.

„Ja, ich denke, das wäre machbar." Sie hakte sich bei ihm unter, was er überrascht zuließ. Allerdings schob er das auf die zwei Gläser Rotwein.

„Sofern es der Wachhund erlaubt", spielte er keck auf Theodore und seine Aufpasserrolle an.

„Gib ihm eine Chance und lass dich nicht provozieren. Sei einfach du selbst. Dann taut er auf."

Ty mochte ihre ehrliche und diplomatische Art. Wie sie sich um andere sorgte und um Harmonie bemühte. Sie hätte eine wunderbare Lehrerin abgegeben. Ohne Häkelbluse und Karorock.

Am Studentenwohnheim angekommen, zog sie fix ihren Arm unter seinem hervor und steckte die Hand unsicher in ihre Jackentasche.

„Soll ich dich noch raufbringen?", fragte Ty galant.

„Nein. Das ist keine gute Idee. Lassen wir Amber lieber nichts von unserem Treffen wissen."

Okay, das war verständlich. Ihm passte es auch, wenn Amber nichts davon erfuhr, dann könnte er sie weiterhin als Raubopfer um sich haben. Auf der anderen Seite spürte er, dass er gerade auf einem ganz anderen Weg war. Einem Weg, den er schon lange nicht mehr beschritten hatte.

Halb in Gedanken zog er Livia an seine Brust und umarmte sie zum Abschied. Er spürte, wie sie sich an ihn schmiegte und die Umarmung dankend erwiderte. Dann löste er sich ein Stück, fasste sie an den Schultern und blickte ihr tief in die Augen. Sah ihre Bedenken, ihre Fürsorge, ihre Sehnsucht und das Funkeln, das sich nach dem zweiten Rotweinglas dort eingenistet hatte. Ihre vereinzelten Sommersprossen waren zum Greifen nahe und er zwang sich dazu, die rosige Haut nicht zu berühren.

Es war ein unbeschreibliches Gefühl, sie so anzusehen. Warum hatte er das nicht längst getan?

„Gute Nacht, Livia", sagte er und gab sie widerstrebend frei. An der Art, wie sie sich wegdrehte, erkannte er ebenfalls widersprüchliche Gefühle in ihr. Sie zögerte einen Moment und flüsterte: „Gute Nacht, Ty."

Er sah ihr nach, bis sie hinter der Glastür zum Mädchentrakt verschwunden war. Daran könnte er sich gewöhnen. Sollte er das? Damit würde er Livia in den Fokus der Horatio befördern. Sie der Gefahr aussetzen, eine Waffe gegen ihn zu werden. Es wäre dumm, seine eigene Schwachstelle zu erschaffen ...

Mit einem Seufzen auf den Lippen schloss er die Tür zu seinem Appartement auf. Wie gern hätte er sie zu sich eingeladen und ihre Nähe genossen.

Es war bereits der zweite Augenblick, in dem er sich ein normales Leben wünschte. Mit den normalen Problemen eines Studenten und einem normalen Liebesleben.

Er zog seine Lederjacke aus und holte die Schatulle aus der Tasche. Nachdenklich strich er über die eingeritzten Gravierungen.

Was wohl gewesen wäre, wenn er den Diener damals nicht getötet hätte? Ob Chronos ihn verschont hätte?

Dann wäre auch Livia nicht in sein Leben getreten. Ihre haselnussbraunen Augen mogelten sich in seine Gedanken und er stellte die Schatulle auf dem Glastisch ab.

Was für ein Geheimnis verbarg Livia, dass er ihre Zeitskala nicht lesen konnte?

Zu gern hätte er gewusst, ob sich ihre vergeudete Zeit bei ihrem gemeinsamen Essen vermehrt hatte. Das hätte ihm zumindest gezeigt, ob sie das Zusammensein genauso genossen hatte wie er. Die Versuchung des Verbotenen. Die war ihm schon einmal zum Verhängnis geworden.

Er seufzte und ging ins Bad. Nachdem er die Zähne geputzt hatte, nahm er die Landkarte Großbritanniens und warf sich damit aufs Bett.

Erneut versuchte er, ein Muster in der Platzierung der Quartiere der Horatio zu erkennen. Ihm fehlte nur noch ein Quäntchen, um ihre Zentrale ausfindig zu machen. Das Gefühl, dass er etwas übersehen könnte, saß ihm schon einige Zeit im Nacken. Er ließ den Kopf auf das mit grauer Seide bezogene Kissen fallen. Was übersah er?

***

Im Lichthof der Universität erklang ein glasiges Klirren. Im klobigen Glaskolben der Areia regte sich etwas. Ein Knarzen klang von den hohen Steinwänden wider.

Der feine Haarriss, der Sprung, der die Areia zeichnete, vergrößerte sich. Fast schon gierig fraß er sich weiter in das saubere Glas und arbeitete sich voran.

Der Kolben knirschte, fast so, als wollte er sich wehren, doch er erlag dem Riss. Er bohrte sich tief in die dicke Glasschicht, zog sich gezackt durch die gesamte obere Glaskuppel und machte erst Halt, als er ganz oben angelangt war. Damit verklang das Knarzen des Glases.

Eine bizarre Schönheit, der gewaltige Riss im mächtigen Artefakt.

Es wurde nicht mehr Herr über den lauernden Riss.

KAPITEL 6

„Steh auf!"

Blinzelnd öffnete Livia die Augen und erkannte, wie Amber in ihr Zimmer stürzte und aufgeregt den blauen Vorhang beiseitezog.

Ein schmerzhaftes Pochen breitete sich in Livias Kopf aus. „Was ist denn los?", nuschelte sie schlaftrunken.

„Los, zieh dich an!", befahl Amber und warf ihr die Schuluniform aufs Bett. „In zehn Minuten bist du fertig."

Hab ich verschlafen? Livia linste auf den Wecker und erkannte ohne Brille die Zahlen kaum ... Es war zehn vor acht. *Shit!*

Mit schwerem Kopf stieg sie aus dem Bett und hörte durch das gekippte Fenster Stimmengewirr. Irritiert zog sie den blauen Vorhang beiseite und schaute neugierig hinaus. Die frische Luft, die durch das gekippte Fenster hereinblies, verdrängte ihr Schwindelgefühl und die elendigen Symptome des Katers.

Sie kniff die Augen zusammen und erkannte, dass sich unfassbar viele Menschen durch den Eingang zum Lichthof drängten. Irgendetwas war vorgefallen. Irgendetwas, das mit der Areia zu tun haben könnte, die dort im Lichthof stand. Rasch ließ sie vom Fenster ab und schlüpfte in ihre Schuluniform. Die Haare band sie behelfsmäßig zu einem unordentlichen Knoten, packte mit der Zahnbürste im Mund Bücher und den Notizblock zusammen und steckte sie fahrig in ihre Tasche.

„Hast du's?", hörte sie Ambers Quengeln von der anderen Seite der Tür.

„Bin gleich so weit", gab sie zurück und spülte rasch den Mund aus.

„Hier." Amber, die schon ungeduldig auf sie wartete, streckte ihr eine Kopfschmerztablette entgegen.

Ertappt nahm sie das Glas Wasser, das auf dem Tresen bereitstand, und warf die Tablette hinein.

„Woher weißt du ...?"

„Du warst nicht zu überhören heute Nacht", unterbrach Amber sie und tippte rastlos mit ihren pinken Fingernägeln auf den Tresen. „Mach schon. Runter damit. Ich muss wissen, was da draußen los ist."

Livia stürzte die aufgelöste Tablette herunter und hoffte, dass ihr Magen das nüchtern ertrug. Sie war froh, dass draußen etwas vorgefallen war, um einer Standpauke von Amber zu entkommen. Dieser unschöne Moment der Rechtfertigung, wo sie gewesen war, stand ihr mit Sicherheit noch bevor.

Im Innenhof beruhigte Rektor Hookling gerade die aufgeregte Menge. Seine Ansagen schallten durch ein Megafon über den Platz. Das Lehrpersonal unterstützte ihn tatkräftig und versuchte, die Studenten wieder ins Gebäude zu locken. Ein verzagter Versuch, Ordnung im Chaos zu schaffen.

Okay, das ist eine größere Sache, dachte Livia und schob sich an einigen Kommilitonen vorbei. Ihr Herz klopfte nervös. Ob die Areia verschwunden war?

„Komm mit." Theodore packte sie am Arm und zog sie aus der Menge. Amber folgte ihnen. Verwirrt ließ sich Livia mitziehen.

Theodore führte sie in das Hauptgebäude und betrat dort einen dunklen Gang, der durch ein finsteres Treppenhaus direkt in eine alte Bibliothek führte.

„Ähm, Theodore, was wird das?", quäkte Amber genervt.

Er legt die Finger auf die Lippen. Ohne eine Antwort zu geben, öffnete er die Holztür und der Duft alter Bücher empfing sie. Drinnen brannte warmes Licht. Theodores Laptop war aufgebaut und eine Thermoskanne sowie drei Kaffeetassen standen bereit.

„Herrgott, Theodore, was soll das denn?", fragte Amber herrisch. „Sind wir hier in einem neuen Sherlock Holmes Film oder was?"

„Hier können wir ungestört reden", erklärte Theodore geflissentlich und goss ihnen Kaffee ein.

„Also wenn wir hier bei *Verstehen Sie Spaß* sind, Theodore, dann finde ich das nicht lustig. Da oben ist was im Gange und du hältst uns davon ab, es zu erfahren." Amber blitzte ihn wütend an.

Livia legte den Kopf schief. „Okay, spuck es aus. Was ist hier los?" Sie nahm die Emailletasse entgegen, die Theodore ihr reichte. Kaffee war eine hervorragende Idee, um erst mal wirklich wach zu werden.

„Ist das deine Knutschhöhle mit Cleo?", zog ihn Amber weiter schimpfend auf, als er wieder keine Antwort gab.

„Amber", mahnte Livia ihre beste Freundin. Seufzend wickelte sich diese eine Haarsträhne um den Finger.

„Ich mein ja nur. Ich will endlich wissen, was da oben los ist."

„Weißt du etwas darüber, Theodore?", bohrte Livia.

Theodore drehte seinen aufgeklappten Laptop um. „Das ist los."

Das Bild der beschädigten Areia flackerte über den Bildschirm. Ein großer Riss zeichnete ihren oberen Glaskolben.

„Boah, krass", rief Amber schockiert. „Wie bist du an das Bild gekommen?"

„Ich hab sie fotografiert, du Schlaumeier", gab er entrüstet zurück.

„Du hast damit aber nichts zu tun, oder?" Livia fixierte ihn skeptisch. Gut, er war manchmal verschlossen, trotzdem glaubte sie, ihn so gut zu kennen, dass er ihr alles anvertraute.

„Hätte ich was damit zu tun, gäbe es keinen Zeitjäger mehr", antwortete er kühl und klappte den Laptop wieder zu. „Hört zu. Die Lehrer sind in Aufruhr. Keiner hat eine Peilung, was es mit der Sanduhr auf sich hat. Ob sie sich selbst zerstört, ob es der Zeitjäger ist oder eine Warnung von Chronos."

Amber hing an seinen Lippen, während Livia nicht wusste, was sie denken sollte und den gestrigen Alkohol stumm verfluchte.

„Sie sind sich alle einig, dass die Situation bedrohlich ist. Mich würde es nicht wundern, wenn die Horatio Mitglieder an die Uni einschleust und die Sicherheitsvorkehrungen erhöht werden. Irgendwas ist da im Busch."

Livia wusste, dass Theodore leidenschaftlich gern Fakten über den Zeitjäger, die Sanduhr und die Horatio sammelte. Es war ein beängstigendes Gefühl, zu wissen, dass an der Universität etwas vorging, von dem sie alle nichts mitbekamen.

„Wir sollten nicht mehr öffentlich über den Zeitfluch sprechen", riet Theodore. „Man weiß nie, wer zuhört. Am Ende geraten wir in Verdacht, mit der einen oder anderen Partei verstrickt zu sein."

Livia nickte langsam. Richtig, dann könnten sie ihr Studium in den Sand setzen. Theodores Worte verstärkten ihr ungutes Gefühl. Hoffentlich würde sich die ganze Sache bald aufklären.

„Die Universitätsleitung wird genug damit zu tun haben, den Eltern und der Öffentlichkeit glaubhaft zu versichern, dass sie die Situation unter Kontrolle haben", erklärte Theodore nüchtern.

Am Mittag stand das Schmücken der Aula für die bevorstehende Götterparty an. Darauf hatte Amber wochenlang hingefiebert, doch Theodores Worte überschatteten das Dekorieren. Selbst Amber war nicht so euphorisch bei der Sache, wie man sie sonst kannte. Die Stimmung war gedrückt und überall hörte man Getuschel. Die Neuigkeit schien alle zu beschäftigen.

Schweigend zog Livia goldenes Lametta aus einer Kiste und stieg auf die Leiter, um es über der Aphrodite-Bar aufzuhängen. Sie hatte sich Ambers Überredungskünsten ergeben, dem Dekorationsteam vor Ort zu helfen.

„Noch immer ohne Brille?"

Verwirrt drehte Livia sich um und blickte direkt auf Penelopes hämisches Grinsen hinab. *Die hat mir gerade noch gefehlt. War die im Dekoteam?*

„Steht ihr, oder?", erwiderte eine dunkle, männliche Stimme und Ty baute sich hinter Penelope auf. Diese zuckte zusammen und wandte sich zu ihm. Livia grinste, da hatte er sie kalt erwischt.

„Geschmackssache", zischte Penelope Ty zu.

„Hast du nichts zu tun? Oder ist es neuerdings dein Hobby, anderer Leute Eigentum zu zerstören?" Lässig lehnte er an der Bar und zwinkerte Livia zu. Ihn hatte Amber wohl auch krampfhaft überredet aufzutauchen. Sie konnte sich nicht vorstellen, dass er freiwillig die Dekorationsvorbereitungen unterstützte.

„Wie kommst du denn darauf?", hörte Livia Penelopes zuckersüße Antwort. „Wäre Olivia nicht so tollpatschig, wäre ich nicht aus Versehen auf ihre Brille getreten."

Die Art, wie sie *Olivia* betonte, versetzte Livia einen Stich. Sie mochte ihren Namen nicht besonders, deshalb ließ sie sich Livia nennen. Olivia aus Penelopes Mund zu hören, war, als ob sie ein intimes Geheimnis verraten würde. Ein hässlich bohrendes Gefühl.

„Du solltest einen Besuch beim Optiker in Erwägung ziehen. Eine Brille würde dir ausgezeichnet stehen." Ty fing fachmännisch an, mit den Fingern in der Luft Penelopes Gesicht auszumessen, und bildete mit Zeigefingern und Daumen zwei Kreise, die er vor ihre erzürnten Mandelaugen hielt. „So in etwa. Würde dir ausgezeichnet stehen. Findest du nicht auch, Cleo?" Er drehte sich zu Penelopes Freundin um, die kicherte. Livia hörte Ambers Glucksen vom anderen Ende des Raumes.

„Ja, ich finde, Pen hat das absolute Brillen-Face", pflichtete Cleo ihm bei und nahm seine Hände von

Penelopes Nase, um Schlimmeres zu verhindern. Eigentlich wartete Livia auf einen Wutausbruch der feinsten Art, doch Penelope riss sich zusammen.

„Deine Freundin hat Geschmack", sagte Ty zu Penelope und lächelte Cleo dabei charmant an.

„*Prada* hat neulich eine tolle Brillenkollektion veröffentlicht", rief Amber mit einem fetten Grinsen und einer Ladung Lametta in der Hand zu ihnen rüber.

Penelope hob empört die Augenbrauen und stolzierte Richtung Ausgang. „Dekoriert euren Scheiß doch allein", zischte sie.

„Heißes Temperament." Ty nahm Cleo das Lametta ab und reichte es Livia.

„Sie kann auch zahm sein", erwiderte Cleo und trat zu Livia auf die Leiter.

„Mädels, der Ausblick von hier unten ist herrlich." Mit breitem Grinsen hob Ty zwei Girlanden, die mit kleinen Papp-Chronos' und Kairos' geschmückt waren, in die Höhe. Cleo lachte auf und Livia wurde erst Augenblicke später bewusst, was er meinte. Mit heißen Wangen nahm sie die Girlande und drehte sich weg. Er sollte nicht so plump auf ihr Hinterteil starren. „Wie im Paradies", seufzte Ty von unten.

„Gibt es im Paradies nicht einen Champagnerbrunnen?", fragte Cleo mit unschuldigem Blick und stieg auf die Leiter neben Livia und beugte sich aufreizend vor.

Puh, jetzt fuhr Cleo Geschütze auf, mit denen sie nicht konkurrieren konnte.

„Mach du weiter, ich sehe, ob ich Amber helfen kann", erklärte Livia Cleo sachlich und stieg von der Leiter. Ein Stich machte sich in ihrer Brust bemerkbar, als Ty Cleo lächelnd zunickte. Livia wandte sich ab und trat hastig zu Amber.

„Das ist ätzend, oder?" Angenervt drückte Amber Livia alte Landkarten in die Hand. „Jetzt fängt die auch noch das Flirten mit ihm an." Eifersüchtig flackerte Ambers Blick zu Cleo und Ty, die lachend weiter dekorierten.

„Sie weiß doch, dass sie die beste Figur von uns allen hat", entrüstete sich Amber weiter und schnitt fahrig Klebeband ab. Livia nahm die Stücke entgegen und klebte die Landkarten vorsichtig neben eine modellierte Säule. Ja, sie gestand sich einen Funken Eifersucht ein.

„Ty ist eben der Flirt-Typ. Wird schon nichts dran sein", versuchte sie, Amber zu beschwichtigen. Vermutlich war das auch eine Ausrede für ihre eigene aufkeimende Eifersucht, analysierte sie schweigend und drückte das Klebeband an die weiße Wand.

Mit finsterer Miene streckte ihr Amber ein zweites Stück entgegen. „Gegen Cleo komme ich nie an."

Mitfühlend blickte Livia zu ihrer besten Freundin. Jetzt konnte sie ihr erst recht nicht sagen, dass sie den gestrigen Abend mit Ty verbracht hatte. „Er hängt mehr mit uns herum als mit ihr", versuchte sie Amber zu trösten und rollte eine weitere Landkarte des alten Griechenlands auf.

„Das hast du es. Mit uns, nicht mit mir. Nicht mit mir allein."

Livia schluckte. Da war etwas Wahres dran. Sie und Rick waren die Einzigen, mit denen er Zeit allein verbrachte.

Sie seufzte. „Du interpretierst da sicher zu viel hinein, Amber."

Ihre Freundin fixierte sie skeptisch. Livia wusste, dass sie ihr nicht glaubte. Sie kannte Amber gut genug, um zu wissen, dass sie in diesem Stadium keine Chance hatte, ihr das auszureden. Weil sie selbst nicht daran glaubte.

Unauffällig drehte sie sich nach hinten und bemerkte, wie sich Cleo und Ty mit einem Sektglas zuprosteten. Er streifte dabei Cleos Hand und sie lächelte ihn offen an. *Wo haben sie denn den Sekt her?*

Na super, die beiden veranstalteten ihre Privatparty und sie war außen vor. Livia schnaubte und drückte das Klebeband auf das alte Pergament. Wahrscheinlich hatte sie sich den kurzen Moment im Eingang des Wohnheims gestern nur eingebildet. Der Wein hatte ihr Urteilsvermögen getrübt. Ty war nicht interessiert an ihr. Er war interessiert an allen Frauen. Warum war sie überhaupt eifersüchtig? Als beste Freundin sollte sie Amber den Vortritt lassen. Umso besser, dass sie ihr nichts von ihrem Treffen erzählt hatte.

„Die Letzte wäre geschafft", unterbrach Amber ihre Gedanken. „Komm, wir gönnen uns ein Glas." Sie zeigte auf die Champagnerflasche auf dem Tresen, an dem sich Ty und Cleo angeregt unterhielten. Die Girlanden lagen unberührt in den Kisten.

„Du willst das traute Paar stören?", fragte Livia verdutzt.

Ein teuflisches Grinsen bereitete sich auf Ambers Lippen aus. „Natürlich."

Entschlossen marschierte sie voran, nahm sich ein Sektglas und drückte ihren Oberkörper gegen Ty, um zur Champagnerflasche zu greifen. Livia war sicher, dass das ein Offensivmanöver war, und hielt sich im Hintergrund.

Ty, der sofort auf die Berührung reagierte, machte Platz und suchte ihren Blick.

„Gesellschaft", rief Amber einen Tick zu fröhlich und hielt ihm die Champagnerflasche unter die Nase.

„Nur zu." Ty rückte zur Seite. Er griff nach der Flasche und schenkte zuerst Cleo nach, bevor er Livias und Ambers Glas füllte.

„Hach, ich glaube, die Party wird ein Volltreffer." Cleo schaute sich zufrieden in der dekorierten Aula um.

„Es wirkt unglaublich echt", sagte Amber und Livia beobachtete grimmig, wie sie versuchte, Ty mit ihrer üppigen Brust zu berühren.

„Ja. Mein Tanz steht." Cleo bohrte Ty den Zeigefinger in die Schulter und zwinkerte ihm zu.

Als ob er widerstehen könnte, dachte Livia finster und nahm ein Schlückchen von dem prickelnden Champagner.

„Selbstverständlich", antwortete er Cleo mit süffisantem Grinsen.

„Muss man sich denn anmelden, um mit dir zu tanzen?" Amber wirkte verärgert.

Statt Amber zu antworten, suchte Ty Livias Blick und prostete ihr zu. „Ich hoffe, wir zwei haben das Vergnügen."

Seine grünen Augen fixierten sie fragend und er lächelte sie hoffnungsvoll an. In Livias Bauch kribbelte es und sie versuchte das aufkeimende Glücksgefühl zu verdrängen. Sie hatte Sorge, dass Amber Tys Aufforderung gehört hatte. So offensiv wollte sie keine weitere

Konkurrentin für Penelope, Amber und Cleo sein. Trotzdem schmeichelte ihr seine Aufforderung und zaghaft nickte sie. Insgeheim hatte sie es sich nicht anders gewünscht. „Gern."

Zufrieden prostete Ty den anderen beiden zu. „Seid ihr denn fertig mit dem Dekorieren?" Er wies auf den offenen Karton mit den Göttergirlanden. „Was ist mit denen da?"

„Du willst, dass wir wieder auf die Leiter steigen?", fragte Amber frech und stellte ihr leeres Glas ab. „Dann genieße den Anblick, Freundchen." Sie nahm Cleo das Glas ab und drückte ihr die Girlande in die Hand. „Na los. Zeigen wir dem Kerl, wo der Hammer hängt." Damit stieg sie auf die Leiter und Cleo folgte ihr kichernd.

Grinsend reichte Ty den beiden Reißnägel nach oben und bedachte sie mit einem betörenden Lächeln. Dann wandte er sich wieder Livia zu, die Amber und Cleo zusah.

„Arbeitsbeschaffungsmaßnahme?", fragte sie ihn zwinkernd.

Er lachte auf. „Nein, Zweisamkeitsbeschaffungsmaßnahme."

Ihr schoss die Hitze in die Wangen. Oh je, jetzt wurde sie rot. Hoffentlich hatten die zwei da oben nichts davon mitbekommen. Amber und Cleo zeigten keine Reaktion. Vielmehr tauschten sie sich über aktuelle Modetrends aus.

„Ein perfider Plan, die beiden eifersüchtig zu machen", neckte Livia ihn, um ihre Unsicherheit zu überspielen. Die Genugtuung, dass sie auf seinen Flirt ansprang, wollte sie ihm nach der Flirterei mit Cleo nicht gönnen.

„Denkst du, es funktioniert?" Spielerisch rieb er sich mit der Hand über seinen schwarzen Dreitagebart. „Mir fallen ganz andere Aktivitäten ein, um die Sache anzuheizen." Neckisch funkelte er sie an und auf seinen Lippen lag ein verwegenes Lächeln.

Livia ließ beinahe das Sektglas fallen. Sie wusste nicht, wohin mit ihren Händen. So offensiv hatte sie selten jemand angemacht, meist ließ sie es schon gar nicht so weit kommen.

„Ty", entwich es ihr und sie schluckte. Er taxierte sie provokant. Sein Oberkörper war ihr entgegengebeugt und sie fühlte ihr wild pochendes Herz in der Brust.

„Ja?" Mit unschuldiger Miene rückte er näher und legte seine Hand um ihre, die das Sektglas fest umschloss.

Ihr Herz sprang einen aufgeregten Satz und Livia versuchte angestrengt, ihren unkontrollierten Atem zu beruhigen. Aufgewühlt von der kleinen Berührung und angezogen von seinem Blick war sie unfähig, ein Quäntchen Reaktion zu zeigen. Vor Spannung hielt sie den Atem an.

Sanft löste er ihre Finger vom Glas und stellte es auf den Tresen. Sie ließ ihn gewähren. Er rückte noch näher und sie roch sein herbes Aftershave. Scharf, mit einem Schuss Zitrone, stieg ihr der Duft in die Nase. Ihr Blick glitt über sein Gesicht und schließlich zu seinen grünen Augen, die von dichten, schwarzen Wimpern umrahmt waren.

Sanft strich er eine Haarsträhne aus ihrer Stirn. „Wir genießen es beide, das ganze Schauspiel", wisperte er. „Ich freue mich nur auf einen Tanz. Unseren."

Livia schluckte hart. Ihr Atem stockte, Gänsehaut breitete sich auf ihren Armen aus. Damit hatte er ihr gezeigt, wo sie stand.

Galant löste er sich von ihr und nahm sein Champagnerglas wieder in die Hand. „Gut macht ihr das, Mädels", lobte er Amber und Cleo, als hätte die vertraute Unterhaltung nie stattgefunden.

Noch immer spürte sie seinen Atem auf ihrer Wange. Himmel, sie war drauf und dran, sich in den Kerl zu verlieben. Das würde doch nicht funktionieren. Nicht, solang Amber auf ihn stand. Sie wollte sich nicht ausmalen, was dann passieren würde.

„Hi, Cleo." Theodore riss sie aus ihren Gedanken, während er ihr Sektglas vom Tresen griff, um Cleo auf der Leiter zuzuprosten.

„Oh, hey Theo!" Beschwingt kletterte Cleo diese hinab und nahm ein Schlückchen Champagner. „Schön, dass du es geschafft hast. Hilfst du mir beim Aufhängen?"

Wie ein Schoßhündchen nickte er und seine Augen glänzten vor Stolz. Er half Cleo die Leiter hinauf, reichte ihr die nächste Girlande an und sah dabei selig aus.

Amber runzelte missbilligend die Stirn, aber sie warf den beiden keinen Kommentar hinterher, wie sie es sonst gern tat. Vermutlich war sie erleichtert über die Ablöse.

„Liebe muss schön sein", sagte Ty mit einem Seitenblick auf Livia, die peinlich berührt den Kopf wegdrehte. Diese kleinen Anspielungen waren nicht unbedingt das, was sie sich unter *geheim halten* vorstellte.

„Er wird niemals aufgeben", sagte Amber bewundernd. „Ihn macht Cleos Gegenwart glücklich. Irgendwie ist das ganz schön romantisch."

Livia sah Theodore dabei zu, wie er Cleo lächelnd die Girlanden reichte und sie diese an die Decke pinnte. Hin und wieder nickte sie ihm lächelnd zu. Es war ein harmonisches Bild, das die beiden abgaben, stimmig, sodass sich Livia fragte, warum sie nicht tatsächlich zusammen waren.

„Shit, wir haben die kleinen Götterstatuen vergessen", rief Amber auf einmal. „Kannst du sie holen, Livia? Bitte!"

Livia verdrehte die Augen. Sie wusste, dass Amber das alte Lager der Bibliothek hasste. Sie war der völlig gestörten Auffassung, dass dort Geister ihr Unwesen trieben und sie den Raum deshalb nicht betreten konnte. Dabei war das eine lahme Ausrede, um keine schweren Kartons zu schleppen oder aufzuräumen, wie es sich für ein Mitglied des Dekorationskomitees gehörte.

Seufzend nickte Livia. „Na schön."

Amber streckte ihr den Schlüsselbund entgegen. „Du bist ein Schatz."

Livia verließ die Aula und ging die alten Treppen nach oben zum Lager der Bibliothek. Ein trister Gang, der wenig genutzt wurde, wenn nicht gerade Dekorationszeug oder alte Landkarten eingelagert wurden. Es verirrte sich kaum jemand in diesen Teil der Uni, obwohl es sicher ein hübsches Knutschplätzchen war. Ertappt bei dem Gedanken daran bemerkte sie, wie eine Gestalt mit goldenen Armreifen an ihr vorbeihuschte.

„Penelope?", fragte Livia ungläubig. „Was machst du denn hier?"

„Geht dich das was an?"

Sie sah, dass Penelope einen Karton trug, und ging achselzuckend an ihr vorbei. Wahrscheinlich holte sie ebenfalls Dekozeug aus dem Lager.

Vor der alten Holztür stoppte sie und dreht sich um. Penelope war verschwunden. Livia atmete erleichtert aus und steckte den Schlüssel in das eiserne Schloss. Staub wirbelte auf, als sie die Tür schwungvoll öffnete und das Licht anschaltete. Das geordnete Chaos des Raumes begrüßte sie. Schwach beleuchtet war er von der flackernden Lampe, deren Glühbirne sicher jeden Moment ihren Geist aufgeben würde.

In den alten Regalen waren Bücher, jede Menge Plunder und Notizen gestapelt. Am hinteren Ende des Lagers häuften sich die Kartons an der Wand. Seufzend machte sich Livia daran, in jeden einzelnen einen Blick zu werfen, um die Statuen zu finden.

Kein Wunder, dass Amber keine Lust gehabt hatte, herzukommen. Das flackernde Licht erschwerte es, einigermaßen den Überblick zu behalten, welche Kartons sie gesichtet hatte und welche nicht.

Zu spät hörte sie das Knarren, dann ein eisernes Klacken, und die Tür fiel mit einem lauten Knall ins Schloss. Entsetzt fuhr sie herum und stellte fest, dass der Schlüssel nicht mehr im Schloss steckte. Sie hastete zur Tür und drückte die Klinke nach unten, doch vergeblich. Jemand hatte sie eingeschlossen und sie ahnte, wer das war.

Livia hämmerte mit der Faust gegen die Tür und schrie: „Mach sofort auf, Penelope!"

„Ich denke nicht daran. Glaubst du, ich sehe nicht, wie er sich um dich bemüht?" Livia hörte den Schlüsselbund klimpern. „Die Party findet ohne dich statt."

Entsetzt keuchte Livia auf. Zwei Tage wollte die Tussi sie einsperren? Die tickte doch nicht richtig. Sicher war das nur eine leere Drohung oder der verzweifelte Versuch, ihr Angst zu machen.

„Lass mich sofort raus, Pen. Ich schwöre, ich werde mich von Ty fernhalten", rief sie und schlug mit der flachen Hand gegen die Tür.

„Schau mal in den Schrank neben der Tür", befahl Penelope von draußen.

„Lass mich raus, Pen!" Livia schlug weiter mit der Faust gegen die Holztür, die kaum nachgab. Nur das dumpfe Hämmern ihres Klopfens surrte durch den Raum.

„Du sollst in den Schrank sehen!", wiederholte diese genervt.

Livia holte tief Luft und öffnete die alte Schranktür. Entsetzt schaute sie auf Decken, Kissen, ein Sixpack mit Wasser, eine Taschenlampe, Kekse und Studentenfutter. Wütend pfefferte sie die Schranktür wieder zu.

„Bist du durchgedreht?", schrie sie zur Tür.

Das war alles andere als ein schlechter Scherz. Penelope hatte das von langer Hand geplant! Dadurch, dass Amber sie ins Lager schickte, spielte ihr das Schicksal die Gelegenheit in die Hände.

„Nein. Ich lasse mir nicht gern die Tour vermasseln", tönte Penelope scharf von draußen.

„Sag mal, spinnst du? Du kannst mich keine zwei Tage hier einsperren. Die anderen werden mich suchen", herrschte sie Penelope an.

„Das lass meine Sorge sein. Die Statuen habe ich mitgenommen. Sei froh, dass ich für dich sorge. Ich hätte dich da drin auch vergammeln lassen können."

Das war perfide und krank. Definitiv krank. Penelope war besessen von Ty.

„Okay, hör mal, ich werde nicht zur Party gehen und Bauchschmerzen vorschieben. Aber bitte, lass mich hier raus", flehte sie und hoffte, damit Penelopes Moral zu erreichen.

„Vergiss es, Schätzchen. Ich wünsche dir zwei angenehme Tage." Dann hörte Livia ein Rascheln, das Klacken von High Heels und Stille kehrte ein.

„Pen?", fragte sie panisch. Scheiße, die war nicht echt weggegangen, oder? Niemand antwortete, also rief sie noch mal. „Pen? Hallo? Du kannst mich doch nicht hierlassen!"

Hitzig stieg die Panik in ihrem Bauch auf. Wellenartig verbreitete sie sich in ihrem Oberkörper und wurde zu einem kräftigen Wummern in ihrem Kopf. Penelope machte tatsächlich Ernst. Livia griff in ihren Blazer und zog ihr Handy heraus. Fehlanzeige, das Display zeigte null Empfang, wie so oft in dem alten Gemäuer. Resigniert steckte sie das Handy wieder ein.

Da fiel ihr Blick auf ein kleines Dachfenster. Es klemmte seit Jahren und war dauerhaft gekippt.

Livia stieg auf die Kartons, um an das Fenster ranzukommen. Beherzt rief sie durch den geöffneten Schlitz um Hilfe, auch wenn sie wusste, dass die Wahrscheinlichkeit, dass sie jemand hörte, gering war.

Geknickt stieg sie vom Karton und setzte sich frustriert darauf. Sie hoffte, dass die Lampe einigermaßen lang leuchtete. Vielleicht würde Amber sie bald vermissen und auf die Idee kommen, hier im Lager nachzusehen.

Dass Penelope zu so was imstande war, hätte sie nicht im Ansatz vermutet. Rivalität, ja, Konkurrenzkampf mit miesen Spielchen, ja, aber das? Never!

Seufzend schritt sie zur Tür, um noch mal auf sich aufmerksam zu machen. Sie schrie, so laut sie konnte, und trat gegen das spröde Holz. Bis auf das Rattern des wackelnden Türschlosses war nichts zu hören.

Geschlagen holte sie die Decke aus dem alten Schrank und kuschelte sich darin ein. Damit durchkreuzte sie den Raum, um eine Beschäftigung zu finden. Ihr Blick blieb an den alten Büchern hängen, die unordentlich im Bücherregal einsortiert waren. Sie stöberte ein wenig darin herum, doch fand nichts Interessantes. Schnaubend trat sie vom Bücherregal weg und ihr Blick blieb an einer kleinen Kommode hängen, die hinter gestapelten Kartons hervorblitzte. Neugierig schob sie die Kartons weg und öffnete die oberste Schublade. Gähnende Leere. Auch in der zweiten fand sie nichts außer Bergen von alten Socken. Als sie die Schublade gerade wieder schließen wollte, sah sie ein Stück Pergament zwischen den Stricksocken hervorblitzen. Neugierig hob sie das Paar an und zog die Rolle heraus.

Sie entrollte das Pergament und sah auf eine antike Handschrift. Wer stopfte denn so etwas Antiquarisches in eine Sockenschublade?

Ein Glück, dass ihr Vater leidenschaftlicher Kunst- und Antiquitätenhändler war. Von Kindesbeinen an war sie mit der alten Art zu schreiben vertraut und konnte die englischen Worte mühelos entziffern.

Der Berichterstatter schrieb über jenen Zeitfluch, der die Menschheit zur Strafe traf. Überrascht hob sie die

Augenbrauen. Waren das Aufzeichnungen eines Augenzeugen?

Vertieft über die Berichte von Chronos' wortwörtlichem Fluch auf dem alten Anwesen der Contevilles stellte sie bald fest, dass es sich um einen Augenzeugenbericht handelte. Seltsam, warum hatte sie nie davon gelesen? Ob Theodore ihn kannte?

Je länger sie las, desto klarer wurde ihr, dass hierin nicht nur Augenzeuge von dem Fluch berichtete, sondern ein Betroffener. Es schockierte sie zu lesen, dass Chronos' Fluch die Seele schwärzte und die Kontrolle des menschlichen Körpers übernahm, sobald die Jagd zu drängend wurde. Der Zeitjäger hatte sich so lange gegen den Fluch gewehrt und die Jagd unterbunden, dass der Fluch gewaltsam sein Opfer forderte.

Sie keuchte auf, als sie vom ersten Mord des Berichtenden las. Aus animalischen Trieben, dem Fluch geschuldet, tötete der Zeitjäger. Wie hatte er es nur so weit kommen lassen?

Die Handschrift verkleinerte sich und die Berichte wurden kürzer, je mehr sie las. Ihr schwante, dass die Horatio daran schuld war. Sie jagte die Zeitjäger unerbittlich. Angeheizt durch die unschuldigen Leben, die der Zeitjäger genommen hatte.

Sie las, dass dieser Zeitjäger aus dem Trieb heraus mordete, den er nicht mehr ablegen konnte. Schuld war die zu intensive Unterbindung des aktiven Zeitraubes. Er wollte sich der Jagd und dem Fluch nicht hingeben, doch das verschlimmerte seinen Wahn.

Seine letzten Berichte waren so grausam und voller Hass, dass sie froh war, bei der letzten Zeile angekommen zu sein. Diese wurde vermutlich an seinem

Todestag geschrieben. Er wusste, dass er verfolgt wurde, und hatte mit seinem Dasein abgeschlossen. Er würde es nicht schaffen, die Horatio komplett zu zerstören, um den Rest seiner Familie zu schützen. Dafür sei er zu zerfressen. Doch er lüftete ihr größtes Geheimnis: Er fand ihre Zentrale, das Hauptquartier. Die Koordinaten des Standpunkts waren säuberlich niedergeschrieben.

Sein letzter Satz galt seiner lebenden Familie, die er immer lieben würde und für die er in den Tod ginge, um ihnen Fluchtzeit zu verschaffen. Schließlich unterschrieb er mit *Perscys Conteville*. Er hatte ein kleines Wappen neben seine Unterschrift gezeichnet. Drei schwarze Tannenbäume auf weißem Grund zierten es. Über ihren Spitzen thronte jeweils ein Punkt.

Ungläubig betrachtete Livia den Namen. Sie hielt tatsächlich ein Originaldokument von unschätzbarem Wert in den Händen. Mit den Koordinaten des Horatio-Hauptquartiers. Die Geschichte von Perscys Conteville, der die Fluchjäger herausgefordert, teilweise vernichtet und sich für seine Familie geopfert hatte, um dem Wahnsinn, der ihn befiel, zu entgehen.

Nicht auszudenken, wenn das in falsche Hände gelangt, überlegte sie. Damit hätte der letzte Zeitjäger einen Trumpf in der Hand. Was, wenn der letzte Zeitjäger hinter dieser Aufzeichnung her war? Wenn er die Enthüllungen seines Verwandten lesen wollte, um die letzten Hinweise, die Koordinaten zur Horatio zu erhalten?

Sie kam ins Grübeln. Wenn sie das öffentlich machte, würde sie sich angreifbar machen für den letzten Zeitjäger. Doch auch für die Horatio war sie mit ihrem neuen Wissen eine Bedrohung. Am einfachsten käme sie aus der Nummer wieder heraus, wenn sie das Pergament zusammenrollte und zurück in die Sockenschublade steckte.

Sie sah auf die krakelige Handschrift und entschied sich schweren Herzens dafür, die Rollen wieder zu verstecken. Sie wollte sich nicht in einen Krieg einmischen, der nicht ihrer war. Zuvor prägte sie sich aber noch die Koordinaten ein. Solche brisante Informationen wollte sie nicht auf dem Handy speichern. Am Ende stand die NSA vor der Tür.

Sie hätte einfach nicht herumschnüffeln sollen. Wie spät war es überhaupt? Sie linste auf das Handydisplay, was ihr sagte, dass sie seit drei Stunden im Lager hockte. Drei Stunden, auf die sie gern verzichtet hätte.

Seufzend öffnete sie eine Packung Studentenfutter. Ihr Magen knurrte und durch das gekippte Fenster zog immer wieder ein herbstlicher Lufthauch an ihr vorbei.

Sie schob sich gerade noch eine Macadamia in den Mund, als sie Schritte hörte. Erschrocken sprang sie auf.

Wieder hörte sie Geräusche. Dieses Mal direkt an der Tür. Sie eilte sie durch den Raum und klopfte dagegen. „Pen, mach auf!", rief sie so laut wie möglich und schlug mit voller Wucht gegen die Tür.

Die Schritte hielten inne, dann wurde die Türklinke ein paarmal nach unten gedrückt. Ein Rütteln ging durch das Holz.

Nach einem ordentlichen Rüttler erklang ein leises Klicken. Die Tür wurde geöffnet, das Flackern des Lichts blendete Livia. Im ersten Moment erkannte sie nicht, wer da durch die Tür trat.

„Verdammt", hörte sie ein Fluchen und erkannte, wie jemand auf sie zukam. Schwarzes, zerzaustes Haar und eine wütende Miene mit grünen Augen blitzten ihr entgegen.

Sie war noch nie so froh gewesen, Ty zu sehen. Erleichtert fiel sie ihm um den Hals. Ihr Herz pochte aufgeregt. „Gott sei Dank", stöhnte sie an seiner Brust. Er drückte sie fest.

„Ich wusste doch, dass da was faul ist", sagte er und schob Livia von sich. „Du bist unversehrt?"

„Mir geht's gut. Danke." Sie zeigte auf den Schrankinhalt, den Penelope ihr hinterlassen hatte, und lachte freudlos. „Sie hat zumindest für mich gesorgt."

Ty schnaubte empört. „Diese Bitch. Ehrlich! Damit kommt sie nicht durch." Er strich ihr zärtlich eine Haarsträhne aus der Stirn. „Ich bin froh, dass es dir gut geht", hauchte er.

Livia entfuhr ein wohliges Seufzen. Okay, das war eine innige Geste. Er hatte sich Sorgen um sie gemacht. Ihr Herz hüpfte.

„Verdammt, Livia. Die hätte dich hier versauern lassen, ist dir das klar? Das grenzt an Freiheitsberaubung und Entführung." Er fuhr sich entrüstet durch die schwarzen Haare und sah sie ernst an. „Stell dir vor, ich hätte dich nicht gefunden. Du hättest tagelang hier drin gehockt."

Livia schluckte hart. Er hatte recht. „Amber hätte mich sicher vermisst."

Er kam näher und presst die Lippen zusammen. Seine Nasenspitze schwebte vor ihrer und ihr Herz pochte, während seine grünen Augen sie gefangen hielten.

„Amber hätte dich nicht so vermisst wie ich", sagte er. Das Geständnis hing in der Luft und bevor Livia realisierte, was er ihr damit sagen wollte, senkte er langsam seine Lippen auf ihre. Weich und zart bedeckte er sie. Der Kuss besiegelte alles, was zwischen ihnen stand und ließ Livias Gefühle aufbrechen. Sie konnte nicht anders, als diesen sanftmütigen Kuss zu erwidern. Er fühlte sich an wie ein süßes Versprechen. Sanft legte sie ihre Hand in seinen Nacken, während er sie enger an sich zog. Als ob er sie vor allem Unheil der Welt beschützen wollte. Dann verstärkte er den Druck auf ihre Lippen und küsste sie fordernder. Wie ein Wirbelwind, der ihre Gefühle straucheln ließ.

Eine Welle der Unsicherheit durchfuhr sie. Entsetzt realisierte sie, dass sie den Kerl küsste, in den ihre beste Freundin verliebt war. Widerwillig löste sie ihre Lippen von ihm und schob ihn von sich. Überraschung und Verletzlichkeit standen in seinen Augen.

„Das können wir nicht tun", sagte sie fest. Zu ihm und zu sich. Nein, das wollte sie Amber nicht antun. Sie konnte sich nicht in den Kerl verlieben, auf den ihre beste Freundin stand. Das verstieß gegen den Beste-Freundinnen-Ehrenkodex.

Ty antwortete nicht. Er wirkte überrumpelt.

Verunsichert drehte Livia sich weg, um den Lagerraum zu verlassen. Draußen konnte sie in der Regel klare Gedanken fassen.

„Warum können wir das nicht tun?", fragte er hinter ihr, bevor er nach ihrem Arm griff. Livia nahm einen tiefen Atemzug und wandte sich ihm zu.

„Weil es nicht geht, Ty. Lassen wir das! Schieben wir es einfach auf diese scheiß Situation, aus der du mich gerettet hast, okay?"

Wehmut huschte über seine Miene und sie drehte sich weg. Rannte davon.

Ihre Gedanken schlugen Purzelbäume. Wie gern hätte sie sich in seine Arme geworfen und alles andere vergessen. Sie hastete aus dem Hauptgebäude in den mild beleuchteten Park.

Ja, sie rannte davon. Blitzschnell. Vor dem Gedanken, sich jemandem zu öffnen. Sich Ty zu öffnen.

Sie atmete tief ein und lehnte sich an die kalte Hauswand. Tränen liefen ihr über die Wangen. Ach, wenn ihre Granny hier sein könnte. Wenn sie nur noch mal zehn wäre und den Teeladen mit seinen Düften durchstreifen könnte. Granny würde ihr über das Haar streichen, ihr eine dampfende Tasse Tee anbieten und sie mit den Worten „Hör auf dein Herz, Schätzchen" trösten.

Aber Granny lag in diesem öden Zimmer im Altenheim und konnte nichts anderes mehr tun, als an die Decke zu stieren.

Livia erinnerte sich daran, wie sich der Blick ihrer Grandma von der Decke gelöst hatte und zu Ty gewandert war. Sie schniefte.

Leider mochte sie den Kerl wirklich. Das Kribbeln in ihrem Bauch setzte wieder ein, während ihre Gedanken zu dem Kuss wanderten. Es hatte sich richtig und schön angefühlt. Allein Tys verletzten Blick zu sehen, nachdem sie ihn von sich geschoben hatte, ließ sie kurz in dem Glauben, dass er sie wirklich begehrte. Tat er das?

Oder war er nur ein Macho, der mit ihr, Amber, Penelope und Cleo spielte?

Sie schniefte noch mal und wischte sich die Tränen vom Gesicht. Shit, Amber durfte nichts merken. Penelope erst recht nicht. Wer weiß, wohin sie sie das nächste Mal sperren oder was sie ihr antun würde.

Sie sollte sich zusammenreißen. Schlimm genug, dass sie sich Penelope zur Feindin gemacht hatte. Jetzt bahnte sich auch noch Liebeskummer an. Das alles lief nicht, wie sie sich ihre Studienzeit vorgestellt hatte. Livia holte noch einmal tief Luft und ging schweren Herzens ins Studentenwohnheim, um Amber von Penelopes Entführung zu erzählen.

***

Der Mond war auf dem Weg zum höchsten Punkt seiner Laufbahn, während ein leises Ping über den Innenhof der Oxford Universität hallte.

Eine Scherbe löste sich von dem dicken Glas des oberen Kolbens und fiel krachend zu Boden. Dort zerschellte sie in feine Glassplitter, die der Wind behutsam verteilte. Auf dem Boden funkelten sie im Mondlicht silberhell wie die Sterne selbst.

Ein Ächzen durchfuhr die Areia. Es war ein Stöhnen, das anzeigte, wie schwer die Last war, die sie seit Jahrhunderten trug. Niemand hörte ihr Klagen, ihre Wehmut.

Mittig in den Glaskolben riss die Scherbe ein handgroßes Loch. Der Sand aber lag sicher im unteren Drittel und rieselte sachte.

Ramponiert stand sie mit ihrem Makel, der aus dem Riss geworden war, im Innenhof und wartete darauf, entdeckt zu werden.

Nur die nächtliche Stille legte sich über sie und wog sie beschützend in ihrer Dunkelheit.

KAPITEL 7

Ty erwachte aus einem unruhigen Schlaf. Er fühlte sich wie vom Panzer überrollt, als hätte er sich die Nacht um die Ohren geschlagen.

Seine Glieder waren bleischwer und er spürte den Hunger, der sich ziehend durch seinen Körper fraß. Er hatte gestern nicht mehr gejagt.

Gestern.

Er dachte an Livia, wie sie ihn angesehen hatte, bevor sie in seine Arme gefallen war. Verdammt!

Frustriert schlug er die Bettdecke zurück. Es war zum Haareraufen. Warum hatte sie ihn nach dem Kuss weggestoßen?

Die Tatsache, dass er sich solche Sorgen um sie machte, nachdem sie nicht wieder vom Lagerraum zurückkam und Penelope fadenscheinige Ausreden zum Besten gab, war aufrührend genug. Er fing an, Livia zu mögen. Mehr als das.

Seine Gefühle hatte er deutlich gemacht, als er sie geküsst hatte. Es war ein Moment der Schwäche gewesen. Ein Moment, in dem er sich nicht im Griff hatte. Und das Schlimmste dabei war, dass er es genossen hatte. Obwohl er nicht annähernd wusste, was es mit ihrer nicht vorhandenen Zeitskala auf sich hatte.

Frustriert pfefferte er sein Paar Socken an die Wand. Sollte die Horatio hinter ihm her sein, würde er Livia in Gefahr bringen, wenn er sich öffentlich zu ihr bekennen würde. Falls sie das wollte. Außerdem waren da noch Amber, die sicherlich rasend eifersüchtig wäre, und Theodore, der diese Verbindung missbilligen würde. Ach, was machte er sich überhaupt dazu Gedanken? Es wäre ein Unding, es so weit kommen zu lassen.

Sein einziger Punkt anzuknüpfen war Rick. Vielleicht sollte er mehr Zeit mit ihm verbringen. Abchecken, wie er eine mögliche Beziehung zwischen ihm und Livia wertete ...

Nein! Stopp, halt!

Er war ein verdammter Zeitjäger. Die wandelnde Zeitbombe, die bald in die Luft gesprengt werden würde. Ein Mörder, der die Horatio vernichten und selbst dabei draufgehen würde. Was war das für eine Perspektive? *Keine!*

Wütend stieg er unter die Dusche und ließ sich das eiskalte Wasser über den Kopf rinnen, doch auch das dämmte seine Gedanken nicht ein. Im Gegenteil, sie waren munter wie eine Herde Hühner, die wild nach Korn pickte. Immer wieder glitten sie frech zu Livia. Sie lenkte ihn ab. Von seinem Fokus und der Jagd. Das war gefährlich.

Heute musste er jagen und die Situation zwischen ihm und Livia klären. Andernfalls würde er sie zu einer Waffe machen, mit der er schwer getroffen werden könnte. Die Waffe war sie im Prinzip schon, aber davon musste niemand wissen.

Er ging davon aus, dass Livia ihren kleinen Zwischenfall im Lager für sich behielt. Eine andere Sache war es jedoch, sie vor Penelope zu beschützen. Ein diabolisches Grinsen schlich sich auf seine Lippen. Oh ja. Es würde Spaß machen, Penelope dafür büßen zu lassen, was sie Livia angetan hatte. Mit Vorfreude trocknete er sich ab und schlüpfte in die Schuluniform.

Während er den dunklen Bart stutzte, glitten seine Gedanken zur Areia. Es war merkwürdig, dass sie an Substanz verlor. Er spürte, dass sich etwas regte, doch er konnte es nicht zuordnen. Ob es den Fluch schwächte oder verstärkte, vermochte er nicht zu sagen. Das Drängen und sein Hunger nach der goldenen Zeit waren noch immer vorhanden. Eine andere Option wäre, dass Chronos seine Finger im Spiel hatte. Was könnte er ihm damit sagen wollen? Bislang hatte es Ty widerstrebt, Kontakt zu den Göttern aufzunehmen. Dazu müsste er sowieso erst herausfinden, wie man das bewerkstelligte.

Es war schon seltsam genug gewesen, dass sich Kairos ihm und seiner Familie gezeigt hatte, direkt nachdem sie damals verflucht wurden. Kairos war der Gott des perfekten Zeitpunktes. Was er damals auf ihrem Anwesen zu suchen hatte, konnte Ty sich allerdings bis heute nicht erklären, geschweige denn seinen merkwürdigen Satz über das Kind des Kairos. Falls er überhaupt von Bedeutung war – und falls ein Gott denn überhaupt Kinder bekam. Wahrscheinlich wollte Kairos sich mit in den Vordergrund drängen und in Chronos' legendärem Ruf, die Menschheit gestraft zu haben, suhlen. Die Streitereien der zwei Zeitgötter waren wohlbekannt.

Mit einem letzten prüfenden Blick in den Spiegel legte Ty die Rolex an und schob die hölzerne Schatulle in sein Jackett. Er sah verdammt gut aus mit der blauen

Uniform. Grinsend verließ er das Appartement, um über den Innenhof zum großen Saal zu gelangen. Dort wollte er die Vorlesung des Historik-Professors Sterling anhören.

Sterling war nicht dauerhaft an der Uni, vielmehr beschäftigte er sich mit Forschungsarbeiten zum Leben in der Antike. Ty stellte gerne auf den Prüfstand, was die anerkannten Historiker über seine Jugendzeit im sechsten Jahrhundert herausgefunden hatten. Es amüsierte ihn zutiefst, wie besserwisserisch sie mit Erkenntnissen um sich warfen.

Auf dem Weg zum Vorlesungssaal ging er am Innenhof vorbei. Von Weitem erkannte er dort die abgesperrte Areia. Der Vorstand und die Schulleitung hatten beschlossen, nach dem Riss ihren Anblick zu verdecken, um keine weitere Unruhe zu stiften. Trotzdem tummelten sich immer wieder Schaulustige dort, um einen Blick unter die Folie zu erhaschen. Die Gerüchteküche brodelte.

Ty war dankbar, dass Theodore sich mit seinen Theorien zurückhielt. Zumindest in seinem Beisein. Aber der Nerd war unausweichlich davon überzeugt, dass die Beschädigung der Areia einen Beweis seiner Theorie darstellte. Wenn er wüsste, dass er damit recht hatte … Ty wollte sich nicht ausmalen, wie klugscheißerisch Theodore dann reden würde. Damit wäre er geliefert.

Hastig schüttelte er die Gedanken ab und entdeckte Rick an der Sanduhr.

„Hey, was geht ab?", begrüßte er ihn und Rick fuhr ertappt herum. Flink steckte er sein Handy weg, auf dem er aufgeregt getippt hatte.

„Alter, du wirst nicht glauben, was Theodore mir vorhin getextet hat", sagte er sichtlich erleichtert, dass es Ty war, der ihn bei der Tipperei erwischt hatte. Schnell zog er sein Handy wieder hervor, um Ty ein Bild zu zeigen. Wissbegierig musterte Ty das Display. „Ich musste mich erst selbst davon überzeugen", erklärte Rick aufgeregt.

Es glich einer wahren Sensation, wenn sogar Rick fahrig drauf war. Soweit Ty erkennen konnte, war die Aufnahme nachts gemacht worden. Sie zeigte zwei Finger, die die schwarze Folie der Areia anhoben. Darunter sah er eine riesige Scherbe, die von Splittern umgeben auf dem Boden lag.

Ty sog entgeistert die Luft ein. Die Scherbe musste vom oberen Glaskolben stammen, denn dort klaffte ein Loch.

„Ach du Scheiße", zischte Ty und vergrößerte das Bild auf dem Handydisplay. Wie ein mutwillig eingeschlagenes Loch sah das jedenfalls nicht aus. Um die Kanten waren keine weiteren Einrisse, die einen dumpfen Schlag gegen das Glas auszeichneten. Im Gegenteil, die Kanten waren überraschend sauber.

„Das ist krass, oder?" Rick fuhr mit dem Zeigefinger über das Display und wischte das Bild weg.

„Woher hast du das?", fragte Ty skeptisch. *Wer bitte geht mitten in der Nacht raus, um ein Bild von der Areia zu machen?*

„Theodore", flüsterte Rick mit vorgehaltener Hand.

„Hat er nachts nichts Besseres zu tun, als die Sanduhr zu fotografieren?"

Die Frage, auf wessen Seite der Nerd stand, wurde immer drängender. Ty musste sich vor ihm in Acht nehmen. Theodore stocherte in gefährlichen Machenschaften herum.

„Na ja, er hat halt kein Betthäschen", meinte Rick grinsend und schlich sich an die Folie. „Lass uns mal sehen, ob das stimmt." Er hob die Hand, um nach der schwarzen Folie zu greifen. Tys Alarmglocken schrillten. Nie und nimmer würde er sich der Sanduhr nähern, vor allem nicht, wenn der Sand freigelegt war. Er fürchtete ihren undurchsichtigen Zauber.

„Nee, lass das. Das könnte Ärger geben. Vor allem, weil anscheinend kein Schwein etwas davon mitbekommen hat", versuchte Ty ihn davon abzuhalten, die Folie anzuheben.

Rick hielt inne und schien über seine Worte nachzudenken. Tys Herz machte einen Satz, während er vor schierer Ungeduld zu platzen drohte.

„Du könntest recht haben."

Erleichtert atmete Ty aus. „Natürlich hab ich das. Es sind zu viele Leute unterwegs. Wir würden so was von erwischt werden." Er schlug Rick freundschaftlich auf die Schulter, wie dieser es immer tat, und bemerkte beruhigt, wie Rick seine Hand von der Folie zurückzog.

„Komm, ich lade dich lieber auf einen Kaffee ein", bot Ty ihm an, um ihn schleunigst von der Sanduhr wegzulocken. Nicht, dass er es sich dann doch noch anders überlegte.

„Alles klar, Mann. Danke", willigte Rick ein.

Gemeinsam gingen sie zum Kaffeewagen. Mit erhöhtem Blutdruck bezahlte Ty zwei Espressi und schob einen davon zu Rick.

„Wie sieht es aus, mal wieder Lust, mit rudern zu kommen?" Rick schlürfte den zähflüssigen Espresso aus und aß den kleinen Keks, der dazu serviert wurde.

Ty, der schon auf die Einladung gewartet hatte, nickte. Das wäre die Chance, von Rick ein wenig mehr über die Situation mit Livia zu erfahren und es würde ihn von dem Problem der beschädigten Areia ablenken. Er kam nicht umhin sich einzugestehen, dass er sie fürchtete.

„Klar, gern. Wann?"

Erfreut wischte sich Rick die Krümel vom Mundwinkel. „Heute Mittag um drei. Du weißt ja, wo." Er stellte die leere Espressotasse auf den Tresen des Wagens und wandte sich ab. „Also, bis dann."

Mit einigermaßen ruhigem Puls setzte sich Ty in den großen Saal, um Professor Sterling bei den Ausführungen des Zusammenlebens im alten England zu lauschen.

Sterling hatte, seiner Meinung nach, recht solide recherchiert und den Wandel des menschlichen Gemüts durch die Langeweile bildlich in seiner Powerpoint-Präsentation zusammengefasst. Sterling war einer der besten Historik-Professoren weltweit. Seine Sicht der Dinge war überzeugend realistisch. Er war neben Chronos die einzige Person, die Ty respektierte.

Er horchte auf, während Professor Sterling engagiert über die Areia referierte. In seinen jüngsten Forschungen beschäftigte er sich eingehend damit. Sie erschien damals, nachdem der Fluch von Chronos ausgesprochen wurde, auf dem Innenhof des Conteville-Anwesens. Da die Zeitjägerfamilie von ihrem Landsitz geflohen war, wurde es vernichtet und nur die Sanduhr verweilte. Als Chronos' Hinterlassenschaft sollte sie die Menschen stets an den Fluch erinnern, und die Menschheit fürchtete den Zeitgott. Im achten Jahrhundert ließen sich die ersten Menschen bei der eindrucksvollen Areia nieder und das Städtchen Oxford entstand. Im zwölften Jahrhundert wagten es die Menschen, die Areia in die Lernstätte einzuschließen, als Symbol, die Zeit im Studium wachsam zu nutzen.

Sterling stellte dar, dass viele Forscher der Meinung waren, die Areia wäre vom Gott der Zeit geschickt worden, um der Menschheit zu zeigen, dass ein Zeitjäger unter ihnen weilte. Denn der Sand rieselte vom ersten Tag an. Nur an sechs Tagen stand er eine Stunde still. Ty erkannte schon an den Daten, dass es die Tage waren, an denen seine Eltern und seine Brüder von den Fluchjägern umgebracht worden waren.

Alle Mitglieder der Familie Conteville waren vernichtet, bis auf einen, gab der Professor zu bedenken.

Tja, wenn der wüsste, dass er genau vor seiner Nase sitzt, hätte er seinen absoluten Durchbruch, dachte Ty und grinste bei dem Gedanken.

Sicher diente diese Vorlesung auch dazu, den Studenten die Wichtigkeit der Zeitplanung zu verdeutlichen. Ihn würde es nicht wundern, wenn die Horatio Sterling eingehend bearbeitet hätte, darüber zu referieren.

Er atmete tief ein. Auch wenn die Horatio ihm auf den Fersen sein könnten, er konnte Oxford jetzt nicht mehr verlassen. Die Aufzeichnungen seines Bruders waren hier, ganz sicher. Er stand kurz davor, die Zentrale der Horatio aufzudecken und dafür lohnte es sich, das Risiko auf sich zu nehmen.

Vielleicht war Theodore seine Eintrittskarte. Inwiefern der mit der Horatio verstrickt oder einfach ein quer denkender Theoretiker war, musste er herausfinden.

Außerdem musste er bald wieder jagen, denn der Hunger knabberte immer mehr an seinen Gedanken.

„Yo, da bist du ja", rief Rick, der schon im Neoprenanzug neben Coach Thompsen wartete.

Ty hatte sich mit Mühe und Not in den Neoprenanzug gezwängt und fragte sich jetzt schon, ob es das wert gewesen war. Ihm würde definitiv die Geduld fehlen, das mehrmals in der Woche zu tun.

Ty war sich sicher, dass Rick eine Profikarriere anstrebte. Gut genug dafür war er und seine soziale Ader trug dazu bei, dass er von anderen respektiert wurde.

Coach Thompsen, der neben Rick stand, wirkte auf den ersten Blick gutmütig mit seinem braunen Kinnbart und den aufgeweckten blauen Augen. Die Zeitskala über seinem Kopf war ausgeglichen, was sicherlich dem stressigen Trainerjob geschuldet war.

Erfreut schlug er Ty auf die Schulter. „Schön, dich wiederzusehen, Junge. Sind deine Oberarme noch dran?"

„Ja, einigermaßen", gab Ty belustigt zurück, während Rick hell auflachte.

„Sehr gut. Heute trainiert ihr zu zweit. Rick hat sein Einzeltraining dafür angeboten, dir das Rudern noch mal näher zu bringen."

Überrascht sah Ty zu Rick, der ihn offen angrinste.

„Dachte, dann haben wir mehr Ruhe", erklärte dieser fachmännisch.

Ty sah seine Oberarme direkt über den Jordan springen. Das würde sicher verdammt anstrengend werden.

„Also, legen wir los. Rick, du drehst ein paar Runden zum Aufwärmen, während ich mit Ty die richtige Position durchgehe."

Rick nickte und stieg in sein Boot. Mit ein paar kräftigen Zügen war er schon in der mittleren Strömung der Themse angekommen.

„Wenn ich mal schlechte Laune habe, lasse ich alle gegen die Strömung rudern." Verschwörerisch grinste ihm Coach Thompsen zu. Der Typ hatte definitiv Humor.

„Also, setz dich auf deine Ruderbank und halte den Rücken gerade. Fass die Paddel locker, aber achte auf deine Ellenbogen, die Unterarme sollten immer angewinkelt sein", erklärte ihm der Coach sachlich.

Die nächste halbe Stunde lernte Ty viel über die richtige Haltung und die korrekte Ruder-Schwungtechnik, mit der man das Paddel bewegen sollte. Das war eine Wissenschaft für sich, aber es fing an, ihm wirklich Spaß zu machen. Ab und zu zwickte der Neoprenanzug ein bisschen, doch Ty war so mitgerissen von den Erklärungen des Coaches und seinen anmutigen Bewegungen, dass er ihn bald komplett vergaß.

„Ich finde, er macht seine Sache gut."

Rick schloss rudernd zu den beiden auf und Thompsen nickte zustimmend. „Absolut. Vielleicht haben wir hier ein verborgenes Talent entdeckt."

„Haha, ihr scheut keine Komplimente, um eure Mannschaft zu erweitern, was?"

„Wo denkst du hin!" Rick lachte und der Coach stimmte mit ein.

„Zum Schluss ein kleines Rennen?", schlug er eifrig vor.

Ty sah Rick energisch nicken. Jetzt würde er sich wohl die Blöße geben und bitterlich verlieren. Aber hey, was sollte es, es machte Spaß.

„Klar, Mann. Und keine halben Sachen, nur weil ich Anfänger bin", mahnte Ty unbeschwert.

Rick nickte. „Das würde mein Ego nicht zulassen."

Der Coach gab den Pfiff zum Start und griff selbst zu den Rudern.

Thompsens Geschwindigkeit war enorm. Sein Boot stach scharf durch jede Strömung. Mühelos ging er in Führung und hängte die beiden um einige Meilen ab. An der roten Zielboje angekommen, lachte er dreist. „Wo bleibt ihr denn?"

Ty presste die Zähne aufeinander. Das war verdammt anstrengend. Rick ruderte mit Leichtigkeit an ihm vorbei und winkte ihm sogar zu. Das konnte er erst recht nicht auf sich sitzen lassen. Mit letzter Kraft schaffte es Ty zur roten Boje und seine Hände zitterten vor Anstrengung.

„Das tat gut." Er stöhnte zufrieden, rang nach Atem und sein Herz pochte schnell. Das Gefühl, es geschafft zu haben, war unglaublich gut. Der erste Erfolg seit Langem, der ihn ein klein wenig zufrieden machte.

Coach Thompsen nickte. „Man unterschätzt den Sport. Er birgt für jeden, der hinhört, eine wunderbare Ruhe." Er half Ty aus dem Boot und zog es ans Ufer.

„Wie lange sind Sie schon Coach?", fragte er wissbegierig und half ihm, die drei Boote ins Bootshaus zu tragen, während Rick ein Telefonat annahm.

„Seit mehr als zehn Jahren. Meine Profikarriere neigte sich dem Ende zu und ich wollte dem Rudern treu bleiben. So entschied ich mich für den Lehrstuhl an der Uni, um angehende Ruderer zu fördern."

Anerkennend pfiff Ty durch die Schneidezähne. Darauf konnte der Coach stolz sein. In seinem Alter, Mitte vierzig, eine klasse Laufbahn.

„Wichtig ist, zu wissen, was man will. Der eigene Wille ist das größte Gut, das wir haben. Er kann ungeahnte Kräfte hervorrufen. Sport und Psychologie gehen dabei Hand in Hand." Thompsen wuchtete die Boote einzeln auf die roten Ständer im Bootshaus.

„Sie meinen damit die Selbstsuggestion? Wenn ich Ruderer werden will und mir das einrede, werde ich es auch?"

Er nickte. „Genau. Für Entscheidungen, die man aus dem eigenen Willen heraus trifft, findet man die passende Motivation. Selbst wenn sie schwierig sind."

Ty grübelte. Das war alles wahr und schön anzuhören. Doch er hatte keinen freien Willen und auch nicht die freie Entscheidungsgewalt.

„Und wenn man mal keine Wahl hat? Was raten Sie dann?"

Der Coach sah ihn forschend an. Er öffnete Ty die Tür des Bootshauses und trat mit ihm zusammen hinaus. „Man hat immer eine Wahl, Ty. Man muss nur die zweite Option finden. Egal wie klein und unwahrscheinlich sie ist. Doch eine Wahl hat man immer", antwortete er ihm ernst.

Ty schwieg. Was war seine zweite Option, außer Zeit zu rauben? Den Fluch zu unterdrücken und zum Mörder zu mutieren? Das würde er niemals wieder tun.

„Vertraue dir. Sei mutig und höre auf deinen Willen." Der Coach sah Ty noch mal fest in die Augen. „Das waren die Worte eines weisen Ruderers, der mich einst trainierte. Mit den Jahren erst habe ich die Bedeutung seiner Worte verstanden." Er zwinkerte ihm zu und wechselte das Thema. „Komm wieder, wenn du Lust hast. Ich freue mich immer über neue Gesichter." Damit ließ er Ty stehen und verschwand in seiner Lehrerkabine.

Nachdenklich betrat Ty die Umkleidekabine. Rick war wohl schon duschen, das Wasser lief. Auch Ty zog den Neoprenanzug aus und ging in eine Kabine.

Was, wenn er einen freien Willen hätte? Wenn er die Entscheidung treffen könnte, das Zeitjagen abzulegen? Was würde er dann tun?

Er stellte das Wasser auf heiß und duschte sich ab.

Wahrscheinlich würde er in den Lehrstuhl gehen und Geschichte unterrichten. Das wäre eine ausgezeichnete Vorstellung, als autoritärer Professor zu lehren. Er könnte sich gut vorstellen, dass er es auch mit dem Rudern versuchen und sich weiter mit Rick und seiner Clique abgeben würde. Er würde Theodore in den Wahnsinn treiben und Livia daten.

Genau genommen würde er nichts anders machen, als er es bereits tat. Nur ohne Fluchbremse. Den Funken Hoffnung, den Coach Thompsen ihm gebracht hatte, sollte er vernünftigerweise gleich wieder zerstören. Es würde ihn verletzen und am Ende enttäuschen.

Weil er es nicht verdient hatte, glücklich zu sein.

Weil er ein Mörder war.

Wehmütig stieg er aus der Dusche und trocknete sich ab. Überrascht bemerkte er, dass Rick auf ihn wartete.

„Alles klar, Mann?" Rick sah ihn fragend an und Ty nickte.

„Das Training war anstrengend." Jupp, das könnte seine Verstimmung erklären, dachte er, als er sich anzog und zum Spiegel trat. Rick nickte und setzte sich auf die Bank in der Umkleide, während Ty seine Haare stylte.

„Es ist nicht nur das, oder?"

Ty senkte die Geltube und schluckte. Rick war ihm in den wenigen Tagen ein guter Freund geworden. Vielleicht konnte er es wagen, ein wenig von seinen Gefühlen preiszugeben. „Nein. Du hast recht, ich hatte ein tiefgreifendes Gespräch mit dem Coach", erklärte er sachlich und schloss die Geltube.

Rick lehnte sich an die Kleiderstangen, die an den Bänken befestigt waren. „Ja, die Gespräche mit ihm können erleuchtend sein."

Ty nickte und schloss seine Tasche. Ricks verständnisvoller Blick entging ihm nicht.

„Worum ging es denn?"

„Um den freien Willen und darum, eine Wahl zu haben", erklärte er nüchtern.

Überrascht zog Rick die Augenbrauen nach oben. „Die hast du nicht?"

Ty schüttelte den Kopf. „Nicht, wie ich sie gern hätte."

„Lass mich raten. Deine Eltern haben deine Laufbahn geplant? Schon die passende Frau für dich gefunden?" Ricks blaue Augen blitzten auf und Ty grinste schräg bei der Vorstellung, dass das der größte Problemhorizont für ihn war. Zugegeben, als Otto Normalverbraucher wäre das eine katastrophale Lebensplanung. Für ihn aber der Himmel auf Erden, wenn er den Fluch dadurch loswerden könnte. Wenn es sein müsste, würde er sogar Penelope ehelichen.

„Ja, so ungefähr", antwortete er.

„Puh, Mann." Rick nahm Tys Lederjacke und hielt sie ihm auffordernd hin. „Das schreit nach einem Bier, oder?", fragte er verschmitzt.

„Okay", willigte Ty ein. Ein Bier konnte er nach der anstrengenden Ruderei wirklich vertragen.

Er folgte Rick über den Innenhof der Uni und sah skeptisch zur Sanduhr. Die Abdeckfolie war unbeschädigt. War er echt schon so verfreakt, dass er glaubte, Theodore würde sie freilegen? Er musste verrückt sein.

Schweigend verließen sie das Universitätsgelände auf dem idyllischen Weg ins Stadtinnere von Oxford. Rick führte ihn in die erste Kneipe, die hinter einer Abzweigung sichtbar wurde.

Es war ein uriger Pub namens *Old dry*, in dem tatsächlich überwiegend old people zu sehen waren. Es stank nach Zigaretten und um die spärliche Beleuchtung an der Decke waberten die Rauchschwaden.

Nicht das Lokal, welches er von einem Elitestudenten erwartet hatte. Trotzdem erfasste ihn das raue Flair und er fühlte sich wohl. Die Wände waren voller Poster von berühmten Sportlern. Ty kannte einige davon. Sein besonderes Interesse galt aber der Rudererwand, bei der sich Rick flink an einen Zweiertisch setzte.

„Genial hier, oder?", schwärmte er.

Ty nickte. „Das hat definitiv Flair. Deine Stammkneipe?"

„Ja, kann man sagen. Wir Ruderer sind öfter hier. Der alte Morris betreibt den Pub schon ewig. Er hat ein Fable für Ruderer."

Der besagte Morris war ein alter, kleiner Herr mit grauem Haar und einer riesigen Brille auf der Nase. Zwischen seinen Lippen hing der Stumpen einer dicken Zigarre. „Was darfs'n sein?", fragte er mit urkomischem Akzent und Rick bestellte zwei Guinness. Er schlurfte hinter die Theke, um das braune Bier einzuschenken.

„Das ist ja ein Kerl", amüsierte sich Ty und beobachtete den Wirt.

„Der ist cool drauf, wenn er erst mal aufgetaut ist. Gell, Morris?" Den letzten Teil rief er Richtung Tresen und erntete ein breites Grinsen von dem alten Mann. Der Zigarrenstumpen fiel dabei aus seinem Mund. Morris' Kopf verschwand kurz hinter der Theke und kam mit Stummel wieder hervor. Gelassen steckte er ihn sich erneut zwischen die Lippen und schlurfte mit den beiden Guinness auf Rick und Ty zu.

Ty verkniff sich das Lachen. Der war echt eine Nummer. „Ich bezahle", beschloss er und griff nach seinem Portmonee, doch Morris lehnte ab.

„Ach, lass ma. Is Sportlernahrung." Er lachte dröhnend los und schlurfte wieder hinter die Theke.

„Du solltest unbedingt auf eine unserer legendären Rudererbesprechungen mitkommen. Der alte Morris versorgt uns mit dem besten Gebrannten, den man hier bekommt."

Das konnte sich Ty bildlich vorstellen, wie der Wirt mit den Jungs einen Schnaps nach dem anderen vernichtete. Er prostete Rick zu und nahm einen großen

Schluck Guinness. Der herbe Geschmack und das Prickeln der Kohlensäure ließen ihn entspannen. Er erinnerte sich nicht daran, wann er das letzte Mal mit einem Freund Bier trinken war. Das musste Jahrhunderte her sein.

„Das Beste nach dem Sport", kommentierte Rick das braune Getränk. Belehrend hob er den Zeigefinger. „Man sagt, es wäre isotonisch."

Ty grinste. Er genoss Ricks Humor. Unverfänglich und locker, wie er dort saß und ihn aberwitzig aus blauen Augen musterte.

„Jetzt sag mal, als Ruderer steht dir die Damenwelt doch offen, oder?" Provokant beugte sich Ty nach vorne. Rick holte derweil Zigaretten aus seiner Innentasche und bot ihm welche an. Er winkte dankend ab. Rauchen fand er unsexy.

Grinsend zündete Rick sich seinen Glimmstängel an. „Mach ich wirklich nur hier", erklärte er verschwörerisch und nahm genussvoll einen Zug. „Sag's nicht Amber. Sie rastet aus, wenn sie erfährt, dass ich ab und zu eine zische."

Ty lachte auf. Das konnte er sich bildlich vorstellen.

„Sie hatte mal eine Anti-Rauch-Phase und hat jeden zur Schnecke gemacht, der vor ihr geraucht hat. Außerdem sollte das ein Sportler nicht machen. Du weißt schon, wegen des Lungenvolumens und so", erklärte Rick und zog an seiner Zigarette.

Ty nickte. „Kein Ding. Von mir erfährt sie nichts."

„Also zur Damenwelt. Na klar. Die stehen auf die Muckis, auf die hautengen Neoprenanzüge und auf das, was darunter ist." Rick blies den Rauch in die Luft und zog erneut an der Zigarette. „Aber für die, in die man sich verliebt, ist es schwer, den Sport zu akzeptieren. Man steht im Mittelpunkt und wird von Nebenbuhlerinnen angehimmelt." Ein bekümmerter Ausdruck huschte über Ricks Miene.

„Klingt, als hättest du Erfahrung damit gemacht?" Ty leerte sein Guinness und bestellte bei Morris zwei neue.

„Ja, sieht so aus", bestätigte Rick und nahm einen weiteren Zug. Dann drückte er sie rasch im Aschenbecher aus. „Sie hieß Ronja und war bildhübsch. Wir verliebten uns sofort ineinander. Sie war einige Semester über mir und kurz davor, die Uni zu verlassen."

Morris stellte die zwei Guinness auf den Tisch und lehnte jegliche Art der Bezahlung ab.

„Wir waren beide zuversichtlich, dass es halten würde. Auch wenn sie nicht mehr studieren würde", erzählte Rick weiter, als Morris den Tisch wieder verließ.

Ty erkannte Wehmut in Ricks Blick. Das musste ein Scheißgefühl sein. „Dann war sie älter?", fragte er und kostete von den Chickenwings, die Morris den beiden ungefragt servierte. Herrlich, wie knusprig sie waren. Deftig gewürzt, aber definitiv das Richtige zum Bier.

„Ja, sie war drei Jahre älter. Das hat uns nicht gestört. Anfangs zumindest nicht. Nachdem ich Kapitän der Mannschaft wurde, ging es los mit den ganzen Fangirls. Ich habe versucht, Ronja von ihnen fernzuhalten. Leider dachte sie, ich würde sie betrügen."

„Das tut mir leid", sagte Ty mitfühlend.

Rick zuckte mit den Schultern. „Man hat's nicht in der Hand." Er griff zu den Chickenwings. „Jedenfalls haben sie mein Erfolg und die ganzen Girls, die damit auf mich aufmerksam geworden waren, zerfressen. Unsere Beziehung war am Ende, bevor sie die Uni verließ."

„Vermisst du sie?", fragte Ty.

„Ganz ehrlich? Sie war ein tolles Mädel. Aber ich brauche jemand Starkes an meiner Seite. Eine, die mich sieht und nicht meinen Erfolg." Er paffte eine kleine Rauchwolke in die Luft. „Wie Livia zum Beispiel. Jemand komplett Bodenständiges."

Ty fiel fast der Chickenwing aus der Hand, als Rick Livias Name erwähnte. Hastig bugsierte er ihn in seinen Mund, um seine Unsicherheit zu überspielen. „Aber du und Livia seid nicht zusammen?", fragte er betont lässig, obwohl er die Antwort kannte.

„Nein." Rick lachte auf. „Das hättest du sicher mitbekommen." Er leerte sein Bier mit einem Zug.

Morris war bereits auf dem Weg mit dem dritten Guinness.

„Boah Mann, danach reicht's aber", tadelte Rick den alten Wirt, der entschuldigend mit den Schultern zuckte. Zu den Chickenwings hatten sich auch Wedges gesellt.

Ein aufmerksamer Kerl, dachte Ty und griff dankbar zu den Kartoffelecken. Sein Magen knurrte mehr, als er angenommen hatte.

„Nein, Livia ist für mich die kleine Schwester, die ich nie hatte." Forschend sah er Ty an. „Du magst sie, nicht wahr?"

Oh je, das waren die Gespräche, die zum dritten Bier passten. Ty merkte die Wirkung der beiden Guinness schon. Sein letzter Rausch war Jahrzehnte her. Sein Bedürfnis, über Livia zu sprechen, stellte sich bei jedem Schluck mehr ein und er wollte ehrlich zu Rick sein. „Ja, sie gefällt mir."

Lächelnd lehnte sich Rick zurück. „Mhm, ja, das dachte ich mir. Livia ist eigentlich ganz einfach zu knacken. Sie hasst alles Oberflächliche, Teure und Luxuriöse. Der Mensch hinter der Fassade interessiert sie."

Haha, na der machte ihm Mut. Er verkörperte alles, was sie laut Rick nicht mochte. Bingo.

„So wie sie dich ansieht, hat sie schon lange keinen mehr angesehen", erklärte Rick anerkennend.

„Das heißt, es gibt einen Ex?" Jetzt wurde es wirklich interessant.

„Ja, der Kerl war angehender Arzt. Ein kapitaler Volldepp, der ihr was vorgeheuchelt hat. So ein reicher Snob."

Okay, das erklärte definitiv Livias Abneigung gegen Luxus.

Rick wies lachend auf seine Rolex. „Ich denke, das wird ein Trauma in ihr ausgelöst haben, mit dem sie jetzt nicht ganz klarkommt."

Ty verdrehte amüsiert die Augen und ließ seine Rolex unter dem Ärmel verschwinden. „Depp."

Trotzdem hallten Ricks Worte in ihm wider. Damit waren seine Chancen, bei ihr zu landen, eigentlich bei Null. Aber da war das Abendessen im *Stax* und sein Instinkt quittierte ihm, dass Livia dort nicht nur höflich gewesen war.

Morris versuchte noch mal eine Runde Guinness an den Mann zu bringen, aber Ty drückte ihm die Gläser vehement zurück in die Hände. „Wenn wir das auch noch trinken, musst du uns raustragen", drohte er dem Alten.

„Na, das is das Leichteste", nuschelte Morris und nahm knurrend die zwei Guinness mit zum Tresen.

Ty drehte sich zu Rick und sah, dass der ertappt sein Handy in der Jackentasche verschwinden ließ.

„Ich glaube, da draußen wartet gleich jemand auf dich", sagte er und stand wackelig von seinem Stuhl auf. Plötzlich hatte er es eilig und sein Blick huschte aufgeregt im Pub umher.

Ty versteifte sich augenblicklich. Er hatte ihn nicht an die Horatio verraten, oder? Angst kroch ihm in den Nacken. Das traute er Rick nicht zu. Oder?

Rick, der ihm sein Zaudern ansah, schlug ihm freundschaftlich auf die Schulter. „Die Nacht ist noch jung, nutze sie weise. Du weißt ja, der eigene Wille." Rick lächelte ihn an und schwankte zur Tür.

Ty sah ihm hinterher, bis die alte Kneipentür wieder ins Schloss fiel. Reglos verharrte er auf seinem Stuhl. Was war das gewesen?

Sein Herz pochte und er sog geräuschlos die Luft ein. Puh, es war schwierig, mit drei Guinness im Kopf einen klaren Gedanken zu fassen.

Morris schlurfte zu ihm an den Tisch und nahm die beiden leeren Biergläser. „Er is 'n toller Jung, unser Rick."

Schweigend nickte Ty. Er konnte sich nicht vorstellen, dass Rick ihn an die Horatio verraten hatte. Zigarrenrauch blies ihm ins Gesicht und holte ihn aus seinen Gedanken.

„Willste die schnieke Lady vor der Tür noch länger wart'n lassn?" Die Zigarre wippte zwischen Morris' Lippen auf und ab. „Ich mag zwar nur 'n Wirt sein, aber die da draußen ..." Er wies mit dem Bartstoppelkinn zum Fenster. „Is eine, die man nich warten lässt." Damit schlurfte er wieder zu seiner Bar und räumte die Gläser geschäftig in die Spülmaschine.

Fahrig erhob sich Ty vom Stuhl und trat zur Tür. Die drei Bier vernebelten seine Gedanken, aber anscheinend hatte Rick jemanden herbestellt. Eine Sie.

Ty drückte die alte Türklinke gemächlich nach unten und ein kühler Lufthauch schlug ihm entgegen.

„Endlich, das wird auch Zeit! Wisst ihr überhaupt, wie spät es ist?" Er sah Livias entrüstete Miene, die sich in Entsetzten wandelte, während sie ihm fest in die Augen blickte.

„Wo ist Rick?" Stur sah sie an ihm vorbei. Vermutlich, um zu checken, ob Rick aus der Kneipe kam.

Er schnaubte. Natürlich, das hatte Rick ja toll eingefädelt. Rick wollte Kuppelhase spielen. Keine gute Idee! Das zumindest signalisierte ihm Livia gerade.

„Er ist schon heim", erklärte Ty sachlich und versuchte dabei neutral zu bleiben. Das fiel ihm mit dem alkoholisierten Nebel im Kopf nicht leicht. Es verletzte ihn, dass es sie offenbar ärgerte, nur auf ihn zu treffen.

Livias Augenbrauen schossen in die Höhe. „Rick hat mir geschrieben, er will nicht allein zurück?" Unsicher kramte sie ihr Handy aus dem blauen Trenchcoat.

Bei näherem Hinsehen sah sie verschlafen aus. Ty grinste. Der Anblick war süß. Aus dem unordentlichen Knoten fielen ihr einzelne Strähnen wirr ins Gesicht. Sein Blick wanderte weiter zu ihrem Trenchcoat, über dem sie einen dicken, grau-blau gestreiften Schal trug. Die Farben der Universität. Ob sie schon geschlafen hat? Die unpassenden grünen Boots bestätigten ihm, dass sie ihr Zimmer überhastet verlassen hatte. Sonst achtete Livia darauf, dass ihre Freizeitkleidung nicht auffällig, aber passend kombiniert war.

„Da!" Sie hielt ihm demonstrativ das leuchtende Display ihres Handys vor die Nase. Ricks Nachricht war geöffnet. Ty lächelte, umfasste ihre Hand und zog sie mitsamt dem Handy langsam nach unten. Er wollte die Nachricht nicht lesen.

„Du hast einen sehr, sehr lieben Kumpel, weißt du das?"

Er dachte nicht daran, ihre Hand loszulassen, aber Livia rüttelte das Handy frei, strich seine Hand weg und steckte das Handy seufzend in die Tasche.

„Aha." Abwartend sah sie ihn an und verschränkte die Arme vor der Brust. „Du riechst nach Bier", schmetterte sie hinterher.

Er lachte auf. „Ja, das ist es, was man in der Kneipe trinkt."

Livia drehte sich um und lief ein paar Schritte voraus. Ty folgte ihr beschwingt. Er fand die Situation lustig. Sicher lag das am Bier, trotzdem genoss er das beschwingte Gefühl.

Die Horatio und der scheiß Fluch konnten ihn gerade mal kreuzweise. Das Gefühl des aufkeimenden Hungers verdrängte er gewaltsam in das hinterste Eck seines Seins. Er hatte im Moment nur eine Sache im Kopf und die lief vor ihm, mit ziemlich hübschen Kurven. Er legte den Kopf schief, um sie besser betrachten zu können.

Livia.

Rasch holte er auf, um neben ihr zu gehen.

Die Nacht war frisch und so zog er seine Lederjacke enger um die Brust. Das Frösteln konnte das Bier nicht aufhalten.

„Du hast Rick doch nichts von unserer ... Sache erzählt?", fragte sie ihn skeptisch.

„Nein, nichts von unserem Kuss. Er hat aber bemerkt, dass da was zwischen uns steht", erklärte Ty sachlich. Okay, es war mutig von ihm gewesen, bei Rick was anzudeuten. Doch er bereute es nicht. Noch nicht.

Sie bogen in die Straße, die mit Linden bepflanzt war und zur Uni führte. Selbst im Dunkeln erkannte man das bunte Herbstlaub. Der Weg zur Oxford strotzte vor Idylle, trotz des oft nasskalten Wetters Englands.

Ty grinste. Die romantische Kulisse stimmte. Jetzt war es an ihm, sie zu nutzen.

Charmant stellte er sich Livia in den Weg, die daraufhin abrupt stoppte. Bevor sie etwas sagen konnte, griff er sie am Arm und lenkte sie zu einer der Bänke, die unter jeder zweiten Linde platziert waren. Überrumpelt ließ sie sich von ihm auf die dunkel lasierte Holzbank ziehen. Sie setzten sich und er sah ihr tief in die wunderschönen, haselnussbraunen Augen.

„Livia, ich werde dich zu nichts zwingen, was du nicht willst. Das wäre das Letzte, was ich will. Aber ich spüre, dass du ähnlich fühlst wie ich." Zart strich er ihr über die Wange, die von der nächtlichen Kälte gerötete war. Sie ließ ihn gewähren.

„Ich weiß, dass du Bedenken hast wegen Amber, Penelope und wegen was weiß ich nicht alles. Aber du hast einen freien Willen, Livia. Nutze ihn. Du hast dein ganzes Leben noch vor dir. Genieß es. Manchmal braucht es nur einen Moment und alles verändert sich."

Ihre großen haselnussbraunen Augen hingen an seinen Lippen und er genoss es. Seine Gefühle sprudelten aus ihm hervor und er musste an sich halten, ihr nicht sofort zu gestehen, wer und was er war. Eigentlich sollte er sie warnen, ihr sagen, dass sie sich nicht in ihn verlieben sollte. Denn diese Liebe wäre zum Scheitern verdammt. Sie würde explodieren im Kosmos der Zeit, die er raubte.

Aber er konnte nicht. Er wollte diesen Moment noch einmal auskosten, einen Funken Hoffnung schöpfen, doch eine Zukunft zu haben, um dann zu akzeptieren, dass es keine gab. Ja, er war bereit dazu, sich noch einen Kuss zu stehlen. Auch wenn es wehtat.

Livia nahm schweigend seine Hand und erwiderte den intensiven Blick. Ty erkannte darin Bedeutsames. Ein Hauch Bedauern, tiefe Sehnsucht und die auferlegte Qual, gefangen zu sein im eigenen Denkmuster. Er wollte gerne ihre Ketten sprengen, sie daraus befreien. Doch das konnte sie nur selbst. Sie hatte es verdient, glücklich zu sein.

Ty drückte ihre Hand und genoss die Wärme ihrer Haut auf seiner – als plötzlich ein stechendes Dröhnen seinen Kopf durchflutete.

Ty erstarrte, verharrte reglos und in stummem Entsetzen, während er die tiefe Stimme hörte, die er abgrundtief hasste.

„Tychon!", dröhnte der Gott der Zeit höchstpersönlich in seinem Kopf.

Ein eiskalter Schauer überkam ihn. Sein Herz klopfte hart gegen seine Brust. Er versuchte die Angst wegzudrängen, doch sein Herz donnerte und ließ ihn erzittern. Es war, als übermanne ihn eine Panikattacke. Dabei übernahm Chronos die Kontrolle über seinen Körper.

Sein Inneres tobte, als er begriff, was in seinem Geist vor sich ging. Krampfhaft versuchte Ty, Chronos aus dem Kopf zu verdrängen. Er drückte gegen die mächtige Präsenz, versuchte all seine Kraft zu sammeln und sich gegen Chronos aufzubäumen. Doch vergebens. Er nahm jede Faser seines Seins ein.

Verzweifelt hob Ty die Hände an die Ohren, um die Stimme zu verbannen. Da verkrampfte sein Körper und er erkannte bitter, dass er nicht mehr Herr über ihn war.

Zorn stieg in ihm auf, den Chronos lächelnd hinnahm. Ty erkannte das Gesicht des Gottes vor seinem inneren Auge. Bedrohlich stierte er ihn an. Ty wollte sich nicht ergeben, doch er wusste, dass er keine Chance gegen Chronos hatte.

Noch immer drohte sein Kopf zu implodieren, als wäre er gefangen in einer eisernen Maske, die sich langsam zusammenzog. Ty wollte aufschreien, aber sein Schrei blieb stumm. Dann sah er Chronos' starre, eiskalte Miene. Die flackernden Augen durchbohrten ihn.

„Du wirst immer das animalische Wesen bleiben, von meinem Fluch getrieben. Nichts anderes hast du verdient, als in deiner eigenen Dunkelheit zu verrotten", donnerte der Gott.

Ein greller, goldener Blitz zuckte auf. Dazu kam ein schneidender Schmerz, der Tys Rumpf durchfuhr, als würden ihm seine Gliedmaßen gewaltsam entrissen.

Er schrie, die Qualen kaum aushaltend, doch die Stille hörte seinen Schrei nicht. Denn er war in seinem Kopf.

Ein weiterer goldener Blitz zerschnitt seinen Geist und folterte ihn mit den panischen Stimmen all der Opfer, denen er Lebenszeit geraubt hatte. Er erkannte einige Opfer aus der grausamen Zeit, als er im Krankenhaus sein Unwesen trieb und deren Sterben beschleunigt hatte. Dann war da die Stimme seines Dieners, den er damals so grausam und öffentlich vor Chronos getötet hatte.

Bittere Galle stieg in Ty auf. Dieser Mord war der Tropfen gewesen, der Chronos' Fass zum Überlaufen gebracht hatte. Dieser Mord hatte den Fluch ausgelöst.

„Spüre die Gewalt meiner Macht und gehorche mir!", rief Chronos dunkel und zerrte weiter massiv an seinem Willen.

Tys Geist drohte zu zersplittern. Er glaubte nicht mehr daran, mit dem Leben davonzukommen. Verdient hätte er den Tod allemal. Sein Widerstand drohte zu zerbrechen und er war kurz davor aufzugeben.

„Du wirst ihr nun Zeit rauben", befahl Chronos gnadenlos, ohne jegliche Gefühlsregung.

Ty durchfuhr das blanke Entsetzen. Er spürte, wie der Fluch ihn massiv drängte und sah erstarrt in Livias haselnussbraune Augen. Das konnte er nicht zulassen. Er durfte es nicht riskieren, zumal er nicht wusste, wie sich sein Zeitraub auf die nicht vorhandene Zeitskala auswirken würde!

Sein Herz raste bei dem Gedanken daran, dass Livia etwas zustoßen könnte. Wilde Panik erfasste ihn, während sich seine Glieder ohne sein Zutun bewegten.

Entsetzt spürte er, wie seine Hand Livias umfasste und sanft zudrückte, während sich sein ganzer Rumpf nach vorne beugte.

Ty wehrte sich mit aller Kraft, doch sein Körper gehorchte ihm nicht mehr. Er bemerkte panisch, wie er direkt auf Livia zusteuerte. Kurz vor dem unvermeidlichen Kuss spürte er, wie sein Körper abrupt stoppte.

„Entweder du tust es freiwillig oder ich zwinge dich", drohte Chronos. Eine Welle von Krämpfen erschütterte Tys Körper, als die machtvolle Präsenz Chronos' von ihm abließ.

Ty japste nach Luft, um zu Kräften zu kommen, als die Welt um ihn herum wieder Dimension annahm.

Er spürte Livias weiche Haut unter seiner Hand und erkannte, dass er ihr sanft über die Wange strich. Unmittelbar zog er die Hand zurück, um den Körperkontakt zu unterbrechen.

Verwirrt von seiner Reaktion wich sie zurück. „Alles okay bei dir?"

Ty holte tief Luft. Sie hatte sich zuvor kaum bewegt, für sie waren sicher nur Sekunden verstrichen.

„Ich glaube, das Bier ...", murmelte er zögernd. „Mein Magen ... alles okay." Zeitgleich zerrte er an den inneren Fesseln, die sich tief in seine Seele schnitten. Sobald er ihre Lippen berühren würde, würde Chronos ihn ihre Zeit absorbieren lassen. Wie er es immer getan hatte, wenn Ty sich gegen den Fluch gestemmt hatte.

Sofort spürte er, wie sich Chronos' Präsenz erneut in ihm aufbaute. Das Bier und der Zeitgott in seinem Kopf waren eine gefährliche Mischung. Hochexplosiv.

Wieder beugte er sich vor und Livia kam ihm zögernd entgegen. Seine Lippen waren nur noch Millimeter von

Livias entfernt, Schweiß rann ihm über die Stirn. Er schrie innerlich auf und versuchte Chronos und den Fluch mit aller Macht zur Seite zu drücken. Doch er wusste, dass er keine Chance hatte. Seine Lage war aussichtslos.

Bittersüß war der Moment, als seine Lippen Livias berührten und sie den Kuss mehr erwiderte, als er es konnte. Ein grausamer Zwiespalt, denn er wollte sie küssen. So sehr. Zeitgleich spürte er, wie der Fluch sein abgründiges Ich herauskehrte, wie Chronos daran rüttelte, es aus der finsteren Ecke hervorzerrte und zum Vorschein brachte. Starke Vibrationen nahmen seinen Körper ein. Er lehnte sich auf, brüllte und flehte Chronos um Einhalt an.

Doch er entfesselte sein schwarzes, verfluchtes Ich und es übernahm Tys Geist. Ein Knurren entfuhr ihm und er zog Livia wie einen Rettungsring an seinen Oberkörper. Bereit, alles aus ihr herauszusaugen, willig, jeden noch so kleinen Teil ihres Seins hervorzukitzeln und zu kosten.

Oh ja, ihre goldene Zeit war besonders lebhaft. Wie ein süßer Nektar, der die Sinne belebte. Ein Genuss, der ihn überwältigte und von dem er nicht genug bekommen konnte.

Er konnte sie nicht sehen, die Zeit, doch er fühlte sie. Er begehrte sie. Wie eine süchtig machende Droge. Die feinen goldenen Fäden strömten aus jeder Pore von Livias Körper und erlagen Chronos' Fluch. Immer schlaffer werdend sank Livia in Tys Arme.

Zu spät realisierte er, geblendet von seinen animalischen Trieben, dass die goldene Zeit aus Livias gesamtem Körper wich. Im letzten Moment stemmte er sich mit all seinem Willen dagegen und schaffte es unter Qualen, die Lippen von ihr zu lösen. Er erkannte den Schrecken in ihren Augen, dann fielen sie zu und sie sackte bewusstlos zusammen. In völliger Verzweiflung wollte er sie rütteln und irgendwie aufwecken, doch seine Hände gehorchten ihm nicht. Wie Schraubstöcke pressten sie Livia an seinen Oberkörper. Ihr Kopf lehnte kraftlos an seiner Schulter und er spürte ihren flachen Atem.

„Du wolltest sie. Ganz und gar. Ist es nicht so?", hallten Chronos' warnende Worte in ihm.

Ja, er wollte sie. Er wollte seinen Traum von Freiheit. Und das hatte er davon. Dafür hatte er bitterlich bezahlt.

„Das war kein Kuss der Liebe", gab Ty mit zusammengepressten Zähnen zurück und sah auf Livia hinab, die friedlich in seinen Armen ruhte.

Der Fluch entließ ihn aus seinen dunklen Fängen und er rüttelte Livia noch einmal sanft. Doch es folgte keine Reaktion.

„Denke an meine Warnung. Noch ist ihr nichts passiert. Doch solltest du es wagen, dich noch einmal gegen mich zu stellen, wird sie darunter leiden." Damit versiegte die machtvolle Präsenz des Zeitgottes mit einem grellen Lichtschein und ließ Ty im Nieselregen auf der hölzernen Bank zurück.

Verzweifelt und geschunden saß er dort und kämpfte mit den Tränen. Wie hatte er es so weit kommen lassen können?

Er hatte gewusst, dass er mit Livia eine Waffe gegen sich erschaffen hatte. Doch dass Chronos sich ihrer bedienen würde, damit hätte er niemals gerechnet.

Wie konnte er so dumm sein? Bittere Reue stieg in ihm auf und er warf verzweifelt den Kopf in den Nacken. Wenn das Liebe war, dann tat sie verdammt weh.

Er sah auf Livias Gesicht und hob ihren bewusstlosen Körper mit letzter Kraft in die Höhe. Dann trug er sie mit wackeligen Beinen zurück zur Universität.

Er rang nach Luft und seinen Lungen brannten, doch er wollte sie nicht aus den Händen geben. Er musste bei ihr sein, wenn sie aufwachte, denn er musste wissen, ob sie sich daran erinnerte. Den Schrecken, allein und verwirrt aufzuwachen, wollte er ihr ersparen.

Vorsichtig wuchtete er ihren Körper über seine Schulter und stieg in den Fahrstuhl. Seine Beine drohten unter der Last der Situation zu zerbrechen. Keuchend stützte er sich an der blechernen Fahrstuhlwand ab, während dieser sich langsam in Bewegung setzte. Die Wand war kalt, wie sein Inneres. Ausgelaugt und leblos.

Ty schwor Chronos finstere Rache und ignorierte das Donnergrollen, das daraufhin in seinem Kopf entstand.

Er ignorierte die Warnung. Wenn seine Existenz schon bald ein Ende finden sollte, würde er nicht nur die Horatio hochgehen lassen, sondern auch den Götterhain.

Kapitel 8

Gepeinigt von rasenden Kopfschmerzen schlug Livia die Augen auf. Die Umgebung erkannte sie nur verschwommen, aber sie fühlte sofort, dass es nicht ihre Bettdecke war, unter der sie lag. Ein warmer männlicher Arm war um sie gelegt und das regelmäßige Atmen einer zweiten Person im Bett drang an ihr Ohr.

Oh. Mein. Gott.

Livia wagte es nicht, sich umzudrehen, aber sie ahnte, wo sie war und wessen Arm es war, der sie umschlang. Wie konnte das passieren?

Sie kniff die Augen zusammen, um die blassen Konturen zu schärfen. Fieberhaft versuchte sie, sich an die letzte Nacht zu erinnern. Doch da war nichts. Nur nebulöse Schwärze.

Oh nein, sie hatte doch nicht getrunken, oder? War es nicht Ty, der zu viel Bier hatte?

Sie versuchte sich daran zu erinnern, was passiert war, nachdem sie sich mit ihm auf den Weg zur Uni gemacht hatte. Doch der ominöse Blackout setzte mit der Erinnerung an die Bank unter den Linden ein. Sie wüsste nicht, dass Ty ihr einen Flachmann oder ähnliches angeboten hätte. Wie also kam es zu dem Blackout? Sie war sich ganz sicher, dass sie niemals synthetische Substanzen zu sich nehmen würde.

Vielleicht hatte er sie überredet, bei ihm noch was zu trinken? Nein, darauf hätte sie sich vermutlich nicht eingelassen, oder doch? Vielleicht war er aber auch zu betrunken gewesen und sie hatte ihn hier rauf geschafft.

Mit einem Schnauben schloss sie die Augen. Ihre Gedankensprünge verwirrten sie. Warum zum Henker war sie in seinem Bett? Das warf eindeutige Bilder in ihrem Kopf auf und sie schluckte.

Okay, ganz ruhig bleiben. Welche Unterwäsche trug sie?

Hektisch überlegte sie, ob die noch ansehnlich war. Leider galt ihr Bequemlichkeitsvorsatz auch für ihre Unterwäsche. Moment mal! Sie konnte sich nicht daran erinnern, sie ausgezogen zu haben. Außerdem spürte sie, dass sie Kleidung trug.

Sie schloss kurz die Augen, um mit dem neuen Augenaufschlag ihre Umgebung besser sehen zu können. Warum dachte sie über ihre Unterwäsche nach? Verlor sie jetzt völlig den Verstand?

Die kuschelige braune Bettwäsche schmiegte sich an sie. Zaghaft blickte sie sich um.

Sie erkannte ihren blauen Trenchcoat, der am silbernen Kleiderständer am Bettende hing. Auf dem alten Stuhl daneben lagen ihre Jeans und ihr T-Shirt samt Cardigan. Alles säuberlich zusammengelegt.

Gut, das war ein seltener Tick, die Kleider beim Ausziehen auch noch ordentlich auf einen Stuhl zu legen. Das war sie definitiv nicht gewesen.

Moment! Ihr Herz stolperte. Dort auf dem Stuhl lag ihre Kleidung. Ein eindeutiges Indiz, genau wie das Männershirt, das sie stattdessen trug.

Unsicher drehte sie den Kopf und blickte in Tys Gesicht. Es sah friedlich und entspannt aus. Sein Atem ging regelmäßig und die Decke ruhte auf seinem nackten Oberkörper.

Seinem *nackten* Oberkörper, stellte Livia entsetzt fest und stierte an die Decke. Das durfte jetzt nicht wahr sein! Flatterhaft ließ sie ihren Blick noch mal zu Ty gleiten. Obwohl er so ruhig schlief, lagen dunkle Ringe unter seinen Augen. Das war anscheinend eine harte Nacht gewesen.

Zaghaft versuchte Livia, unter seinem Arm hindurchzuschlüpfen. Dabei entfuhr ihm ein Seufzen. Vorsichtig zog sie die Beine unter der braunen Satindecke hervor und bemerkte die viel zu große Schlafanzughose aus karierter Seide. Ernsthaft? Die hatte sie angezogen? Sie musste komplett durchgedreht sein.

„Du bist ja schon wach."

Erschrocken zuckte sie zusammen. Die Bettdecke raschelte, dann spürte sie, wie er von hinten einen Arm um sie legte.

„Guten Morgen", flüsterte er dicht an ihrem Ohr. Gänsehaut kroch ihr über den Rücken. Auweia, das war mehr als eindeutig. Damit hatte er mal locker alle Grenzen von „Wir haben uns einmal kurz geküsst" bis hin zum „Ich habe dich nackt gesehen" durchbrochen. Warum nur konnte sie sich nicht daran erinnern?

Beschämt drehte sie sich zu ihm. „Äh, ja, guten Morgen."

Er stieg aus dem Bett und reckte seine muskulösen Oberarme. Dabei trug er nur karierte Boxershorts.

Livia war gebannt von seinem Anblick. Jede seiner Bewegungen strotzte vor Selbstsicherheit und sie sah genau, wie sich seine Muskeln unter der Haut anspannten.

„Gefällt dir die Aussicht?", neckte er sie und zog sich ein weißes Shirt über. Ertappt sah sie weg. Er erwartete doch jetzt hoffentlich nicht von ihr, sich an Ort und Stelle vor ihm umzuziehen?

„Du warst total durchnässt. Ich hab deine Sachen getrocknet", erklärte er ihr wohlwollend. Damit wies er mit dem Kinn auf den Stuhl.

Das erklärte zumindest, auf nicht sexuelle Weise, wie ihre Klamotten dort hinkamen.

„Bin ich ... in die Themse gefallen oder so?", fragte sie und versuchte dabei zu klingen, als würde sie scherzen. Obwohl sie wahnsinnig nervös war.

Sie erkannte an Tys ernster Miene, dass er sie durchschaute. „Du kannst dich an nichts erinnern, oder?"

Aus grünen Augen musterte er sie aufmerksam und ein schelmisches Lächeln schlich sich auf seine Lippen. Er sah beinahe verführerisch damit aus. Diese verstrubbelten Haare und der Dreitagebart taten ihr übriges, dass sie sich zusammenreißen musste, ihn nicht zu küssen.

„Nein, ich hab leider keine Erinnerung."

„Wie schade. Dabei hatten wir es heute Nacht schon ziemlich gemütlich, so leicht bekleidet."

Hitze schoss ihr in die Wangen. Deutete er jetzt etwa genau das an, was sie vermutete?

„Wir haben doch nicht etwa ...?", stieß sie verwirrt aus und beobachtete, wie Tys Grinsen noch breiter wurde. Langsam ging er auf sie zu.

„Schön wäre es gewesen, meine Hübsche. Aber nein, wir waren brav wie zwei Nonnen."

Erleichtert entspannte sie sich. „Also, was ist gestern Abend passiert?"

Ty ging an ihr vorbei ins angrenzende Bad. „Ich war ziemlich betrunken und du hast mich hergebracht. Weil ich nicht allein sein wollte, hast du beschlossen zu bleiben und ich wollte dich nicht gehen lassen."

Das kam ihr zweifelhaft vor. Sie wäre nicht ohne Weiteres bei Ty geblieben, oder? „Und wie hast du mich so betrunken dazu gebracht, bei dir im Bett zu schlafen?"

„Ich hab dich ganz fest in den Arm genommen und nicht mehr losgelassen. Den Klammergriff beherrsche ich perfekt", erklang seine Stimme aus dem Bad.

Da könnte was dran sein. Offensichtlich war sie vor ihm eingeschlafen, anderenfalls wäre sie sicher aus seinem Bett geschlichen.

Einigermaßen gestylt kam Ty aus dem Bad. „Kaffee oder Tee?" Abwartend blieb er stehen und roch unwiderstehlich nach herbem Aftershave. „Jetzt schau nicht so ungläubig." Neckend legte er seinen Zeigefinger unter ihr Kinn und drückte es leicht nach oben. „Ich bin keiner, der attraktive Mädels mal kurz kidnapped, nur damit sie in meinem Bett aufwachen."

Er fuhr mit dem Finger über ihr Kinn und Gänsehaut breitete sich auf ihren Armen aus. Nervös atmete sie aus. Er machte sie wirklich verrückt.

„Also, Kaffee oder Tee?"

„Tee, bitte."

„Du kannst dich im Bad frisch machen", bot er ihr an und verschwand hinter seiner Küchenzeile.

Livia stand auf und schloss nervös die Badezimmertür. Oh Gott. Sie hatte ernsthaft bei ihm *übernachtet.* Was würde Amber sagen? Was sollte sie Amber sagen?

Sie war noch keine Nacht weg gewesen. Üble Sache! Scheiße, sie verhielt sich wie ein sechzehnjähriger Teenie. Sie atmete tief durch, spritzte sich Wasser ins Gesicht und schlich zurück ins Schlafzimmer. Dort kramte sie ihr Handy aus der Trenchcoat-Tasche. Sieben verpasste Anrufe von Amber und unzählige Nachrichten, wo sie steckte.

Schnell tippte sie ihr, dass sie bald kommen würde, und steckte das Handy wieder weg. Sie war noch nicht bereit für das Gespräch.

Hastig nahm sie ihre Sachen und huschte zurück ins Bad. Dort zog sie Tys Schlafshirt aus und schlüpfte in ihr weißes Oberteil und den braunen Cardigan. Rasch streifte sie ihre Jeans über und musterte sich kritisch im Spiegel.

Sie sah übernächtigt aus und die Kontaktlinsen rieben unangenehm. Ihre Haare waren eine einzige Katastrophe. Mühevoll zog sie den Haargummi daraus hervor und versuchte ihre Haare zu einem Pferdeschwanz zu binden. Damit sah sie einigermaßen ansehnlich aus.

Als sie in die Küche kam, standen zwei schwarze Teetassen auf der Anrichte und Livia roch, dass es sich um eine herbstliche Kräutermischung handelte. „Du stehst auf Tee?", fragte sie ungläubig und nippte daran.

Er lehnte sich an den Tresen und tat es ihr gleich. „Natürlich. Wir sind im Land des Tees. Etwas Kultur sollte man schon wahren."

Erfreut über sein Traditionsbewusstsein stellte sie ihre Teetasse wieder ab.

„Frühstück?" Er hielt ihr frische Brötchen unter die Nase.

Das war doch ein ganz perfider Plan. Wie kam er denn zu dieser unchristlichen Uhrzeit an frische Brötchen?

„Du hast das alles doch nicht eingefädelt, oder?", fragte sie ihn wachsam.

„Weil ich dich mit frischen Brötchen zum Hierbleiben bestechen möchte?"

Sie nickte.

„Ich hab immer welche in der Gefriertruhe und backe sie frisch auf", erklärte er ernst und legte ihr eines davon auf den grauen Teller. Daneben hatte er Marmelade, Honig und etwas Käse aufgetischt.

„Okay, ich spiele mit. Aber nur wenn du mir verrätst, was heute Nacht wirklich passiert ist und wie ich das Amber erklären soll." Dass sie eventuell das Frühstück mit ihm genießen könnte, verdrängte sie lieber ganz schnell.

„Rick hat dich zur Bar bestellt. Er wollte wohl, dass wir uns aussprechen. Leider habe ich das Guinness unterschätzt und musste mich auf der Bank ausruhen. Da kam es dann ..." Er stoppte kurz und lächelte sie an. „Zu einem Kuss."

Peinlich berührt bestrich sie ihr Brötchen mit Marmelade und mied seinen Blick. An den Kuss erinnerte sie sich überhaupt nicht.

„Wir haben beschlossen, dass du mich noch in mein Appartement begleitest, weil ich wohl etwas geschwankt habe. Na ja, hier hast du mich quasi ins Bett gebracht und ich wollte dich nicht gehen lassen. Also haben wir geredet und du bist irgendwann eingeschlafen." Er grinste frech. „Und weil ich wahrer Gentleman bin, konnte ich dich doch nicht in den nassen Sachen schlafen lassen. Also hab ich dir, betrunken wie ich war, mein Shirt übergezogen. Draußen hatte es geschüttet wie aus Eimern."

Sie bestrafte ihn mit einem barschen Blick, denn sie wollte sich nicht ausmalen, wie er sie betrunken entkleidet hatte. „Und wie erklären wir das den anderen?"

Er zuckte mit den Schultern. „Genau so."

Entsetzt schüttelte sie den Kopf. „Nein, das mit dem Kuss lassen wir weg. Dazu wird es nämlich nicht mehr kommen." Betreten guckte sie zu ihm und bemerkte, wie er offen zurückblickte.

„Wahrscheinlich hast du recht", sagte er leise.

Erleichterung durchflutete sie. Er hatte es eingesehen. Vielleicht wäre jetzt die Bahn für Amber frei. Trotz seiner Zustimmung bemerkte sie seinen bekümmerten Gesichtsausdruck.

„Ich werde das hier vermissen", flüsterte er und biss wieder in sein Brötchen.

Sie schluckte. Damit war er nicht allein. Trotzdem war es die richtige Entscheidung, es dabei zu belassen.

„Ich wünschte auch, es wäre anders", gestand sie zögernd. „Aber das kann ich Amber nicht antun." Außerdem würde sie sich in Penelope eine mächtige Feindin schaffen. Sie dachte an ihre Brille, die sie noch immer nicht zum Optiker gebracht hat. Langsam gewöhnte sie sich an das fehlende Gefühl der Brille auf der Nase und an die Kontaktlinsen. Sie trank den letzten Schluck Tee und trug ihren Teller und die Tasse zur Spüle.

„Welchen Kurs hast du jetzt?", fragte er beiläufig und räumte die Spülmaschine ein. Den Schatten ihres Gesprächs spürte sie trotz seiner Ablenkungsmaßnahme deutlich. Sie war froh, dass er versuchte, ihn zu überspielen.

„Klassische Literatur", antwortete sie und sah auf die alte Standuhr. Viel Zeit blieb ihr nicht mehr.

„Alles klar. Ich bring dich hin. Werde mich noch zu Professor Sterling reinsetzen und die restliche Vorlesung anhören."

Ob sie es ertragen könnte, ihn mit Amber zu sehen? Ihre Gedanken schweiften zu jeder erdenklichen Situation, die zwischen Ty und ihrer besten Freundin vorfallen könnte. Wer weiß, was die Götterparty und der fließende Alkohol alles aus ihnen machten. Sie würde das mit ansehen müssen.

Nachdem Ty die Spülmaschine eingeräumt hatte, liefen sie zusammen ins Hauptgebäude. Ty bestand darauf, sie bis zum Vorlesungssaal zu bringen. Livia fand es zwar süß, aber irgendwie unangebracht. Die Gerüchteküche würde explodieren, wenn sie die Clique zusammen sah. Sicher würde ihr glückseliger Gesichtsausdruck, den sie in seiner Nähe trug, nicht hilfreich sein.

Vor dem Saal angekommen, stoppte sie. „Danke." Dabei sah sie ihm tief in die Augen, um Abschied von dem Gedanken zu nehmen, ihm je wieder nahezukommen. Er erwiderte ihren intensiven Blick und legte einen Arm um ihre Taille. Mit einem Ruck zog er sie an seine Brust. Sie erfasste die Sehnsucht in seinen Augen, die sich in Beklemmung verwandelte, welche sich auch in ihr breitmachte.

„Ich will dir nicht das Herz brechen, doch ich kann nicht anders", wisperte Ty.

Livia senkte beschämt den Blick und fühlte seinen Herzschlag unter ihrer Hand.

„Ich hoffe, dein Herz wird bald geheilt von jemandem, der es verdient hat, dich glücklich zu machen", flüsterte er zärtlich in ihr Ohr und sein warmer Atem strich über ihre Wange. Ihr Herz klopfte wild und ihr Körper schmiegte sich an ihn. Lückenlos, als wäre er dafür geschaffen. Sie erlag dem Sog seiner Berührung und wollte sich nicht von ihm lösen. Nur noch eine kleine Minute wollte sie sich erlauben, und so legte sie den Kopf sanft an seine Schulter. Sie spürte den zarten Druck seines Kusses auf ihrem Scheitel.

„Was zur Hölle geht hier ab?"

Völlig überrumpelt gab Ty sie frei und Livia wich reflexartig einen Schritt zurück, als Ambers Stimme neben ihnen erklang. Ihr wutverzerrtes Gesicht sprach Bände. Ihre Augen blitzten böse und ihre pinke Umhängetasche lag neben ihr auf dem Boden.

„Könnt ihr mir mal erklären, was ihr hier macht?" Sie packte Livia erzürnt am Arm. „Was du hier machst? Wo warst du überhaupt?"

„Beruhige dich!" Ty zog sie von Livia weg und legte beide Hände auf Ambers Schultern. „Es ist alles gut. Livia war heute Nacht bei mir."

Livia bemerkte entsetzt, dass Ambers Halsschlagader pochte. Ein Zeichen, dass ein Wutausbruch erster Klasse bevorstand.

Amber sog scharf die Luft ein und zog ihre gezupften Augenbrauen kritisch zusammen. „Du warst was?", fauchte sie Livia an, die stocksteif verharrte.

„Es ist nicht so, wie du denkst", stammelte sie und hoffte, Ty würde die Notlüge übernehmen. Doch er schwieg und sah abwartend zu ihr.

„Das hätte ich nicht von dir gedacht. Und du nennst dich beste Freundin!", spie Amber ihr ins Gesicht. „Eine ganz linke Bazille bist du. War es wenigstens gut? Hattet ihr euren Spaß, ja?" Sie stemmte die Arme in die Hüfte und schnaufte wie ein wild gewordener Stier. „Ihr widert mich an! Alle beide."

„Amber, beruhige dich", schaltete sich da Ty ein und hob beschwichtigend die Hände. Livia schickte Stoßgebete zum Himmel, dass die Vorlesung drinnen laut genug war und ihnen nicht gleich die Tür um die Ohren flog.

„Sie hat mich nur heimgebracht, weil ich dermaßen besoffen war", erklärte er ihr gefasst. Sein Blick wanderte wehmütig zu Livia. „Dann haben wir geredet und sind dabei eingeschlafen. Ich war auch baff, als ich sie heute Morgen in meinem Bett vorfand."

Livia beobachtete, wie er der aufgebrachten Amber eine erdbeerblonde Strähne hinters Ohr schob. Bei dieser Geste stockte ihr der Atem. Bisher hatte er das nur bei ihr gemacht …

Oh verdammt, er machte Ernst. Und sie hatte es so gewollt!

„Sie ist doch gar nicht mein Typ", säuselte Ty weiter. „Wenn man die Wahl zwischen euch beiden hat, ist doch wohl eindeutig, wen man nimmt, oder?"

Ambers Miene erhellte sich und die Zornesfalte auf ihrer Stirn wurde kleiner. *Okay, er will die Situation retten*, beruhigte sich Livia, aber auf ihr herumzureiten, war nicht anständig.

„Ty, ich denke, wir haben es alle kapiert." Ihre Worte kamen in einem härteren Tonfall als gewollt hervor und er drehte sich schnaubend zu ihr.

„Na und? Ich dachte, da gibt es nichts zwischen uns. Also was plusterst du dich jetzt so auf?", fuhr er sie provokant an. In seinem Blick stand die Frage, ob es nicht das war, was sie gewollt hatte.

„Arschloch", zischte sie getroffen. Jetzt nahm das Gespräch ein niederes Niveau an. Wollte er einen Streit vom Zaun brechen, oder was war in ihn gefahren?

„Das willst du doch, dass ich eins bin, oder?" Er ließ von Amber ab und ging auf sie zu. Seine grünen Augen verfinsterten sich.

Japp, sie hatte ihn tatsächlich kalt erwischt. Ein gutes Gefühl war das aber nicht.

„Oder willst du das nicht? Olivia?", bohrte er bitter nach. Ihren Namen sprach er drohend langsam. Sein Blick verhärtete sich und er verengte die Augen zu Schlitzen.

Sie schluckte hart. „Vergiss es einfach." Livia wollte schon die Tür zum Vorlesungssaal öffnen, um einem lautstarken Streit aus dem Weg zu gehen, aber Ty packte ihre Hand und hielt sie fest. Ihr Blick schoss zu Amber, die die Szenerie ungläubig verfolgte.

„Wer maßregelt hier denn wen? Eine gezwungenermaßen ironische Situation." Tys Hand lag wie ein Schraubstock um ihrer. Sie rüttelte daran, doch er ließ nicht locker.

„Du tust mir weh!", fuhr sie ihn an und versuchte vor ihm zurückzuweichen.

„Denk mal daran, wem du so alles wehtust", flüsterte er.

„Egal was da zwischen euch abgeht", mischte sich endlich Amber ins Gespräch ein und Livia atmete erleichtert auf. „Ich denke, die Fronten sind geklärt." Sie riss Tys Hand von Livias und verflocht ihre Finger mit den seinen. „Alles klar?" Wütend sah sie zu Livia und hielt ihr die verschlungenen Hände direkt unter die Nase.

Tys übertriebenes Grinsen ließ das Fass beinah überlaufen. Aber sie durfte jetzt nicht ausrasten, um größeren Streit zu vermeiden. Immerhin hatte Amber sie von Tys Rage befreit. „Du kannst mich mal!", herrschte sie Ty an, drehte sich um und rannte aus dem Gebäude, um sich nicht die Blöße zu geben, in Tränen auszubrechen. Nicht vor den beiden!

Sie schluckte den dicken Kloß in ihrem Hals herunter und rannte zum Kiesweg, der ins Wohnheim führte. Sollte er doch mit Amber glücklich werden. Irgendwann würde sie schon damit klarkommen. Vielleicht könnte sie auch innerhalb des Wohnheims umziehen und ein Einzelzimmer ergattern?

In ihrem Zimmer schmiss sie wütend ihre Jacke aufs Bett. Das alles war nur passiert, weil Amber Ty beim Semesterbeginn zu ihnen an den Tisch eingeladen hatte. Es war doch alles gut gewesen, wie es war. Die Clique hätte Ty nicht gebraucht. Sie hätte Ty nicht gebraucht.

Seine Nicht-Bekanntschaft hätte ihr so viele Probleme erspart. Außerdem verpasste sie jetzt ihren Kurs. Es war das erste Mal in ihrer Oxford Laufbahn, dass sie eine Vorlesung verpasste.

Sauer schälte sie sich aus den Klamotten und warf sie in die Wäschetruhe. Allesamt rochen sie nach ihm.

Unschlüssig, was sie mit der freien Zeit anfangen sollte, stieg sie unter die Dusche, um seinen Geruch und die Erinnerungen an den Morgen abzuwaschen. Ihn zu vergessen und zu verdrängen. Irgendwann würde das auch ihr Herz kapieren.

Müde von der warmen Dusche ließ sie sich aufs Bett fallen und schloss die Augen. Der Streit mit Ty geisterte ihr weiter in den Gedanken herum. Die Art, wie er Ambers Haar hinters Ohr geschoben hatte, ließ ihre Eifersucht erneut aufflammen. Sie versuchte, sich zu beruhigen, daran zu denken, dass alles zu akut war und ihre Gefühle deshalb so aufwallten.

Es würde ein paar Tage dauern, bis sie einigermaßen gefestigt damit umgehen konnte. Tja, leider war heute Tag der Götterparty, auf der sie sich dann zusammenreißen musste. Vielleicht sollte sie einfach den nächstbesten Kerl anflirten und den Abend mit ihm verbringen. Eine Ablenkung schaffen. Sie brummte leise. Das passte nicht zu ihr. Sie würde irgendeinem fremden Typen Hoffnungen machen und ihn dann fallen lassen wie eine heiße Kartoffel.

Es wäre das Beste, wenn sie ihm aus dem Weg ginge. So lange, bis sie es verkraftete, ihn mit Amber zusammen zu sehen. Falls diese Beziehung zustande kommen sollte.

Irgendwann knackte das Türschloss und Amber schritt ins Zimmer. Sie setzte sich zu ihr aufs Bett und ihr Rosenparfumduft umhüllte sie. „Alles klar?", fragte Amber und blickte sie schräg von der Seite an.

Livia nickte und kniff die Lippen zusammen. Irgendwie nett von ihr, dass sie aufkreuzte.

„Ich will nicht wissen, was ihr heute Nacht tatsächlich gemacht habt. Denn das da vorhin sah nicht so harmlos aus, wie Ty es dargestellt hat." Livia mied

Ambers Blick, während diese den pinken Lipgloss aus ihrer Tasche zog und fortfuhr. „Aber ich als deine beste Freundin erwarte, dass du dich zurückhältst."

Betroffen nickte Livia, während Amber den Gloss auftrug. „Das werde ich machen, keine Sorge", versprach sie.

„Danke. Ich weiß doch, wie mein Mädchen tickt", sagte sie versöhnlich und umarmte Livia. „Vielleicht ist es besser, du unterhältst dich gar nicht mehr mit ihm? Oder nur oberflächlich, wenn die anderen dabei sind?", schlug sie fachmännisch vor.

„Okay." Livia akzeptierte Ambers Vorschlag und löste sich aus der Umarmung. Irgendwie klang das nach einem Plan. Außerdem wollte sie keinen Streit mit Amber und die Clique dadurch aufwühlen.

„Gut." Zufrieden legte Amber die Hände in ihren Schoß. „Das wird sich schon regeln und ihr kommt normal aus. Er wird sicher öfter hier aufkreuzen und ich will nicht, dass ihr euch jedes Mal die Köpfe einhaut, klar?"

Livia schnitt gezwungenermaßen eine Grimasse, um die Situation aufzulockern, während Ambers Worte in ihr widerhallten. *Er wird sicher öfter hier aufkreuzen.* Ja, natürlich. Davon musste sie ausgehen. Wenn er das Spielchen weiter treiben würde wie vorhin, dann bestimmt schon die nächsten Tage. Großartige Aussichten!

„Hast du ein Kleid für heute Abend?" Amber sah sie unschuldig und erwartungsvoll an.

Livia seufzte. „Nein, irgendwie kam ich nicht dazu, dank meiner schönen Stunden im Lagerraum."

Amber verzog ihren geschminkten Mund. „Dafür wird diese Hexe bezahlen. Das schwöre ich dir." Solidarisch ballte sie die Hand zur Faust.

„Damit handelst du dir nur Ärger ein. Wir lassen sie am besten in Ruhe."

„Und geben ihr damit auch freie Bahn zu Ty?" Entsetzt hob Amber die perfekt gezupften Augenbrauen. „Niemals! Und wenn ich sie während der Party selbst dort einsperre." Ein teuflisches Grinsen schlich sich auf ihre Lippen.

„Wage es nicht, Amber", warnte Livia ihre beste Freundin. „Ihre Hinterlistigkeit kennt keine Grenzen." Abwägend musterte sie Amber und fragte sich, wie weit Amber gehen würde, um zu bekommen, was sie wollte. Wenn sie ihr schon Tys Nähe halbherzig verbot, was würde sie dann mit Penelope machen?

„Wir werden sehen. Komm, lass uns in die Stadt fahren und dir ein Kleid kaufen, okay?", schlug Amber geschäftig vor.

Livia wusste, dass das ein Friedensangebot von Amber war, auf das sie besser eingehen sollte. Auch wenn sie überhaupt keine Lust hatte, sich ein schnödes Kleid zu kaufen.

„Gut, aber lass uns noch kurz im Teeladen vorbei. Ich hab da so eine Herbstkräutermischung probiert, die ist hervorragend."

Amber verdrehte die Augen. „Du bist unverbesserlich."

Glücklich bepackt mit Tee und einem weißen Kleopatra-Kleid betraten Livia und Amber am Nachmittag die Mensa, um sich nach dem anstrengenden Shopping einen Kaffee zu gönnen. Livia hatte sich für ein weißes langes Kleid entschieden, das durch eine goldene Kordel an der Hüfte zusammengehalten wurde. Der milchige Tüll fiel elegant auf den Boden und verdeckte die goldenen High Heels nur knapp, die sie dazu tragen würde. Oben wurde das Kleid von zwei seidenen Trägern gehalten und fiel in einem Wasserfallausschnitt aufs Dekolletee. An den Enden war es golden gesäumt. Sie hatte es angezogen und sich sofort darin wohlgefühlt. Es war ein Glücksgriff im hiesigen Second-Hand Laden gewesen.

Bereits am Eingang der Mensa entdeckte sie Theodore an ihrem Stammplatz. Er war vertieft in seine Arbeit am Notebook, sein Kaffee stand unberührt neben ihm. Livia schmunzelte, er vergaß ihn immer, wenn er zu beschäftigt war. Das wäre für sie als Kaffee- und Teejunkie undenkbar.

„Hey, Theodore." Sie trat zum Tisch und legte ihre Einkäufe auf einem freien Stuhl ab.

Erfreut lächelte Theodore. „Hey, ihr zwei. Seid ihr shoppen gewesen?"

Er begutachtete die weiße Papiertüte, in der das Kleid lag. Amber nickte. „Natürlich. Wir wollen doch alle schick für die Party heute Abend sein, oder?"

Theodores Lächeln wurde gequälter. „Schickimicki-Kram halt."

„Hast du denn einen Smoking für heute Abend?", fragte Amber ihn abschätzig und ihr Blick wanderte zum kalten Kaffee.

„Klar", gab Theodore entrüstet zurück und nahm demonstrativ einen Schluck Kaffee. Livia schmunzelte, sie wusste, dass er kalten Kaffee hasste.

„Aha." Ungläubig erhob sich Amber und ging zur Ausgabe, um sich einen Schokocookie zu holen.

Livia beugte sich zu Theodore. „Lass dich nicht ärgern." Er schnaubte nur und stellte die Kaffeetasse angewidert auf den Tisch. „Gibt's was Neues von der Areia?", fragte sie beiläufig und nahm Amber den zweiten Schokocookie aus der Hand, den sie ihr mitgebracht hatte.

„Nein, die Medien haben einen Maulkorb verpasst bekommen."

„Ganz klar", erklang auf einmal Tys Stimme. Sekunden später setzte er sich samt Tablett an den Tisch.

Wo kam der denn auf einmal her? Livia schaltete sofort in den Ignorieren-Modus. Amber hingegen setzte ein strahlendes Lächeln auf.

„Ah, du auch hier", kommentierte Theodore seine Gesellschaft.

„Jepp, man nennt es Hunger, was einen in die Mensa treibt." Ty öffnete seine Coladose und drückte das Ketchup aus der Verpackung auf den Teller, quer über seine Portion Pommes.

„Sehr nahrhaft." Amber wies neckisch auf die Pommes. „Du willst doch heute Abend eine gute Figur im Smoking machen, oder?"

Ty verdrehte die Augen. „Den Eintopffraß hier kann man doch nicht essen. Da nehme ich lieber Pommes. Dein Cookie ist nicht nahrhafter."

„Da ich ein pinkes Kleid tragen werde, dachte ich, du könntest eine pinke Krawatte tragen", schlug Amber ihm überschwänglich vor, als wären sie längst ein Paar.

Ty hustete zweimal und griff zur Coladose.

Livia fand die Situation höchst amüsant. Sie wusste genau, dass Amber es ernst meinte, und war gespannt, wie er auf ihren Vorschlag oder eher den versteckten Befehl reagieren würde.

Abwartend fixierte Amber Ty, der sich extrem Zeit ließ und den Kopf schräg legte. „Das ist doch zu plump. Für das Publikum ist es viel reizvoller, wenn sich Gerüchte über uns verbreiten, dass sich was anbahnen könnte. Erst dann fiebert es mit."

Oha, dachte Livia, *eine gute Antwort, die Amber gefallen könnte.* Tatsächlich tat sie das, denn sie grübelte kurz und grinste dann zufrieden. Livia schmunzelte, damit hatte er sie.

„Okay, klingt gut", erklärte Amber sich einverstanden.

„Mal was anderes", warf Theodore ein. „Wo steckt Rick?"

Livia zuckte mit den Schultern. „Vorlesung, schätze ich."

Ty nickte und ein leises „Japp" war zwischen seinem Kauen hörbar.

Livia hatte noch nie jemanden so genussvoll Pommes essen sehen. Außer fünfjährige Kinder auf dem Jahrmarkt.

„Leute! Die *London Post* hat gerade einen kleinen Artikel zur Areia veröffentlicht", gab Theodore im Flüsterton bekannt. „So viel zur Medien-Sperre."

Ungläubig drehte Livia den Kopf in seine Richtung. „Erzähl, was schreibt sie?"

„Ein Sprecher der Horatio hat indirekt mitgeteilt, dass die Priorität, den letzten Zeitjäger zu finden, drastisch erhöht wird und es einige Spuren gibt, denen sie nachgehen." Er schwieg kurz und las offensichtlich im Artikel weiter.

„Hört sich aber nicht so an, als wäre da eine heiße Spur dabei, oder?", kommentierte Ty.

„Wahrscheinlich war der öffentliche Druck so hoch, dass sich die Horatio äußern musste", vermutete Theodore. „Außerdem steht dort, dass sie noch immer dankbar sind über Hinweise aus der Bevölkerung."

Ty stopfte sich weitere Pommes in den Mund. „Da hast du dein Indiz, dass sie keinen Plan haben."

„Vielleicht wollen sie den Zeitjäger damit verwirren. Die Politik wird großes Interesse daran haben, die Bevölkerung ruhig zu wissen", überlegte Livia. Es war faszinierend und doch beängstigend zugleich, dass sich an dem uralten Artefakt Veränderungen hervortaten, die nicht vorhersehbar waren. Wie gern wüsste sie, was die Historiker tatsächlich darüber dachten. Doch das war streng geheim.

„Du meinst, den Zeitjäger nervös machen und damit aus seiner Reserve locken?", hakte Theodore nach und sie nickte. „Möglich wäre es."

Ty schnaubte. „Ich bin sicher, dass er nicht auf den Kopf gefallen ist und sich durch so einen lausigen Artikel nicht aus der Ruhe bringen lässt."

Theodore sah ihn zweifelnd an. „Irgendwann muss er aus seiner Versenkung hervorkommen. Wenn ihr mich fragt ..." Er schaute streng in die Runde. „Ist der Kerl nicht weit weg. Womöglich sogar hier an der Uni, um die Areia im Blickfeld zu haben."

„Wuah!" Amber zog eine Grimasse. „Das wäre gruselig."

Theodore lachte. „Du würdest das nicht merken. Bei deiner ganzen verplemperten Zeit wärst du das optimale Opfer."

Empört klappte Amber sein Notebook zu und handelte sich damit einen strengen Blick von Theodore ein. „Wenigstens verpasse ich nicht das wahre Leben und muss mir kein virtuelles aufbauen", fuhr sie ihn getroffen an.

„Wir können nur hoffen, dass der Zeitjäger Geschmack hat und nicht auf Erdbeere steht", gab Theodore provokant zurück.

„Es kann doch jeden von uns treffen", versuchte Livia, den Zwist zu schlichten.

„Na ja, dich eher weniger. Als Streberin vor dem Herrn vergeudest du nicht zu viel Zeit."

Ah, da war er wieder, der sie verhöhnende Ty. Er wollte das Spielchen von heute Morgen weitertreiben? Bitte, das konnte er gerne haben.

„Kann man von dir nicht behaupten, Mister Ich-hab-einen-Fimmel-für-Luxus." Sie beobachtete, wie er amüsiert eine Augenbraue hob und einen Schluck aus seiner Coladose nahm.

„Zumindest würde ich ihn mit meinem Wissen überlisten. Du hingegen wärst nicht mehr als eine weitere Trophäe in seiner Sammlung."

Bevor Livia kontern konnte, schoss Amber in die Höhe und schlug mit geballter Faust auf den Tisch. „Jetzt reicht es aber", entfuhr ihr aus voller Kehle. „Reißt euch mal zusammen. Ich habe keinen Bock auf mies gelaunte Partygesellschaft!"

Heuchlerisch wäre die bessere Bezeichnung, doch Livia verkniff sich Amber zuliebe jeden Kommentar. Das würde nur zu einer größeren Diskussion führen und im Streit enden.

„Sie hat recht", lenkte Theodore ein. „Gerade da wir tatsächlich ins Visier des Zeitjägers geraten könnten, sollten wir zusammenhalten und uns nicht aus den Augen verlieren."

Amber setzte sich heftig nickend wieder. „Genau."

Es war das erste Mal, dass Livia Amber und Theodore einig erlebte. Auch sie war der Meinung, dass man in Zeiten wie diesen zusammenhalten musste. Überhaupt fingen die ganzen Probleme mit dem Sprung im Glaskolben der Areia erst an. Es war, als hätte sich ein kleiner Fluch auf die Universität gelegt und niemand bemerkte ihn. Sie wischte den Gedanken schnell beiseite. Die Wahrscheinlichkeit, dass der Zeitjäger sich nahe der Sanduhr herumtrieb, war da. Deshalb tummelten sich schon immer verdeckte Horatioagenten auf dem Campus, um ein Gefühl der Sicherheit zu kreieren. In der Menge der Studenten blieben sie seit jeher unbemerkt.

„Von mir aus soll er sich Penelope holen", sagte Amber grimmig. „Nicht wahr, Livia? Ich wäre schon längst zum Fakultätsrat und hätte Beschwerde gegen sie eingereicht."

„Ich finde auch, dass du gegen Penelope vorgehen solltest", sagte Ty sachlich und sah sie dabei auffordernd an. „Wer weiß, wie lang sie dich dort hätte verrotten lassen."

Livia seufzte. Auf das leidige Thema Penelope hatte sie nach dem beschissenen Tag bisher keine Lust. Die Fürsorge ihrer Freunde ehrte sie, doch wenn sie den Abend einigermaßen überstehen wollte, dann brauchte sie jetzt Ruhe und Tee. Viel Tee. „Ich werd's mir überlegen, ja? Jetzt will ich mich aber für die Party ausruhen." Sie stand auf und nahm ihre Papiertasche mit dem Kleid. „Wir sehen uns später", verabschiedete sie sich und warf Amber ein Lächeln zu. Diese nickte und versuchte, Ty in ein Gespräch zu verwickeln.

Livia war sich sicher, dass er ihr folgen würde, wenn er könnte. Doch das Spielchen war vorbei. Amber wachte mit Argusaugen über ihn. Sie würde ihn nicht mehr so schnell mit ihr allein lassen. Dafür war sie sogar ein wenig dankbar nach seinen beleidigenden Aussagen.

Damit ging sie aus der Mensa und hoffte, dass sich Amber noch Zeit ließ, bevor sie ins Wohnheim kam.

KAPITEL 9

Unüberhörbares Wummern und Dröhnen klang aus der großen Aula. Ty stand im schwarzen Smoking, weißem Hemd und mit einer Fliege bekleidet im Atrium und bereitete sich mental auf die Party vor. Ihn ätzte es an, so zu tun, als huldigte er Chronos oder Kairos. Außerdem befürchtete er, dass Amber wie eine Klette an ihm kleben und all seine Schritte überwachen würde. Traumhafte Aussichten für eine Party!

Seufzend trat er in die große Aula und steuerte zielsicher auf die Aphrodite-Bar zu. Die Discokugeln an der Decke brachen das Licht und spiegelten es silbern an der Wand. Laserstrahlen in sanftem Gold glitten rhythmisch durch die Luft. Dazu waberten Rauchschwaden aus den Nebelmaschinen und irgendwo wurde Glitter aufgewirbelt und in der Luft verteilt. Die Musik war Housebeat-lastig und wummerte in Tys Brustkorb, sodass er den eigenen Herzschlag vermehrt spürte.

Er schnaubte. Der Glitter war sicher auf Ambers Mist gewachsen. Ein Glück war er nicht rosa oder pink!

An der Bar angekommen, nickte ihm die als Aphrodite verkleidete Barkeeperin auffordernd zu. Er bestellte einen Whiskey Sour. Den brauchte er, um diesen Mist zu überstehen. Das Glas mit der braunen Flüssigkeit und den Eiswürfeln drehte er langsam in der Hand.

Er wusste, wie daneben er sich gegenüber Livia benommen hatte. Doch hatte er eine andere Wahl gehabt?

Ihm fielen Coach Thompsens Aussagen ein. Vermutlich hätte er eine andere Wahl gehabt, aber Amber anders glaubhaft zu versichern, dass er nicht an Livia interessiert war, war ihm spontan nicht möglich erschienen. Mal davon abgesehen sie zu küssen, aber das wollte er nicht. Nicht, weil Amber nicht attraktiv war. Sie war ein Püppchen mit unschuldigen blauen Augen, das mit Sicherheit schon viele Männerherzen gebrochen hatte. Trotzdem war sie für ihn kein Vergleich zu Livia mit ihren langen Wimpern und den süßen vereinzelten Sommersprossen.

Rasch kippte er den Whiskey herunter und stellte das leere Glas auf den Tresen. Scheiße! Noch vor wenigen Tagen hätte er Amber ohne Gewissensbisse geküsst. Livia verdrehte ihm den Kopf. Das war nicht gut.

Entschlossen begab er sich ins Gemenge. Die Tanzfläche war voll. Ausgelassen tanzten die Mädels in altgriechischen Kleidern, während sich die Kerle elegant an der Bar platzierten. Es war zu früh, um wilde Knutschereien oder plumpe Anmachsprüche beobachten zu können. Dazu brauchte es mehr Alkohol.

Ungeduldig hielt er Ausschau nach einem bekannten Gesicht. Dann wurde er plötzlich angerempelt und drehte sich genervt zur Seite. „Ey, Mann", entfuhr es ihm und er bemerkte die braunen mandelförmigen Augen, die ihn anschmachteten. Die Pupillen waren geweitet, vermutlich vom Alkohol. Penelope trug ein knappes weißes Kleid und viel Goldschmuck. Die Haare hatte sie zu einer kunstvollen Flechtfrisur zusammengesteckt und die Lippen blutrot geschminkt.

„Hi", hauchte sie und senkte manipulativ den Blick.

Aha, sie wollte Spielchen spielen? *Das kann sie haben*, dachte er und erkannte, dass Amber, Rick und Livia auf ihn zusteuerten. Ambers Miene zufolge erwartete ihn gleich ein Donnerwetter, was vermutlich mit Penelopes Präsenz zusammenhing.

„Dass du es überhaupt wagst, mich anzusprechen", wetterte er lautstark los und erregte damit die Aufmerksamkeit der tanzenden Studenten. Penelope zuckte schuldbewusst zusammen und richtete sich gleich wieder auf.

„Ich weiß nicht, was du meinst", erwiderte sie scheinheilig und nippte an ihrem Cocktail mit goldenem Schirmchen.

Amber, die angerauscht kam, fischte sich das Schirmchen aus dem Glas und warf es in hohem Bogen davon. Ty grinste, auf ihre Dramatik hatte er gesetzt.

„Du miese Ratte haust besser ganz schnell ab, oder das hier endet unschön", drohte sie nah an Penelopes Ohr.

Ty setzte triumphal noch einen drauf: „Oder willst du, dass ich den DJ besteche, die Musik kurz auszumachen? Ich hätte da ein paar brisante Informationen über dich, die dich das Studium kosten könnten."

Amber nahm Penelope siegessicher ihr Cocktailglas aus der Hand und exte den Inhalt. Penelope, sichtlich unbeeindruckt von der Drohung, hob die schwarzen Augenbrauen. „Aha, ihr Vollidioten glaubt also, mir drohen zu können?" Theatralisch lachte sie, bevor sie die Augen zu Schlitzen verengte. „Ihr habt doch nicht mal Beweise für eure ach so wichtigen Informationen über mich."

Das brachte Amber so in Rage, dass sie mit aller Wucht das Cocktailglas auf die Tanzfläche schmetterte. Livia und die anderen wichen entsetzt zurück und das Glas zerbarst in Scherben. Der DJ stoppte die Musik, um das Publikum auf die Szenerie aufmerksam zu machen. Einige wichen den Scherben aus, die scharfkantig auf dem Marmorboden schlitterten. Ty sah Amber angetan zu, die an Penelopes Kleid zerrte.

„Hör mal gut zu, Fräulein! Misch dich nie wieder in unsere Angelegenheiten ein."

Der Hausmeister, Mr. Finchlay, eilte sofort zur Tanzfläche, um die Scherben aufzukehren. Zwei Security-Mitarbeiter begleiteten ihn und platzierten sich hinter den Zankenden.

Ty beobachtete, wie Livia gebannt auf Amber starrte, die Penelope am Kleid gepackt hielt und deren Gesichtsausdruck einem Boxer kurz vor dem Anpfiff glich.

Cleo eilte mit Joyce im Schlepptau zu den beiden und nahm sanft Ambers Hand von Penelopes Kleid. „Was soll das?", fragte sie entsetzt. Penelope wich zurück.

„Das, meine liebe Cleo, ist eine vortreffliche Frage", erhob Ty lautstark die Stimme und zog damit alle Aufmerksamkeit auf sich. „Penelope war so dreist, Livia vor zwei Tagen ins alte Lager der Bibliothek einzusperren." Er hörte das Raunen, das durch die Menge fuhr. Es wurde getuschelt und einige packten sofort ihr Smartphone aus, um zu filmen. Die Vergeltung bescherte ihm ein gutes Gefühl und er grinste.

Penelope schüttelte den Kopf. „Dafür gibt es keine Beweise", beharrte sie.

Cleo hob fragend die Augenbraue und blickte sie ernst an. „Ist das wahr?"

Penelope senkte kurz schuldbewusst den Blick, nahm aber sofort wieder eine straffe Haltung an und strich ihr Kleid glatt. „Natürlich nicht! Wo denkst du hin?"

Cleo zog skeptisch eine Schnute. Ty ahnte, dass sie ihr nicht glaubte. „Penelope, wenn das wahr ist, kann es dich das Studium kosten, ist dir das klar?"

Er war von Cleos strengem Ton überrascht. Das hätte er ihr gar nicht zugetraut. Ty hatte sich lange gefragt, wie es Cleo schaffte, die Anführerin zu sein. Penelope war der größere Hitzkopf und Joyce nur eine Mitläuferin. Genau genommen hatte er sie nicht mal sprechen hören, überlegte er, bevor er das Wort wieder an Penelope richtete.

„Hast du was dazu zu sagen?", hakte er kritisch nach. Penelope schwieg.

Professor Sterling, als Zeus verkleidet, kam mit aufgebrachter Miene auf sie zu. „Können Sie mir erklären, was hier los ist?" Er deutete auf Finchlay, der inzwischen fast alle Glasscherben zusammengefegt hatte.

Amber schob trotzig die Unterlippe vor und schwieg.

„Es ist nichts, Professor", mischte sich erstmals Livia ein. Überrascht wandte sich Penelope zu ihr und Ty sah Dankbarkeit in ihrer sonst so zickigen Miene aufkeimen.

Livia nickte der südländischen Schönheit zu und der Professor musterte sie eingehend. „Sind Sie sich sicher?"

Livia nickte erneut. „Alles in Ordnung. Sie können dem DJ sagen, dass er die Musik wieder anmachen kann."

Ty, dem Penelope nicht ungestraft davon kommen durfte, fügte hinzu: „Sollten weitere Streitigkeiten aufkommen, begleite ich Sie gerne zum Ort des Geschehens." Er funkelte Penelope böse an. „Ich bin mir sicher, dort warten einige Informationen, die eine gewisse Glaubhaftigkeit haben."

Penelope weitete entsetzt die Augen und wollte wohl direkt von der Party stürmen, doch Amber packte sie blitzschnell am Arm. „Du, Missy, bleibst schön hier. Und glaub ja nicht, wir hätten keine Fotos gemacht oder ein, zwei Beweisstücke gesichert. Deine Fingerabdrücke kleben daran."

Professor Sterling sah allesamt ungläubig an und schüttelte den Kopf. „Also gut, ich vertraue Ihnen, Mister McMiller, aber nur, weil ich Ihre hervorragenden Leistungen respektiere. Sollten mir, egal von wem, Belange über einen Verstoß der Gepflogenheiten der Universität zu Ohren kommen ..." Er sah Penelope intensiv an, die ihre Hände nervös knetete. „Dann werde ich persönlich dafür sorgen, dass Konsequenzen folgen werden." Damit gab er dem DJ ein Handzeichen und die Bässe dröhnten wieder aus den silbern verkleideten Boxen.

Cleo stemmte entrüstet die Hände in die Hüfte und musterte Penelope auffordernd. Doch diese machte nicht den Anschein, als wollte sie erklären, was sie verbockt hatte.

„Du möchtest wissen, was passiert ist?", fragte Ty Cleo und suchte Livias Zustimmung, die nur mit den Schultern zuckte und sich das nächstbeste Sektglas vom Tablett der Aphroditedamen nahm, die zwischen den Tanzenden herumschwirrten. Amber hielt Penelope noch immer am Arm fest und die ließ sie weiterhin gewähren.

„Sie hat Livia im alten Lagerraum der Bibliothek eingesperrt. Wollte sie dort versauern lassen", erklärte er Cleo in aller Ruhe. Verdient hätte sie die Konsequenzen, mit denen der Professor drohte. Aber Ty wollte kein Arschloch sein. Doch, wollte er schon, aber er wusste, dass die Entscheidung, Penelope öffentlich zu verpetzen, von Livia getroffen werden musste.

„Du hast was?", fuhr Cleo Penelope aggressiv an.

Huch, da hat aber jemand ein verstecktes Temperament, amüsierte sich Ty.

„Es wäre doch nur bis nach der Party gewesen", versuchte sich Penelope zu rechtfertigen.

Penelope kuschte förmlich vor Cleo. Es war das erste Mal, dass sie tatsächlich einen Hauch von Anführerqualitäten bewies. Ganz anders Joyce, die einfach nur gelangweilt danebenstand.

„Ernsthaft, Pen, das ist das Bescheuertste, was ich jemals gehört habe. So ein kindisches Verhalten. Sei froh, dass Livia so viel Arsch in der Hose hat und dich nicht verpetzt. Sonst könntest du dir deine Karriere wohin schmieren!"

Uhlala. Amüsiert nahm Ty ebenfalls ein Sektglas von der nächstbesten Aphrodite und exte es.

Amber hatte Penelope inzwischen losgelassen, die nun mehr wie ein verschrecktes Kind wirkte. Ty stupste sie sanft an der Schulter an. Fragend blickte sie ihn an und er legte seinen Zeigefinger auf die Lippen, damit sie nicht noch mehr Benzin ins Feuer goss. Sie nickte kurz und sah wieder zu Cleo. Penelope nuschelte etwas, das Ty nicht verstand, und rauschte mit Cleo ab.

„Wie ein Schoßhündchen, oder?", kommentierte Rick, der die Situation gebannt mitverfolgt hatte.

„Hey, Mann", begrüßte Ty ihn erfreut. „Seit wann bist du da?"

Rick stand grinsend in einem navyblauen Smoking und weißem Hemd vor ihm. In der Hand hielt er ein Glas Whiskey.

„Offensichtlich bin ich im richtigen Moment gekommen. Geile Aktion." Ausgelassen prostete er allen zu und leerte sein Glas in großen Zügen. „Wer kommt mit an die Bar?", fragte er in die Runde, Amber zeigte sich begeistert und folgte ihm aufgeregt. Ty verneinte. Er wollte die Gelegenheit nutzen, um sich bei Livia zu entschuldigen. Was er am Morgen zu ihr gesagt hatte, war nicht nett gewesen.

Er strich ihr über den Arm, als sie sich wegdrehen wollte. „Schenkst du mir diesen Tanz?", fragte er behände und erntete einen missbilligenden Blick.

„Niemals!"

„Bitte", flehte er und fixierte sie. Sie sah hübsch aus in dem weißen Kleid. Ihr dezentes Make-up und die geschminkten Lippen ließen ihre haselnussbraunen Augen strahlen. Ihr Haar trug sie offen und es wellte sich sanft bis zur Schulter.

„Es tut mir leid, was ich heute Morgen gesagt habe. Es war nicht so gemeint."

„Aber gesagt hast du es", gab sie stur zurück und ihr vorwurfsvoller Blick traf ihn.

Er zog sie mit Gewissensbissen in seine Arme, wozu die romantische Musik, die der DJ auflegte, einlud. Sie leistete keine Gegenwehr. Zufrieden legte er seinen Arm um ihre Taille und wiegte sie im Takt der sanften

Musik. „Ich habe das nur gesagt, damit Amber mir glaubt. Ich wollte eure Freundschaft nicht aufs Spiel setzen." Er blickte zur Bar und bemerkte, dass Livia dasselbe tat. Offensichtlich wollten sie sich beide versichern, dass weder Amber noch Rick sie so tanzen sahen.

„Ich kann es verstehen, Ty", flüsterte Livia schließlich an seinem Ohr. Er nickte erleichtert und legte sein Kinn auf ihren Kopf, der an seiner Brust ruhte.

„Du ahnst nicht, wie gerne ich zu dir stehen würde. Aber ich verstehe, dass du deine beste Freundin nicht verletzen willst ... und Amber wäre das kleinste Übel, was mir Probleme bescheren könnte, glaub mir." Shit, das hätte er nicht sagen dürfen. Entsetzt suchte er nach einer Ausrede, doch ihm fiel auf die Schnelle nichts ein.

„Was für ein anderes Übel meinst du?", fragte sie verwirrt. „Du bist doch nicht gefährlich oder so?", hakte sie nach und musterte ihn skeptisch.

„Nein, nein", versicherte er ihr mit einem schnellen Lächeln und hoffte, dass sie seine Unsicherheit nicht bemerkte. Sein Puls erhöhte sich. Verdammt! Sein Körper würde ihn verraten. Er schob sie sachte von sich. „Wir sollten aufhören zu tanzen. Die anderen kommen sicher gleich von der Bar zurück."

Ty registrierte ihren enttäuschten Blick und löste sich komplett von ihr. Sie sollte sein pochendes Herz nicht bemerken. Es strafte ihn Lügen und verriet seine Gefühle.

„So, da sind wir wieder", kündigte sich Amber mit Rick und Theodore im Schlepptau an. In den Händen hielt sie zwei Longdrinks mit Schirmchen.

„Du trinkst tatsächlich Alkohol?" Verwundert über das Cocktailglas in der Hand des Nerds grinste Ty.

Theodore nickte. „Japp. Nicht alle Freuden des Lebens ziehen ungenutzt an mir vorbei."

Rick lachte. „Guter Mann", sagte er und prostete ihm mit seinem Whiskeyglas zu. Amber drückte Ty einen grünen Cocktail in die Hand. Er probierte und verzog das Gesicht. Viel zu süß.

„Nicht gut?", fragte Livia freundlich und bot ihm einen Schluck von ihrem weißen Cocktail an.

Er verneinte. „Nein, ich steh auf härtere Sachen."

„Wie Guinness zum Beispiel?", kokettierte sie frech und er bedachte sie mit einem verschmitzten Lächeln.

„Haha, genau", meinte Rick und die ausgelassene Stimmung umfing Ty langsam. Amber machte keine Szene nach dem kleinen Flirt mit Livia und wippte im Takt der Musik. Sogar Theodore wirkte gelöst und tatsächlich bester Laune. Die Studenten um ihn herum tanzten ausgelassen im Rhythmus des Housebeats.

„Gehen wir gleich alle zusammen zum Feuerwerk raus?", fragte Amber und tanzte Livia demonstrativ an, die nur schräg lächelte.

„Von mir aus", antwortete Theodore und sah fragend zu Rick, der nickte. Dann glitt sein Blick zu Ty.

„Es gibt ein Feuerwerk?", fragte er abgelenkt, denn seine Aufmerksamkeit galt jemand ganz anderem.

Eine golden gefüllte Zeitskala tanzte beschwingt über dem Kopf eines betrunkenen Studenten. Wenn er die absorbierte, könnte er die nächsten Tage damit auskommen. Er müsste sich keine Ausrede vor der Clique ausdenken, warum er in die Stadt fahren wollte, ohne dass ihn jemand begleitet.

Die goldene Zeit des angetrunkenen Kerls wogte sanft hin und her, als er einen großen Schluck aus der Champagnerflasche nahm. Seine braunen Haare hingen ihm in die Stirn und seine Bewegungen waren bereits verlangsamt.

„Du. Hörst. Mir. Ja. Gar. Nicht. Zu!" Ambers Nasenspitze drückte sich an seine Wange und Ty schreckte auf.

„Sorry, ich war in Gedanken. Was hast du gesagt?"

Schnell trat er einen Schritt beiseite, um ihre Nähe zu unterbinden. Livia stand mit beherrschter Miene daneben.

Theodore sah auf seine Smartwatch. „In zehn Minuten geht's los. Wir sollten schon mal raus, um einen guten Platz zu ergattern."

Die anderen nickten ihm zu, aber Tys Blick klebte an dem braunhaarigen Kerl mit der verlockenden Zeit.

Der Fluch erwachte und streckte seine dunklen Fühler nach Tys Geist aus. Diese Gelegenheit durfte er nicht verstreichen lassen. Das Pensum an vergeudeter Zeit war nahezu unüberbietbar. Er brauchte es. Dringend.

„Geht ihr schon mal vor? Ich muss kurz für kleine Machos", warf er in die Runde und Ambers Miene verfinsterte sich.

„Die besten Plätze sind im Innenhof, gleich beim Kaffeewagen. Treffen wir uns dort?" Hoffnungsvoll musterte sie ihn aus blauen Augen.

Er nickte. „Passt. Ich komme dann nach."

Hastig folgte er dem Betrunkenen, der sich Richtung Toiletten aufmachte. *Kein Wunder bei den Mengen, die er in sich reinschüttet*, dachte Ty. Jetzt musste er ihn noch isolieren und zuschlagen. Ein teuflisches Grinsen schlich sich auf seine Lippen und das mickrige schwarze Monster in ihm schwoll an. Der Fluch spürte, was ihm bevorstand, und übernahm fast schon freudig seine Instinkte.

Gegenüber von den Toiletten im Hauptgebäude befanden sich die Hauptvorlesungssäle. Darunter kleinere Säle, die für Extrakurse oder einzelne Gruppen gedacht waren. Wenn er den Typen dort hineinlocken konnte, wäre er sicher zur Hälfte des Feuerwerks wieder draußen. Mit einigen Metern Abstand folgte er dem Kerl zur Toilette und trat Momente später ebenfalls hinein. Unauffällig stellte er sich neben ihn und nahm leise die Klorolle aus der Halterung.

Der Typ schwankte. Mann, der konnte nicht mal mehr richtig zielen. Mit einer kleinen Handbewegung ließ er die Klorolle an das Bein des Betrunkenen rollen. „Oh nein, sorry, wie dumm von mir", entschuldigte er sich sofort und nahm die Rolle rasch wieder vom Boden.

Der Kerl taumelte und grinste breit. „Eeey, kein Ding, Digga!" Er hob die Hand und wollte ihm zufausten, schaffte es aber kaum, die Faust zu ballen. Die heruntergelassene Hose war da nicht unbedingt hilfreich.

„Alter, du solltest dir erst mal die Hose wieder hochziehen", kommentierte Ty das amüsante Schauspiel. Sein Inneres aber lauerte hungrig. Es wollte nicht mehr lange warten.

Der Typ zog umständlich die Hose nach oben. Dann griff er grinsend zur Champagnerflasche. „Auch 'n Schluck?", fragte er lallend. Eine Alkoholfahne umfing Ty. *Händewaschen wäre angebracht*, dachte er und verneinte.

„Lass mal, ich hab was Besseres dabei." Er tippte demonstrativ auf seine Smokingjacke.

Die Augen des Betrunkenen wurden groß. „Einen Flachmann meinste?"

Langsam wurde er ungeduldig. Mit Frauen hatte er so viel leichteres Spiel. Warum musste es ein besoffener Kerl sein, der ein verlockendes Zeitpensum geladen hatte?

„Genau. Single Malt Whiskey. Einer von der ganz teuren Sorte", versuchte Ty zu prahlen und hoffte, dass der Typ drauf einsteigen würde.

„Woooah. Lass ma' probier'n", lallte der und torkelte auf ihn zu. „Ich bin übrig'ns James."

„Okay, James. Aber nicht hier in der Toilette. Lass uns rüber in den kleinen Lehrsaal gehen. Es wäre schade, wenn wir den guten Stoff mit jemandem teilen müssten, der uns hier erwischt, oder?" Zuckersüß hörten sich seine Worte an und sie kamen ihm so leicht über die Lippen. Ty wusste genau, wer daran schuld war. Der Fluch steuerte ihn immer zu seinem Ziel. Wenn er zu drängend wurde, dann auch gnadenlos. Er war stets auf eines gepolt: auf Erfolg.

James nickte und schritt aus der Toilette. Zielstrebig folgte ihm Ty und überholte ihn. Er wollte den richtigen Lehrsaal auswählen. Nicht den Ersten, aber auch nicht den Letzten. Einer, der ziemlich in der Mitte gelegen war. Die Wahrscheinlichkeit, dass sich zwei Knutschende dorthin verirrten, war geringer als bei den anderen Sälen.

Er hörte James hinter sich hertorkeln und eilte schon zum Lehrsaal seiner Wahl. „Komm schnell", forderte er ihn auf und ging in den kleinen Raum hinein. Die Tür ließ er offen und trat ans Fenster, als er dort die goldenen Funken des Feuerwerks explodieren sah. Der Pyrotechniker hatte sich richtig Mühe gegeben. Gold und Silber verschmolzen im Nachthimmel und rieselten in Funken auf den Universitätsplatz. Ein herrliches Schauspiel. Erst als er schlurfende Schritte hinter sich hörte, wandte er den Blick vom Fenster ab. „Ah, James, dann wollen wir mal ..."

Er griff gerade in die Smokingjacke, um die Schatulle zu aktivieren, als ihn plötzlich ein harter Schlag traf. Der Schmerz explodierte in seinen Rippen und Schwindel erfasste ihn. Keuchend hielt er sich am nächstbesten Tisch fest, um nicht umzukippen, und blinzelte gegen das dumpfe Pulsieren an. Was ging hier vor?

Ty hob den schmerzenden Kopf und ein Flimmern setzte vor seinen Augen ein. Hüpfende Lichtpunkte vernebelten seinen Blick und die Angst kroch in seine Glieder. Gerade als er dachte, der pochende Schmerz am Hinterkopf würde nachlassen, erfasste ihn ein starker Sog. Er fuhr brutal durch seinen Körper und ließ ihn schaudern. Es fühlte sich an, als würden jegliche Knochen aufgebrochen werden. Schmerzerfüllt keuchte er auf und spürte, wie ihm Energie entfloh. Eine kalte Erkenntnis breitete sich in ihm aus: Jemand beraubte ihn!

Sein Atem stockte, er versuchte aufzuschreien und dem Jäger zu drohen, doch der Sog war so stark, dass er sekündlich schwächer wurde. Die verdammte Horatio hatte ihn enttarnt. Scheiße, wie konnte das passieren?

Alle Kraft wich aus seinen Beinen und seine Aufmerksamkeit verringerte sich auf ein Minimum. Nichts, aber auch gar nichts konnte er erkennen. Nicht mal die kleinsten Umrisse des Fluchjägers, der ihn gerade seiner Zeitenergie beraubte. Es kostete ihn einige Willenskraft, nicht einfach einzuschlafen, als der Sog plötzlich verebbte und seine müden Glieder freiließ. Ein letztes Mal zwang er seine Lider in die Höhe und meinte zu erkennen, wie eine Schattengestalt die Tür zuschlug. Dann sackte er zusammen und alles wurde still.

Als er wieder zu sich kam, lag er am Boden. Sein Schädel dröhnte, als hätte er drei Flaschen Whiskey getrunken.

Mit zittriger Hand fasste er sich an die Stirn und setzte sich auf. Kalter Schweiß brach aus und er tastete seine Rippen ab. Das Blut an seinem Hemd bewies, dass er nicht geträumt hatte, im Gegenteil. Die Situation war gefährlich und real. Er war enttarnt worden. Bitter schluckte er die aufsteigende Galle hinab. Wut breitete sich in ihm aus und er zog sich am Tisch auf die Beine.

Sein Herz raste und der Fluch wütete. Zürnte um die ihm gestohlene Zeit, wollte sich auf seiner Schwäche nicht ausruhen, doch Ty war ausgelaugt. Übelkeit erfasste ihn und eine Welle dunkler Bilder schoss ihm durch den Kopf. So wütend hat er den Fluch noch nie erlebt. Es war, als kämpfte er ums Überleben.

Ty holte tief Luft. Er musste wieder zu Kräften kommen.

Draußen vor dem Fenster war kein goldener Funken mehr zu sehen. Ängstlich blickte er zur Tür. Etwas musste den Jäger gestört und ihm damit das Leben gerettet haben. Die Horatio würde ihn niemals freiwillig verschonen, nicht bei dieser perfekten Gelegenheit. Sie waren drauf und dran gewesen, ihn zu töten. Mit pochendem Herzen und der kalten Angst im Nacken trat er zur Tür und öffnete sie einen Spalt. Vorsichtig linste er hinaus und erkannte James, der schlafend an der Toilettentür saß. Die Champagnerflasche lag neben ihm und der Champagner ergoss sich auf den Marmorboden.

Vorne im Gang bemerkte er im blassen Licht ein knutschendes Pärchen. Die Party musste also weit fortgeschritten sein, vielleicht war das sein Glück gewesen? Ty wollte einfach nur in sein Appartement, die Tür verriegeln und sich ausruhen.

Auf wackligen Beinen trat er aus dem Lehrsaal und stand schwankend auf dem Gang. Er wollte auf keinen Fall der Clique oder Penelope begegnen, aber der Weg über den Hof war der sicherste, um in sein Appartement zu kommen. *Die Horatio würde es nicht wagen, mich vor allen anzugreifen, oder doch?* Mit der flachen Hand wischte er sich den Schweiß von der Stirn. Verdammt, musste es denn so heiß sein? Er hatte Durst und es verlangte ihn nach Lebensenergie. Die Kraft zu jagen hatte er nicht.

Langsam lief er den Gang entlang zur Aula. Allerdings durchquerte er sie nicht, sondern schlich geräuschlos an ihr vorbei.

Als er es geschafft hatte, unbemerkt an der Party vorbeizukommen, nahm er draußen angekommen einen tiefen Atemzug. Seine Lungen füllten sich mit kühler Luft und bescherten ihm ein wohliges Gefühl.

Unschlüssig sah er sich im Park der Universität um. An den Bäumen waren Lampions aufgehängt und darunter tummelten sich Studenten. Die Kulisse war optimal, um sich schnell Richtung Wohnheim aufzumachen. Unauffällig spazierte er den Kiesweg entlang und stützte sich dann dankbar an die Eingangstür zum Wohnheim.

Mit der freien Hand fischte er den Schlüssel aus der Hosentasche und schloss die Haustür auf. Zu seinem Glück war das Wohnheim nachts beleuchtet und die Luft schien rein zu sein. Das Treppenhaus würde er ganz sicher nicht nehmen und entschlossen rief er den Fahrstuhl.

Mit einem Ping öffneten sich die Türen und erleichtert sah er, dass niemand darin war. Schnell stieg er ein und drückte auf das oberste Stockwerk. Wieder überkam ihn der kalte Schweiß.

Verdammt, die haben mich eiskalt erwischt. Seine Vitalwerte waren sicher unterirdisch schlecht und wenn er nicht bald eine Mütze Schlaf bekam, würde er umkippen. Das war mit seinem Stolz allerdings nicht vereinbar. Er spürte, dass der Fluch hin- und hergerissen war zwischen der sofortigen Jagd und dem malträtierten Körper.

Er musste sich massiv gegen ihn wehren, um wenigstens ein paar Stunden Schlaf zu bekommen.

Als der Fahrstuhl endlich oben ankam, sammelte Ty seine restliche Kraft und hastete zum Appartement, schloss es auf und ließ die Tür krachend zufallen. Dann verriegelte er sie. Drinnen überprüfte er Fenster und Türen auf Einbruchspuren, um alle Rollläden eilig herunterzulassen. Er musste sich sicher fühlen, sonst konnte er keine Kraft tanken.

Eilig öffnete er seine Sporttasche und warf ein paar Klamotten hinein. Er musste sich für eine verfrühte Flucht wappnen. Fahrig griff er in das Bücherregal und zog die Chronik seiner Familie hervor. Sie war das einzige Andenken, das er an sie hatte. Er fuhr mit dem Zeigefinger über sein Familienwappen, das darauf eingestanzt war. Drei Tannenbäume, deren Krone ein schwarzer Punkt zierte. Eilig legte er es auf die eingepackten Klamotten. Er wollte es nicht zurücklassen.

Zur Sicherheit platzierte er noch zwei Stühle vor seiner Eingangstür, dann fiel er müde ins Bett. Dabei redete er sich ein, dass die Stühle Geräusche von sich geben würden, sollte jemand versuchen einzubrechen. Umgehend glitt er in einen unruhigen Schlaf.

***

Zufrieden streifte die Gestalt die schwarzen Handschuhe von der filigranen Hand und warf sie in einen sterilen Beutel, den sie mit einer silbernen Klammer verschloss. Entschlossen ließ das Mitglied der Horatio sie in seine ebenso schwarze Jackentasche gleiten. Die Organisation würde die Handschuhe reinigen und alle DNA-Spuren beseitigen. Wie immer.

Identitätslosigkeit war die wichtigste Regel der Horatio. Sie waren keine Persönlichkeiten, sie waren Nummern ohne Namen und Adressen. Alle Fluchjäger kannten sich unter ihrer numerischen Bezeichnung. Das Privatleben wurde ausgelöscht und eine neue Identität, dienlich der Mission, geschaffen.

Die Gestalt ärgerte sich, dass sie ihr Werk trotz des gelungenen Angriffs auf Ty nicht hatte beenden können. Es war die Gelegenheit auf historischen Ruhm gewesen und sie war gestört worden. Das knutschende Paar, das den entscheidenden Moment unterbrochen hatte und in den Raum getorkelt war, ließ die Gestalt ihre Mission nicht vollenden. So musste sie vom Zeitjäger ablassen und flüchten.

Verdammt! Sie ballte die feine Hand zur Faust. Der Bericht über die misslungene Operation würde schnellstmöglich ans Hauptquartier gehen. Alle nötigen Eckdaten waren bereits an die Zentrale gegangen, doch der heutige Befehl war klar formuliert gewesen. Er lautete, Ty zuerst über die gewollten Informationen, die die Horatio bitter nötig hatte, zu verhören. Wenn nötig mit so viel Gewalt, dass er sich den Tod selbst wünschte. Der Mord durfte erst dann geschehen, wenn sie diese Informationen hatten.

Die Gestalt schnaubte frustriert. Der nächste Zugriff musste effizienter erfolgen, denn jetzt war er gewarnt, der Zeitjäger mit den grünen Augen.

Für einen Gegenschlag war er zu schwach, aber man durfte ihn nicht unterschätzen. Die Horatio hatte schließlich lange genug gebraucht, um ihn zu finden.

Wie lang hatte die Organisation auf diesen Moment gewartet – den letzten Conteville zu enttarnen. Jahrelang, über Generationen hinweg wurde akribische Arbeit geleistet und dann lief er ihnen quasi freiwillig in die Arme. Ein siegessicherer Ausdruck schlich in die düsteren Augen.

Dem Zeitjäger war viel Zeit entnommen worden, sodass er zwangsläufig schnell jagen musste. So weit würde es die Gestalt nicht kommen lassen. Ty sollte nur geringfügig an Stärke zurückgewinnen, damit die letzten offenen Fragen der Horatio beantwortet werden konnten. Dann würde der letzte Zeitjägermord in die Geschichte eingehen.

Grinsend blickte die Gestalt auf den scharfen, golden schimmernden Dolch in ihrem Lederstiefel. Er war die Waffe, mit der man den Zeitjäger töten konnte. Die einzige! Doch das sollte nicht das letzte Geheimnis sein, das die Horatio hütete. Ein hämisches Grinsen schlich sich auf die Lippen des Fluchjägers. Die Horatio hatte weitaus größere Pläne.

KAPITEL 10

Sein Herz trommelte und stolperte gegen den Rippenbogen. Ty hob mühselig die schweren Augenlider. Seine Pupillen waren so empfindlich, dass ihn das milde Licht im Schlafzimmer blendete. Einzelne Sonnenstrahlen brachen durch die Schlitze der Rollladen. Ty kniff die Augen zusammen, um sie langsam an den helllichten Schein zu gewöhnen.

Wenn er könnte, würde er ewig liegen bleiben. Einfach die Welt an sich vorbeiziehen lassen und sich um nichts mehr kümmern. Aber das wäre ein Unding. Nach dem Angriff gestern musste er schleunigst verschwinden. Der Fluchjäger hatte ihm ein beträchtliches Zeitpensum abgenommen. Ty wusste, dass er nur dank purem Glück mit dem Leben davon gekommen war.

Bevor er sich aus der warmen Bettdecke schälte, überkam ihn ein lauerndes Gefühl. Er setzte sich auf und registrierte, dass der Fluch seinen Tribut forderte.

Müde legte er den Kopf in die Hände und atmete tief ein. In diesem Zustand musste er jagen. Zugleich war er in dieser Verfassung das gefundene Fressen für den Fluchjäger, doch ihm blieb keine Wahl. Würde er dem Fluch nicht nachgeben, käme es so weit, dass er vor allen das nächstbeste Opfer anfallen würde. Damit könnte er sich auch direkt auf dem Silbertablett ausliefern.

Er dachte an James. Das Beste wäre natürlich, ihn zu finden und seine Zeit zu absorbieren. Aber ob er jetzt die Geduld hatte, nach ihm zu suchen? Schon bei dem Gedanken wurde ihm übel. Womöglich müsste er sich dann noch mit James' Alkoholfahne auseinandersetzen.

Vielleicht wäre es das Beste, Amber noch mal anzuzapfen, um einigermaßen wiederhergestellt zu sein. Danach könnte er sich um seine Flucht kümmern.

Müde und mit schmerzenden Gliedern wusch sich Ty und zog die Schuluniform an. Dabei fühlte er sich wie ein Mann Mitte achtzig, dem sämtliche Knochen von Osteoporose angefressen worden waren. Ein zehrendes Gefühl.

Heute versicherte er sich zweimal gründlich, ob die hölzerne Schatulle in der Innentasche des Schulblazers steckte. Sie war das Wertvollste, was er besaß, sie sicherte sein Überleben. Das wurde ihm heute noch einmal mehr bewusst.

Wehmütig band er die blau-graue Krawatte um den weißen Hemdkragen, den er so liebgewonnen hatte. Fast schon sentimental dachte er an die vergangene Zeit. Er hatte sie zu sehr genossen. Vielleicht war das die angemessene Strafe dafür.

Er war ein abnormales Wesen, ein Verfluchter, der den Dorn der Dunkelheit in sich trug. Etwas, das nicht verdiente normal zu fühlen, geschweige denn ein beschauliches Leben zu führen. Schon gar nicht für die Leben, die er rücksichtslos genommen hatte.

Vor dem Spiegel stehend nahm er nochmals einen tiefen Atemzug. Seine Beine waren wackelig. Doch bevor er auf der Flucht eventuell starb, wollte er noch eine Sache erledigen. Sich vom Besten in seinem Leben verabschieden.

Der Tarnung halber nahm er die schwarze Umhängetasche. Die würde er nicht mehr benötigen, aber das gewohnte Gefühl, sie über die Schulter zu tragen, half ihm sich zusammenzureißen. Mit gemischten Gefühlen schloss er seine Eingangstür mit der goldenen Sieben in der Mitte und nahm den Fahrstuhl nach unten.

Im Eingangsbereich des Wohnheims tummelten sich einige Mitbewohner, doch niemand grüßte ihn. Vermutlich, weil er auch nie jemanden gegrüßt hatte. Eines der Dinge, die er ändern würde, wenn er noch einmal leben könnte.

Mit der Einsamkeit im Nacken trat er kraftlos in die Mensa. Die Clique saß wie jeden Morgen an ihrem Stammtisch. Langsam schritt er auf sie zu und Amber blitzte ihn wütend an. Damit hatte er gerechnet, jetzt käme die Standpauke. Schließlich war er gestern nicht, wie versprochen, zum Treffpunkt zurückgekehrt.

„Wo zur Hölle warst du gestern?"

Livia legte Amber beruhigend die Hand auf den Arm. „Lass ihn erst mal sitzen." Besorgt musterte sie ihn, doch er ignorierte ihren Blick.

„Mir war nicht gut, deshalb bin ich gegangen", presste er hervor. Sein Magen drehte sich dabei um. Er schluckte.

Dass Amber ihm kein Wort glaubte, war ihr anzusehen. Missbilligend verschränkte sie die Arme vor ihrer üppigen Brust. „Aha, und da war nicht zufällig eine andere Frau im Spiel?", fragte sie säuerlich.

Oh je, die ist auf Drama aus, dachte Ty. Die Kraft und die Nerven für ellenlange Diskussionen hatte er nicht. Außerdem brauchte er sie als Opfer.

„Amber, beruhige dich mal", antwortete Rick für ihn.

„Ich hatte zu viel Alkohol", versuchte Ty, sich zu rechtfertigen. Amber zog nur verächtlich die Augenbraue nach oben.

„Das eine Glas Sekt und der lausige Cocktail?"

„Amber, kannst du es echt nicht lassen?", schaltete sich Rick noch mal ein, der Ty ebenfalls besorgt musterte.

Er musste echt scheiße aussehen, wenn ihn alle so sorgenvoll ansahen. Er schenkte Rick einen beschwichtigenden Blick. „Bevor ihr auf die Party gekommen seid, hatte ich schon einen Whiskey Sour. Das hat mein Magen offensichtlich nicht vertragen gestern."

„Das ist ein fieses Gesöff, wenn man es mit Sekt und Schnaps abrundet", pflichtete ihm Rick bei und er bemerkte, wie sich Ambers zusammengezogene Augenbrauen entspannten.

„Das hättest du mir nicht simsen können?", fragte sie barsch.

Er schüttelte den Kopf. „Sorry, ich war zu fertig und wollte Ruhe." *Das ist nicht mal gelogen*, dachte er griesgrämig.

„Leute, ich pack's mal zur nächsten Vorlesung", meinte Theodore plötzlich und tippte auf die Uhr. „Wird Zeit." Sein Blick glitt verunsichert zu Ty. „Wie auch immer. Gute Besserung an deinen Magen."

Überrascht, dass Theodore, sei es aus Mitgefühl oder aus Höflichkeit, ihm Besserung wünschte, nickte er. „Danke."

Amber schnappte sich die pinke Umhängetasche. „Ich geh dann auch. Mittagessen wieder hier?", fragte sie und blickte Ty ernst an.

Was blieb ihm anderes übrig, als zu nicken? Am liebsten hätte er ihr sofort Zeit abgenommen, aber sie ließ sich in ihrer Laune definitiv nicht zum Schwänzen überreden. Also nickte er und sie rauschte zufrieden ab.

„Du siehst nicht gut aus, Mann", sagte Rick, der mit Livia bei ihm blieb.

„Geht schon, danke", versuchte er, seinen flauen Magen und die Gliederschmerzen zu überspielen. Nein, er fühlte sich wirklich nicht gut.

Dass Amber jetzt Vorlesung hatte, war ein blöder Wink des Schicksals. So musste er ausharren und warten, bis er sie in der Mittagspause irgendwie isolieren konnte. Er war heute einfach nicht reaktionsschnell genug, um sich wirklich um eine Jagd zu bemühen.

Livia hielt ihm eine Flasche Wasser unter die Nase. „Trink das, dann geht's dir besser." Fürsorglich öffnete sie die Flasche und er nahm ein paar Schlucke. Das Wasser tat gut, doch linderte die Qual und seine Schmerzen nicht.

Wenn sie wüsste, dachte er traurig und musterte sie.

Sie lächelte aufmunternd. „Einen fiesen Magen hatte jeder von uns schon einmal."

Die Mensa leerte sich langsam, denn die meisten Vorlesungen fingen um neun an. Die einkehrende Ruhe spielte Tys Konzentrationsfähigkeit zu. Er war überfordert, die umhertanzenden Zeitskalen auszublenden und sich auf ein Objekt zu konzentrieren. Je weniger Leute, desto weniger Reize, denen er sich aussetzte.

„Hast du keinen Kurs?", fragt er Livia und bemerkte, dass sich Rick erhob.

Sie schüttelte den Kopf. „Nein, ich habe heute Hausarbeitstag."

Rick lachte auf, während er lässig seine Tasche umlegte. „Waschmaschine und so, oder?"

Sie zog eine Grimasse. „Nein, wir haben diverse Hausarbeiten zu schreiben und bekommen hin und wieder einen Tag frei, um Recherchen zu machen", erklärte sie fachmännisch.

„Ihr habt es ja gut", brummte Rick. „Also, man sieht sich." Damit verließ er den Tisch und eilte aus der Mensa.

Ty sank in sich zusammen. Es war anstrengend, dauernd die Haltung zu wahren. Sein Rumpf schmerzte und in seinem Kopf hämmerte es, als würde ein kleiner Affe unaufhörlich die Pauken schlagen.

„Dir geht's wirklich nicht gut", stellte Livia fest und musterte ihn besorgt. Ty presste die Lippen aufeinander und eine Welle der Übelkeit erfasste ihn. Er keuchte, denn sein Magen verkrampfte sich schmerzhaft. Er hielt sich den Bauch und krümmte sich auf dem Stuhl.

Erschrocken sprang Livia auf und kniete sich neben ihn. „Ty?", schnaufte sie besorgt.

Er zwang sich zu einem Lächeln. „Es geht schon." Die Krämpfe schluckten sein letztes Bisschen Kraft. „Ich glaube, ich sollte mich ausruhen", presste er unter Schmerzen hervor.

„Du brauchst einen Arzt", ordnete Livia an und nahm seine Tasche. „Komm, ich bring dich zur Sanitäterin. Das ist doch so kein Zustand."

Er schüttelte vehement den Kopf. „Nein, das bringt nichts. Es ist nichts Ernstes!"

„Und warum sollte es nichts bringen? Die haben sicher was da, was deinen Magen entspannt", überlegte Livia, noch immer mit besorgtem Gesichtsausdruck.

„Nein, die haben echt nichts, was mir hilft", erklärte er. „Hilf mir einfach in mein Appartement. Mehr kannst du nicht tun", befahl er rauer als beabsichtigt. Aber er war auf ihre Hilfe angewiesen, denn er fühlte sich kraftlos und wusste nicht, wie er sonst zurück in sein Appartement gelangen sollte. Es war eine dumme Idee gewesen, aus dem Bett zu gehen. Er hätte noch ein, zwei Stunden Schlaf dranhängen sollen.

Ein seltsamer Ausdruck erschien auf Livias Gesicht. Schließlich griff sie entschlossen seinen Arm und legte ihn auf ihre Schulter. Dankbar für diese Stütze erhob er sich vom Stuhl und wartete kurz, bis seine Beine sich einigermaßen stabil anfühlten. Gemeinsam mit ihr torkelte er aus der Mensa.

„Du bist schwer", sagte sie zwinkernd.

Das Gehen war wohltuend und die Krämpfe ließen nach. Draußen angekommen, schnappte er nach Luft. „Oberarme aus Stahl", versuchte er zu witzeln und sie schenkte ihm einen grimmigen Blick.

„Macho!"

Auf halber Strecke blieb er stehen und keuchte. Er rang nach Luft. War es tatsächlich schon immer so weit in sein Appartement gewesen?

„Ty, alles in Ordnung? Das ist doch keine Magengeschichte. Sag mir, was wirklich passiert ist gestern", forderte sie ihn auf und half ihm weiterzugehen.

Wie gerne würde er ihr die Wahrheit sagen. Doch damit wollte er sie ganz sicher nicht belasten. Am Ende wurde sie noch ungewollt zwischen die Fronten gezogen. Das konnte er nicht verantworten, nachdem Chronos sie schon einmal gegen ihn benutzt hatte. „Whiskey Sour", antwortete er stattdessen knapp und ließ sich von Livia die Wohnheimtür aufhalten.

Livia rief den Fahrstuhl und half ihm hinein. Surrend transportierte er sie nach oben. Schweigend gab er Livia dort angekommen die Schlüssel zu seinem Appartement und sie schloss es auf.

Als sie drin waren, schlug er stürmisch die Tür zu und sperrte mehrmals von innen ab.

„Das ist doch Wahnsinn, Ty!", entfuhr es Livia, als sie ihn in seinem Abschließ-Wahn beobachtete. „Du sagst mir jetzt sofort, was los ist", forderte sie, während er kraftlos auf sein Sofa sank und die Augen schloss. Er hörte, wie sie zu ihm eilte und bemerkte, dass sie ihm auf die Wangen klatschte. Sie verpasste ihm tatsächlich eine Ohrfeige.

„Ich bin wach, danke", nörgelte er und öffnete die Augen.

„Das ist nicht witzig. Ich mache mir ernsthaft Sorgen."

Er hörte Wut aus ihrem Tonfall und registrierte, dass sie neben ihm kniete. Dann fiel ihm plötzlich wieder ein, dass Chronos ihn bei dem letzten zweisamen Zusammentreffen mit Livia gezwungen hatte, ihre Zeit zu stehlen. Hastig rappelte er sich auf, um sie mit einem

Ruck von sich zu schieben. „Du ... du musst sofort gehen!" Er rang nach Atem.

„Wie bitte?" Ungläubig erstarrte sie. „Glaubst du, ich lasse dich jetzt allein? In dem Zustand? Du musst verrückt sein!"

„Du musst", befahl er vehement und drückte sie zur Seite.

„Dann nenne mir einen triftigen Grund, weshalb", forderte sie und rührte sich keinen Millimeter. Ihre braunen Augen glommen herausfordernd.

Wie leicht es wäre, ihr alles zu sagen. Was hinderte ihn noch daran? Er würde sowieso bald sterben. Was machte es schon aus, wenn sie sein Geheimnis kannte?

„Weil ich gefährlich bin, Livia", schleuderte er die Worte hinaus. „Und es gibt kein Zurück mehr, wenn ich erst einmal entfesselt bin." Er schnaubte frustriert und fuhr sich durch das schwarze Haar. „Ich bin das fleischgewordene dunkle Wesen, das alles verschlingt, sobald es Hunger hat." Ty fixierte sie in der Erwartung, Abscheu und Panik zu sehen, aber in ihrem Blick lagen nur eine innere Ruhe und tiefes Verständnis. Als hätte sie schon geahnt, dass er so etwas sagen würde.

„Verstehst du?", fragte er und wollte sich ihrer Ernsthaftigkeit versichern, rüttelte sie an den Schultern und betrachtete forschend ihre zarten Gesichtszüge. Doch Livia saß nur da und strahlte mit jeder Faser Verständnis aus. Ihr Blick wanderte dabei durch den Raum und blieb an seiner gepackten Fluchttasche hängen.

„Livia, hörst du? Du bist in Gefahr, wenn du noch länger bei mir bleibst. Bitte geh, um deiner eigenen Sicherheit willen", flehte er.

„Ich weiß es, Ty", flüsterte sie heiser und fasste seine Hand. Er spürte, dass ihre Finger zitterten.

Entsetzt entriss er ihr die Hand und Panik stieg in ihm auf. „Du weißt was?", herrschte er sie an. Sein Herz pochte rasant und das Blut rauschte in seinen Ohren.

„Dein Familienwappen. Ich hab es wiedererkannt", erklärte sie ernst und wies auf die offene Tasche neben der Tür, in der seine Familienchronik lag.

Shit! Er musste die Tasche in seiner Panik offen gelassen haben.

„Was? Wie sollst du es wiedererkannt haben?" Er fuhr sich nervös durch das Haar. Ein furchtbarer Gedanke durchzog seinen Geist. „Scheiße", entfuhr es ihm und er zog sich an der Lehne auf die Beine. Ein grausames Gefühl des Verrats stieg in ihm auf und ließ ihn bittere Galle schmecken. „Du bist eine von der Horatio, hab ich recht?", fragte er ungläubig und wich vor ihr zurück.

„Um Gottes willen, nein! Glaub mir, das ist reiner Zufall, ich habe das Wappen auf einer alten Pergamentrolle gesehen", antwortete sie erschrocken und zuckte unmerklich zusammen.

Vermutlich versuchte sie, ihn zu manipulieren, durch eine psychologische Gesprächstaktik, die sein Vertrauen wecken sollte. Die Horatio bildete ihre Fluchjäger sehr gut aus.

Sie blieb gefasst sitzen und blickte ihn offen an. Kein Zeichen von Angriff, aber die von der Horatio waren mit allen Wassern gewaschen.

„Ich schätze, jetzt ist der Zeitpunkt, an dem du deinen Befehl ausführen kannst. Also los, tu, was sie von dir verlangen. Bring den letzten Zeitjäger um." Herausfordernd öffnete er die Arme, um sein Herz freizugeben.

Es war ihm egal, wie sie es tat. Hauptsache sie tat es und wischte seinen Schmerz damit davon. Dass ausgerechnet sie die Verräterin war, verletzte ihn am meisten.

„Spinnst du?" Jetzt war sie es, die ihn anherrschte. „Ich würde dich niemals umbringen. Ich gehöre nicht zur Horatio!" Die Wut blitzte ihr aus den Augen und sie trat energisch auf ihn zu.

Tys Herz schlug wild gegen den Brustkorb und sein Atem beschleunigte sich mit jedem Schritt, den sie näher kam.

Als er fast schon das Gefühl hatte, vor Schnappatmung umzufallen, legte sie zärtlich ihre Hand auf sein rasendes Herz. Ihre Finger fühlten sich warm an und er spürte, wie sein Herz unaufhaltsam gegen ihre Hand pochte. Wie er das Gefühl ihrer Nähe genoss, obwohl die Situation zu perfide war.

„Ich bin keine von denen", hauchte sie und hob den Blick.

Er war versucht ihr zu glauben. Dem manipulativen Spiel zu erliegen und seine Hand auf ihre zu legen.

Er stierte zu ihren haselnussbraunen Augen und haderte mit sich.

„Warum lieferst du mich dann nicht an sie aus?" Ihm schwante, was der Grund war, doch er wollte es aus ihrem Mund hören.

„Weil ich dich zu sehr mag, um dich in Gefahr zu bringen", gestand sie und er nickte wissend, das dämmte sein Misstrauen fürs Erste ein.

„Mir geht es genauso, Livia. Deshalb bin ich kein guter Umgang für dich. Du bist in Gefahr, solange du bei mir bist, weil ..." Er brach ab, fasste sie an der anderen Hand und zog sie zu sich, sodass ihre Nasenspitze kurz vor seiner verweilte. An seiner Brust spürte er ihren Herzschlag. „Weil ich dich liebe", flüsterte er liebevoll.

Bevor Livia etwas darauf erwidern konnte, erklang ein dumpfes Krachen an der Eingangstür und er realisierte, dass die milchige Glastür aufgerissen wurde. Erschrocken wirbelte er Livia hinter seinen Rücken und erwartete den Angreifer. Sein Körper spannte sich an und er nahm all seine Kraft zusammen, um sich auf den Beinen zu halten. Doch es war kein Fluchjäger in schwarzem Outfit, der vor ihm stand.

„Was machst du denn hier?", fragte er entgeistert und entspannte sich etwas.

„Ich hab dich gesucht", sagte Theodore und sah zu Livia.

Sie trat neben Ty. „Und dafür musst du die Tür zerstören?"

„Mann, ich hab geklopft und es hat keiner aufgemacht. Denkst du, sein Zustand ist mir nicht aufgefallen?", fragte Theodore gespielt empört.

„Und du hast dir Sorgen um mich gemacht?", spottete Ty ungläubig und sein Misstrauen wuchs.

„Theodore?", fragte Livia mit einem Mal ängstlich und trat auf ihn zu. „Was machst du hier?"

Ty wich zurück und suchte nach etwas, das er notfalls als Waffe verwenden könnte. Doch er fand nichts. Er besaß nicht einmal einen Baseballschläger. Der wäre jetzt bitter nötig. Verdammt! Er rang nach Luft.

„Ich will dich hier rausholen", antwortete Theodore Livia ruhig.

„Ich bin freiwillig hier, Theodore. Ich hab ihn hergebracht, weil er schwach war."

Der Nerd nickte wissend. „Das dachte ich mir. Aber du solltest nicht hier sein. Er ist gefährlich."

Jetzt wich Livia ebenfalls vor Theodore zurück. Ty entfuhr ein Knurren.

„Wusste ich doch, dass du der Maulwurf bist."

Ja, er war sich bei dem Nerd immer unsicher gewesen, auf wessen Seite er stand. Er wusste einfach zu viel über die Areia und interessierte sich offen für den Zeitfluch. *Noch provokativer hätte er nicht vorgehen können*, dachte Ty verärgert. Und er war tatsächlich darauf reingefallen!

Theodore hob die Augenbraue. „Der Maulwurf? Ha, wohl eher schlauer als alle anderen, Zeitjäger, oder soll ich besser Tychon Conteville sagen?"

„Elender Bastard." Ty spie die Worte voller Verachtung aus. Theodore widerte ihn an und eine Wutflamme glomm in seinem Bauch. Sie flackerte wild und lauerte auf den Angriff.

Livia wimmerte und stellte sich neben ihn, wollte ihm beistehen.

„Lass Livia gehen", forderte Theodore in sachlichem Ton.

„Nein", entgegnete sie wacker. „Ich gehe nicht. Ich vertraue ihm."

„Du vertraust einem Zeitjäger? Demjenigen, der deine Lebenszeit verkürzt und wahrscheinlich schon tausend Morde begangen hat? Spinnst du? Der will dich doch nur als Daueropfer an seiner Seite", fuhr Theodore sie forsch an.

Ty bewegte sich langsam Richtung Stirnseite des Esstisches. Wenn ihn nicht alles täuschte, lag dort ein dicker Geschichtswälzer. Zur Not könnte er Theodore damit eins überziehen und flüchten. Eine Flucht mit Livia zusammen. Heraus dem Elend hier. Er war zwar körperlich fertig, aber genug Willen, den Kerl auszuschalten, hatte er allemal.

„Denkst du, ich traue jetzt einem Fluchjäger? Der mich manipulieren will, nur um Ty auszuliefern?", gab Livia scharf zurück und Theodore hob überrascht die Augenbrauen.

„Ein Fluchjäger? Ich? Das ehrt mich, aber da liegst du falsch."

Ty griff nach dem Wälzer und versuchte ihn mit beiden Händen hinterm Rücken zu verstecken.

„Nicht? Woher willst du dann wissen, dass ich es bin?", fragte Ty provokant und trat wieder auf Theodore zu.

Theodore lachte, als hätte er nur auf diese Frage gewartet. „Ich hab die Firewall der Horatio geknackt. Dadurch konnte ich interessante Berichte durchforsten. Als ich dann las, dass gestern Abend ein schwerer Angriff auf den Zeitjäger stattfand, der offenbar im letzten Moment abgebrochen werden musste, musste ich nur noch eins und eins zusammenzählen."

Das durfte jetzt nicht wahr sein. Ty fluchte genervt. „Verdammt! Theodore, das Wissen ist nicht gut für dich." Dieser verdammte Nerd hatte ihn auch enttarnt. Ob er genauso gut gewillt war wie Livia, konnte er schlecht einschätzen. Er traute ihm zu, am Ende mit der Horatio gemeinsame Sache zu machen. „Wenn die euch beide hier mit mir sehen, seid ihr dran. Ich bin eh schon so gut wie tot, aber ihr könnt euch noch retten." Entschlossen sah er Livia an und schluckte hart, hoffte, sie würde auf das versteckte Angebot eingehen. „Also verschwindet!"

Livia, die sichtlich hin- und hergerissen war, verharrte in ihrer Position. „Nein. Am besten schaffen wir dich weg. Dann kannst du neu anfangen." Sie ballte entschlossen die Hände zu Fäusten. „Du hilfst uns doch. Hab ich recht, Theodore?"

Ty starrte sie ungläubig an. Livias Hilfsangebot war verlockend, doch das konnte er nicht annehmen.

„Dem da helfen?", schrie Theodore schrill. „Das ist ein verdammter Zeitjäger! Weißt du überhaupt, was er alles getan hat? Kennst du seine Akte? Er ist ein Mörder, Livia!" Theodore trat energisch auf sie zu und fasste sie an den Schultern.

„Ja, ich bin ein ganz kranker, kaputter Mensch. Danke, Theodore. Hast du dich wenigstens einmal gefragt, ob *ich* es so wollte? Oder ob mich dieser Fluch dazu zwingt? Denkst du, es macht Spaß, so ein getriebenes Leben zu führen?" Seine Worte sprudelten aggressiv hinaus und Livia zuckte erschrocken über die Lautstärke zusammen. Doch es war ihm egal. Er zeterte weiter: „Nein, daran denkt so ein Tastaturhacker wie du nicht. Bei dir ist alles nur schwarz und weiß. Ich, der böse Zeitjäger, den die Menschheit loswerden muss, und Livia das weiße Schaf, das beschützt werden muss."

Theodore musterte ihn forschend und ließ Livia nicht los.

„Theo, bitte", flehte sie leise.

„Nicht ein Wort der Reue gab es zu lesen. Dein ganzes Auftreten hier an der Universität war nur Scharade. Dieses elende Machogehabe und dieser ganze Prunk.

Was daran soll mich überzeugen, dir zu helfen?", fragte Theodore lauernd.

Ty schnaubte. „Dann hast du mich längst an die Horatio verraten. Sag mir einfach, wann sie hier sind, damit ich noch mal duschen kann. Ich würde ungern stinkend in den Tod gehen."

Livia schluchzte auf. „Das hast du nicht getan, oder?", fragte sie verzweifelt und Tränen rollten über ihre Wange, während sie Theodore getroffen anblickte.

„Sag bloß, dir liegt noch immer was an ihm?", hakte Theodore ungläubig nach. Als Livia langsam nickte, trat Entsetzen auf die Miene des Nerds. „Du kannst sowieso nie mit ihm zusammen sein", erklärte er gedämpft. „Irgendwann gelangt er in ihre Fänge."

„Wenn es nach dir geht am besten sofort, was?", zischte Ty. Er hasste dieses Gespräch, die gesamte Situation. Je mehr von ihm wussten, desto weniger hatte er eine Chance zu fliehen. Theodore würde ihn mit Sicherheit verraten. Entweder er ergab sich sofort oder er musste fliehen. Weg von Livia, für die er so gerne leben würde. Sein Herz zog sich zusammen. Dass Liebe so wehtun würde, hatte ihm niemand gesagt.

„Ich könnte es dir nie verzeihen, wenn du ihn verraten hast", wisperte Livia zu Theodore und ein verletzter Ausdruck schlich über sein Gesicht.

„Livia, ich habe ihn nicht verraten. Noch nicht", gestand er, ohne Ty eines Blickes zu würdigen.

Ein Funken Hoffnung keimte in Livias Gesicht auf und Ty erkannte, dass er umgehend reagieren musste. Er mobilisierte alle verbliebenen Kräfte und rammte Theodore die Faust ins Gesicht, direkt auf die Schläfe.

Der Schmerz an seiner Hand explodierte, als er Livias spitzen Aufschrei hörte und Theodore wie ein nasser Sack zu Boden fiel. Ty taumelte zurück und fing sich an der Tischkante.

Livia wollte sich zu Theodore knien, doch Ty hechtete nach vorne und packte sie am Arm. „Er ist nur bewusstlos", erklärte er. „Wir müssen hier weg. Sofort!" Das war keine Bitte, sondern ein Befehl. Damit zog er sie mit aller Kraft vom Nerd weg und schubste sie Richtung Tür.

Fahrig angelte er sich die bepackte Tasche. „Los jetzt." Er zog die blasse Livia am Arm, die noch immer geschockt auf Theodore hinabsah. Eine weitere Träne rollte über ihre Wange, während sie Anstalten machte, Ty zu folgen. „Er wird Kopfschmerzen haben, aber mehr nicht", versuchte er sie zu trösten und schloss die milchige Glastür hinter ihr.

Kapitel 11

Nervös sah die Gestalt auf die Uhr und überprüfte nochmals den Dolch im Stiefel. Dass Theodore aufgetaucht war, hatte niemand ahnen können. Das lautstarke Streiten aus Tys Appartement war deutlich zu hören gewesen. Theodore musste ihn enttarnt haben, doch seit einigen Momenten herrschte Stille im Appartement.

Die Gestalt ging davon aus, dass Ty in den nächsten Minuten das Appartement verlassen würde. Irgendetwas musste darin vorgefallen sein. Entweder die drei hatten sich alle geeinigt, oder es war zu Handgreiflichkeiten gekommen.

Im hautengen schwarzen Lederanzug lauerte das Mitglied der Horatio in der dunklen Nische neben dem Fahrstuhl, fokussiert auf die Appartementtür. Ah, da!

Endlich wurde sie geöffnet und mit unsicheren Schritten und wütender Miene trat Ty in den Flur. Zornig scannte er den Flur, bevor er sich umdrehte, um auf jemanden zu warten. Livia folgte ihm mit panischem Gesichtsausdruck aus dem Appartement. Ihre Augen waren gerötet, sie sah besorgt den Gang entlang und auf ihrer Stirn war eine Kummerfalte zu sehen. Das sah ganz und gar nicht nach einer Einigung aus. Wo war Theodore abgeblieben?

Nein, für Sentimentalität blieb keine Zeit. Außerdem wurde das von der Horatio nicht geduldet. Keine ehrlichen und weitgreifenden Gefühle gegenüber den Betroffenen. Vielmehr wurden sie, die Fluchjäger, auf ein perfektes Schauspiel getrimmt. Eine Maske, die sie tragen mussten, um professionell zu sein.

Ty gegenüber hatte das geklappt. Die Gestalt konnte ihre Rolle in seiner Gegenwart perfekt mimen, vor der Clique allerdings nicht immer. Trotzdem war es ihre unabdingbare Pflicht, sich ganz der Exekution von Ty zu widmen. Mitgefühl oder Schonung von Tys Umfeld hatten darin keinen Platz.

„Schnell, wir nehmen den Fahrstuhl. Falls Theodore aufwacht, hat er keine Ahnung, wohin wir abgehauen sind", schlug Ty mit verzweifelter Miene vor und Livia nickte ergeben.

Es war keine Überraschung, dass sie ihm half. Die Gefühle zwischen den beiden waren länger erkennbar gewesen. Ein hämisches Grinsen schlich auf die Lippen der Gestalt. Theodore war offensichtlich momentan keine Gefahr. Da er nicht aus dem Appartement kam, war er wohl niedergestreckt worden. Armer Nerd!

Ty stürmte entschlossen auf den Fahrstuhl zu und Livia folgte ihm. Es war der perfekte Moment, um zuzuschlagen. Ihre Flucht war zum Scheitern verurteilt, das musste auch dem Zeitjäger klar sein. Bevor Ty den Fahrstuhlknopf drücken konnte, packte die Gestalt den massiven Knüppel, den sie hinter ihrem Rücken versteckt hielt, und huschte blitzschnell aus dem Schatten.

Ohne dass es Ty bemerkte, holte die Gestalt mit aller Macht aus und schlug ihm auf an seiner Flanke.

Traf man mit dem harten Holz den Hirnstamm, konnte man das Opfer entweder sofort töten oder bewusstlos machen. Erste Lektion der Fluchjägerausbildung.

Ty sank bewusstlos auf den Boden und Livia kreischte zeitgleich. Wilde Angst zeichnete ihre braunen Augen, als sie realisierte, wen sie vor sich hatte.

„Du?", flüsterte sie ungläubig und schlug die Hand vor den Mund.

„Entweder du kooperierst, oder ich verpass dir auch eine!", zischte die Gestalt bedrohlich leise. Livia war nun Mitwisserin und musste kontrolliert werden, bis zu dem Zeitpunkt, an dem Ty getötet wurde. Die Horatio konnte es sich nicht leisten, noch einmal zu versagen.

„Also? Kommst du freiwillig mit oder willst du eine schöne Beule?"

Mit der filigranen Hand schob die Person Tys dichtes schwarzes Hinterhaar zur Seite, sodass Livia die blutige Beule erkannte. Panik flackerte in ihrem Blick. Sie wusste offenbar nicht, wie sie vorgehen sollte. Das war der Gestalt egal. Sie wusste, warum sie hin- und hergerissen war, sie war Opfer seines perfekten Schauspiels geworden. Mit einem gekonnten Handgriff wuchtete das Mitglied der Horatio Tys bewusstlosen Körper in den Fahrstuhl. Der Kerl war ganz schön schwer. Der enge Lederanzug, der den Fluchjägern verordnet wurde, war dabei nicht unbedingt förderlich, aber der Stolz verbot es der Gestalt, ihn abzulegen, wann immer sie jagte. Außerdem war es an der Zeit sich zu bekennen, auf wessen Seite man stand.

Livia zog ihr Handy aus der Jackentasche. Doch bevor sie die Polizei rufen konnte, schoss die Gestalt aus dem Fahrstuhl vor und packte sie an den Haaren. „Ganz ruhig, Kleine", raunte sie, während Livia plötzlich schrie: „Hilfe! Bitte, sie entführen mich! 51, 45, 14 Nord, 1, 15, 18 West!"

Unbeeindruckt von ihrem Kreischen riss das Mitglied der Horatio sie an den Haaren in den Fahrstuhl, Zahlenfolgen würden ihr jetzt auch nicht mehr helfen, der oberste Stock war völlig leer und Theodore nicht mit aus dem Zimmer gekommen, also sicher bewusstlos, immerhin hätte er Livia nie mit Ty gehen lassen. Livia wimmerte.

Gerade als sie ebenfalls in den Fahrstuhl stolperte, wurde die Tür des Treppenhauses geöffnet. Amber betrat den Gang.

„Ah, wie ich sehe, seid ihr schon voll dabei, ja?", begrüßte sie die beiden und Livia keuchte auf. Hilfesuchend blickte sie zu ihrer besten Freundin, das rang der Gestalt nur ein mildes Lächeln ab. Es musste schockierend für Livia sein, zu erfahren, dass ihre beste Freundin Mitglied der Horatio war. In ihre Reihen geboren, um eine Fluchjägerin zu sein und die Menschheit vor Zeitjägern wie Ty zu beschützen.

Ambers Blick wanderte zu Ty, der bewusstlos auf dem Fahrstuhlboden lag. „Da war jemand müde, was?" Dann sah sie wieder zu Livia und ein gemeines Lächeln huschte über ihre vertrauten Züge. „Partytime, Schätzchen. Wie ich sehe, hast du dich uns nicht freiwillig angeschlossen? Wie schade. Na, mit voller Aufmerksamkeit können wir dich leider nicht mitnehmen", erklärte Amber ernst und beugte sich hinab zu Livia, die von der

Gestalt gewaltsam auf den Boden gedrückt wurde. Dabei achtete sie partout darauf, ihr Haar weiterhin in der Hand zu halten und ihre ruckenden Bewegungen einzudämmen.

Livias Gesichtsausdruck wurde flehend. „Amber, bitte. Hilf mir", wisperte sie verzweifelt.

Doch die erdbeerblonde Amber verzog keine Miene und kniete sich zu ihr. „Aber nein. Du warst der Schlüssel, der uns zu ihm geführt hat und du wirst schön mitansehen, was wir mit deinem Freund anstellen. Und das hier ..." Sie stockte und ballte die Hand zur Faust.

Die Gestalt verfolgte die Szene gebannt. Die Genugtuung gönnte sie Amber, deshalb griff sie nicht ein. Auch wenn sie ihr Vorgesetzter war, wusste sie, wie lange sie auf den Moment hingearbeitet hatte, sich an Livia zu rächen.

Amber hob die Faust und ließ sie gekonnt auf Livias Schläfe niedergehen. Ein dumpfer Schlag, nach dem sie sofort zusammensackte. Die Gestalt gab ihr Haar frei und ließ ihren Kopf auf den Boden knallen. Dann zerrte sie sie zu Ty in den Fahrstuhl. Das Blut sickerte aus seiner Wunde am Hinterkopf und bildete eine kleine, rote Pfütze.

„Das wollte ich schon lange machen." Amber rieb sich zufrieden die Faust und lächelte ihm zu.

Verständnisvoll nickte der höher gestellte Fluchjäger. „Das ist nachvollziehbar."

„Du glaubst nicht, wie mich der Teegeruch in der Küche angewidert hat! Oder die Tatsache, dass sie ein Stipendium bekommen hat und ich gefühlt immer im Schatten ihrer Intelligenz getappt bin. Aber am schlimmsten war es, zu wissen, dass Ty sein Herz an sie verloren hat. Natürlich war ich von Anfang an der Lockvogel, damit er mir Zeit raubt und sich offenbart, aber ... er hatte einfach was." Die Eifersucht war deutlich in Ambers verbittertem Blick zu erkennen. Es war ein hässliches Motiv, aber schaffte die größtmögliche Motivation zur Grausamkeit.

Die Gestalt drückte auf den silbernen Knopf an der Innenwand des Fahrstuhls und die Türen schlossen sich. Amber war selbst schuld gewesen, sich in den Zeitjäger zu verlieben. Aber sie war schlau genug, zu wissen, dass das sowieso keine Zukunft gehabt hätte.

„Ja, das kann ich verstehen", antwortete sie. Eifersucht kehrte das schlechteste aus einem Menschen heraus und ließ den Blick vernebeln. Eine explosive Mischung, was Amber schließlich bewog, sich der Operation Ty verstärkt anzuschließen. Schließlich hatte sie sich auch dazu bereiterklärt, sich vor Livia und Ty zu offenbaren. Sie wollte zu ihren Werten als geborenes Horatiomitglied stehen und nicht mehr nur im Verborgenen arbeiten.

Darüber war die Gestalt froh gewesen, denn sie jagte mit Hingabe und erwartete dasselbe von ihren Untergebenen. Trotz des jungen Alters hatte sie die Leitbilder der Horatio verinnerlicht. Sie war in die Organisation hineingeboren worden und auf nichts anderes gepolt, als den letzten Zeitjäger zu vernichten.

Kapitel 12

Theodore lag benommen auf dem Boden und hörte nebulöse Gespräche auf dem Gang. Ein panischer Aufschrei drang an sein Ohr. Träumte er?

Die Schläfen pulsierten und in seinem Kopf regierte ein dumpfer Schmerz. Das Hämmern jagte ihm einen Schauer über die Haut. Was war denn bloß los? Hatte er wieder zu lange gezockt? Ein Stöhnen entfuhr ihm.

Plötzlich ertönte ein dumpfer Aufprall und lenkte seine Aufmerksamkeit wieder auf seine Umgebung. Langsam öffnete er die Augen. Was zur Hölle war da los?

Seine Lider flatterten und er zwang sich, die Augen geöffnet zu lassen. Das Licht in Tys Appartement blendete ihn, bevor sich seine Pupillen daran gewöhnten. Die Erinnerungen an das Geschehene kehrten verschwommen zurück.

Der Zeitjäger-Mistkerl hatte ihm eine verpasst, ihm direkt die Faust ins Gesicht geschlagen.

Er stöhnte auf und die wilden Diskussionen auf dem Gang wurden lauter. Theodore wurde hellhörig. Das Hämmern in seinem Kopf ließ nach und er hörte Livias verzweifelten Schrei.

„Hilfe! Bitte, sie entführen mich! 51, 45, 14 Nord, 1, 15, 18 West!"

Jetzt fantasierte er wirklich. Er richtete sich auf und rieb sich mit den Fingern zitternd über die Stirn. Instinktiv tastete er nach seiner Brille, die ihm herabgerutscht war. Froh, dass sie keinen Schaden genommen hatte, setzte er sie auf die Nase und hörte das hell klingende Pling, das der Fahrstuhl von sich gab, wenn er sich in Bewegung setzte.

Scheiße! Schlagartig realisierte er, dass Tys Appartement leer war und die Geräusche vom Gang auf eine Auseinandersetzung hindeuteten. Sein Herz klopfte nervös und ein Gefühl von drängender Unruhe befiel ihn. Er spürte, dass sein Kopf ihm etwas sagen wollte. Dass etwas Ungutes im Gange war.

Livia! Sie haben Livia! Theodore rappelte sich entsetzt auf und taumelte zur Eingangstür. Einen Moment verharrte er und lauschte. Er wollte nicht zwischen die Fronten geraten und musste einen klaren Gedanken fassen.

Himmel, was hatte Livia eben geschrien? Eine Zahlenabfolge? Er runzelte die Stirn, zog sein Smartphone aus der Tasche und öffnete die Notizen-App. Hastig tippte er die seltsame Zahlenfolge ein. Er konnte nur hoffen, dass er sie tatsächlich verstanden hatte. Dann ließ er das Handy in seine Hose gleiten.

Unsicher legte er die Hand auf die Türklinke und drückte sie geräuschlos nach unten. Sachte öffnete er sie einen Spalt und linste hindurch. Bis auf das milde Licht und den blauen Brokat an der Wand erkannte er nichts Auffälliges. Er wagte es, die Tür weiter zu öffnen, und blickte um die Ecke. Der Gang war menschenleer. Erleichterung durchflutete ihn und er schloss die

Augen, um die Geräusche nach dem Aufwachen analytisch durchzugehen.

Er hatte eine Auseinandersetzung gehört. Er glaubte, einen Schlag vernommen zu haben und darauffolgend einen dumpfen Aufprall. Irgendjemand hatte leise gesprochen. Theodore vermochte nicht zu sagen, ob er die Stimme kannte. Er versuchte sich weiter krampfhaft an Worte zu erinnern und meinte, Amber gehört zu haben. Ihre nervtötende Stimme war einprägsam.

Verwirrt über seine Analyse öffnete er die Augen wieder. Es hatte sich nicht danach angehört, dass Amber Livia helfen wollte, oder spielte ihm sein matschiges Hirn einen Streich? Scheiße. Er fuhr sich durch das kurze braune Haar. Jetzt war guter Rat teuer.

Theodore trat langsam zum Fahrstuhl und scannte die Wände und den Boden nach Spuren ab. Da! Langsam kniete er sich hin und begutachtete den Fleck auf dem Teppich. Es war eindeutig Blut. Hier musste jemand gelegen haben. Jemand, der verletzt war. Theodore vermutete, dass es Ty war, weil er seine Stimme nicht mehr gehört hatte. Ihn schauderte bei dem Gedanken, was sich hier abgespielt haben musste.

Entschlossen öffnete er die Tür zum Treppenhaus und sah es sich genauer an. Dort fand er keine Blutspuren. Der oder die Verletzte war also über den Fahrstuhl transportiert worden. Er ging wieder zurück, rief den Fahrstuhl und kniete sich darin auf den Boden. Doch nichts wies darauf hin, dass hier jemand geblutet hätte. Nichts bis auf die Spuren auf dem Teppich.

Verärgert brummte Theodore und drückte auf den Knopf zum Erdgeschoss. Auch in der Eingangshalle war alles normal.

Theodore sog die Luft ein. Okay, die Horatio war gründlich. Er vermutete, dass sie ihre Finger im Spiel hatte, wer sonst hätte ein Interesse daran, Ty und Livia zu entführen?

Es war unvorsichtig genug von einem Fluchjäger, die Spuren auf dem Teppich nicht zu beseitigen. Er musste unter Zeitdruck stehen.

Theodore war sich ziemlich sicher, dass bereits ein Putztrupp der Horatio auf dem Weg nach oben war, um die Spuren im Nachhinein zu beseitigen. Von seinen Hackerangriffen auf deren Netzwerk wusste er, dass sie niemals eine mögliche Option nicht bedachten und immer einen Ausweichplan entwarfen.

Wieder fiel ihm Livias merkwürdige Botschaft ein. Er zog sein Handy aus der Tasche und überlegte, wie er vorgehen sollte.

Wenn er Pech hatte, wurde er von den Fluchjägern beobachtet oder wandte sich unwissend an den Verräter unter ihnen. Er musste davon ausgehen, dass Amber Komplizen hatte oder selbst Komplizin war. Ihr Auftreten und die unterlassene Hilfe gegenüber Livia deutete unmissverständlich auf eine Zusammenarbeit mit der Horatio. Dass die Interesse an Livia hatten, die der Schlüssel zu Ty war, konnte er nicht bestreiten.

In was war er da nur rein geraten? Unschlüssig entsperrte er sein Handy. Sich jetzt ins Netzwerk der Horatio einzuloggen, war zu gefährlich. Die Firewall und die Safecodes würden intensiv kontrolliert werden, wenn sie Ty und Livia endlich hatten. Was würden sie mit ihnen tun? Würden sie ...

Plötzlich dachte er an die Areia. Sollte Ty tot sein, müsste die Areia stehen bleiben. Es dürfte kein Sand mehr hindurchrieseln.

Er wählte Ricks Handynummer und hoffte insgeheim, dass er keiner der Verräter war. Hätte er nur verbissener versucht, die Datenblätter und Personalien der Mitglieder der Horatio zu knacken. In ihren Berichten war nie der Name eines Mitglieds zu lesen. Nur dessen Nummer. Verdammte moderne Datenwelt und Drecksdatenschutz!

„Ja, Mann? Was gibt's?", meldete sich Rick am anderen Ende der Leitung, als Theodore schon auf dem Weg zur Areia war. Im Hintergrund hörte er das Plätschern von Wasser. Ja, sicher, Rick war beim Training. Er hörte Coach Thompsen, wie er Aufwärmübungen anleitete.

„Theodore?", fragte Rick ungeduldig. „Mann, du hast Glück, dass ich deinen Anruf gesehen habe."

Er holte tief Luft, um Rick schnellstmöglich viele Informationen in kurzer Zeit zu übermitteln.

„Notfall. Verhalte dich ruhig, aber verlass sofort das Training. Livia und Ty sind in Gefahr. Vermutlich entführt. Ich brauche dich, sofort. An der Areia. Jetzt."

Bevor Rick irgendetwas erwidern konnte, legte er auf und brach in kalten Schweiß aus. Er konnte nur hoffen, dass Rick seine Botschaft verstanden hatte. Aber wie oft rief er ihn schon an? Das glich quasi einer Sensation und musste seltsam genug sein.

Theodore betrat den Innenhof und sah sich um. Ein paar Mädels standen hinter der Areia und tratschten fröhlich. Verdammt. Er musste schnellstmöglich die schwarze Folie anheben und sehen, ob der Sand rieselte oder nicht. Er musste wissen, ob er zwei Menschen oder einen retten musste.

Vorsichtig pirschte er sich näher an die Areia. Die tratschenden Mädels schienen ihn nicht zu bemerken. Eilig warf er einen Blick über die Schulter.

Die Luft war rein und die schwarze Folie zum Greifen nahe. Langsam streckte er die Hand aus. Er wusste bereits vom ersten Mal, dass sie nicht alarmgesichert oder mit Elektroden ausgestattet war. Eifrig zog er sie ein Stück nach oben und beobachtete erleichtert, wie der feine, weiße Sand durch die Verengung zwischen den beiden Glaskolben rieselte.

Ty war am Leben. Es beunruhigte ihn nicht einmal, dass er sich darüber freute. Umgehend gab er die Folie wieder frei und ging ein paar Schritte zurück. Wieder musterte er seine Umgebung, doch niemand hatte Notiz von ihm genommen. Bis auf Rick, der in seinem Neoprenanzug über den Hof kam.

„Bist du wahnsinnig?", herrschte er ihn sofort an. „Kannst du mir mal verraten, was der Scheiß am Handy sollte?"

Theodore zog Rick von der Areia weg in den Schatten zweier mächtiger Bäume. „Beruhig dich! Alles, was ich gesagt habe, ist wahr. Die Horatio hat sie, Rick", sagte er eindringlich und Ricks Augen weiteten sich entsetzt.

„Ty und Livia?", fragte er ungläubig.

„Genau. Ty ist der Zeitjäger und offenbar haben sie Livia mit ihm zusammen entführt."

Rick fuhr sich geschockt durch die Haare. „Bist du dir sicher? Ich meine, dass Ty der Zeitjäger ist? Und was wollen die dann von Livia?"

„Ich bin mir sicher wie nie zuvor, Rick!", beteuerte Theodore und erzählte ihm kurz von seiner Auseinandersetzung mit ihm, von der Zahlenfolge, die Livia geschrien hatte, und von Amber.

Rick wurde ganz blass um die Nase. „Scheiße, Theodore, die Horatio hat sie entführt", keuchte er.

„Sag ich doch", kommentierte Theodore ungeduldig. „Wir müssen dringend herausfinden, was sie da gerufen hat. Vielleicht sagt uns der Code, wo sie steckt? Uns läuft die Zeit davon, wer weiß, was sie mit den beiden machen."

Livia hatte gewusst, dass er dort im Appartement gelegen hatte. Sicher hatte sie das aus Verzweiflung gerufen, mit stiller Hoffnung, er würde es hören. Und das hatte er.

„Das sind Koordinaten", sagte Rick langsam und wiederholte die Folge noch mal. „Scheiße, Theodore, das sind Koordinaten!"

„Du hast recht! Warum bin ich nicht früher darauf gekommen?", schimpfte Theodore. Das hätte er als PC-Freak wissen müssen.

„Alter, wo ist dein Laptop, oder kannst du über dein Handy mehr rausfinden?", fragte Rick aufgewühlt. „Wir müssen den genauen Standpunkt finden. Außerdem sollten wir die Polizei alarmieren."

„Keine Polizei", sagte Theodore hastig. „Wenn die Horatio weiß, dass wir ihnen auf den Fersen sind, bringen sie Ty erst recht um. Und die haben ihre Leute überall." Schnell holte er sein Handy hervor.

„Woher willst du wissen, dass wir nicht schon zu spät kommen?"

Theodore wies auf die Areia. „Der Sand rieselt. Ty lebt."

Ein erleichterter Ausdruck huschte über Ricks weiche Gesichtszüge.

Theodore wartete nun schon gefühlt eine Ewigkeit auf die Reaktion seines Browsers. „Der Empfang hier draußen ist besch...", schimpfte er frustriert.

„Wir müssen an einen PC", drängte Rick und Theodore nickte.

„Los, in die Bibliothek", forderte er ihn auf. Ohne ein weiteres Wort rannte er los und hörte, wie Rick ihm folgte. Der Neoprenanzug quietschte verräterisch. Sie hasteten durch das dunkle Treppenhaus zur alten Bibliothek im Hauptgebäude, kurz vor dem Eingang stoppte Theodore abrupt. „Halt!"

„Was ist?", fragte Rick erregt.

„Wir sollten langsam rein. Keine unnötige Aufmerksamkeit auf uns ziehen. Wer weiß, wer uns beobachtet", gab er zu bedenken. Die Situation war absurd genug. Einen Nahkampf gegen einen Fluchjäger würde er nicht überstehen. Das wäre Ricks Ding. Aber vorerst sollten sie das vermeiden.

Der Bibliothekswart, Mister Hempshire, bedachte Ricks Neoprenanzug mit einem finsteren Blick.

„Du hättest dich wenigstens noch umziehen können", zischte Theodore.

„Nach deinem panischen Anruf? Denkst du, da zieh ich mich noch gemütlich um, oder was?", gab der genervt zurück. „Macht keinen Spaß in dem Ding, glaub mir."

Theodore schritt zielstrebig in die Computernische und bemerkte erleichtert, dass niemand an den drei

Geräten saß. Er setzte sich auf den alten Holzstuhl und meldete sich an. Rick zog einen zweiten Stuhl vor den Bildschirm und setzte sich quietschend.

„Ehrlich, das Teil nervt", beklagte sich Theodore und öffnete Google Maps. Ehrfürchtig gab er die Koordinaten ein und drückte auf Suchen. Eine kleine Sanduhr erschien. *Wie ironisch*, dachte er und wartete.

„Scheiße", fluchte Rick neben ihm und starrte genauso entsetzt wie Theodore auf den Bildschirm. Die Karte zeigte den Grundriss der Oxford Universität.

„Alter, das ist hier", flüsterte Rick ertappt und grinste zu Mister Hempshire, der böse schauend den Zeigefinger auf den Mund legte.

Theodore sah das rote X auf dem Grundriss der Universität blinken. Ungläubig starrte er es an. Das musste ein Witz sein, oder? Energisch klickte er auf „Zurück" und gab die Koordinaten noch mal ein.

„Was machst du denn?", herrschte ihn Rick genervt an. „Wir verlieren wertvolle Zeit."

„Wir können es uns auch nicht leisten, an einem falschen Ort zu suchen", gab Theodore zurück und beobachtete die Sanduhr, die wieder vor sich hin rieselte, bis erneut der Grundriss der Universität erschien. Das X blinkte genau auf der Bibliothek, in der sie gerade saßen.

„Was wollte Livia mir damit sagen?", überlegte Theodore. „Entweder sie hat geahnt, wohin sie gebracht wird, oder hier drin versteckt sich ein entscheidender Hinweis."

Enttäuscht lehnte Rick sich zurück. „Und jetzt? Ich meine, wie sollen wir hier einen Hinweis finden?"

Ratlos schloss Theodore die Seite und ließ den Blick über die Regale und die Hinweisschilder schweifen. Darauf war hauptsächlich Geschichtliches und Kunstliterarisches zu lesen. Tatsächlich hatte Livia diese Bibliothek öfter aufgesucht. Dass Ty das jemals getan hatte, bezweifelte er, denn er besaß Originalwissen.

„Wenn du Livia wärst, wo würdest du einen Hinweis verstecken?", fragte er Rick.

„Keine Ahnung", brummte dieser. „Vermutlich in einem meiner Lieblingsbücher."

„Gute Idee!" Theodore sprang auf. „Aber welches ist das?"

Rick zuckte ratlos mit den Schultern. „Keine Ahnung. Ist ihr Dad nicht Kunsthändler?"

„Welche Epoche?"

„Ähm, alle?", gab Rick unwissend zurück.

Das konnte ja heiter werden. „Livia hat mir zumindest mal erzählt, dass ihr Vater ihr als Erster von der Zeitfluchsache erzählt hat. Wir sollten also in der Antike suchen, vielleicht ist das ja seine Zeit", analysierte Theodore und zog Rick zum passenden Regal. „Du übernimmst die Seite und ich die andere. Schau einfach, ob du was Auffälliges findest", wies er ihn an.

„Na gut", murmelte Rick gequält.

Theodore nahm den erstbesten Geschichtsband in die Hand und blätterte ihn desinteressiert durch. Sie würden ewig brauchen. Das konnte nicht die Lösung sein.

Nachdenklich sah er sich um. Irgendetwas musste hier sein, was Livia gemeint hatte. Sein Blick wanderte zum Bibliothekswart. Den würde er sicher nicht fragen, das wäre zu auffällig.

Er sah nach oben an die Decke und studierte die verstaubten Lampen. *Warum sollte sie überhaupt einen Hinweis verstecken?*, überlegte er. *Dann hätte sie ja gewusst, dass ihr was zustoßen würde.*

Nein, Livia konnte auf nichts Schriftliches hinweisen. Die Horatio wären nicht so dumm, Informationen einfach hier zu verstecken. Die Koordinaten sollten einen Ort zeigen, der mit den Fluchjägern in Verbindung stand. Was, wenn Livia einen geheimen Treffpunkt oder einen Gang gefunden hatte? Etwas, das hier in der Bibliothek lag!

„He", flüsterte er Rick zu, der sich mit müden Augen umdrehte. „Ich glaube, wir müssen nach etwas suchen, was mit der Horatio in Verbindung steht. Einen Ort, einen geheimen Gang oder so. Immerhin hat sie uns Koordinaten gegeben."

„Hm. Klingt logisch." Rick brummte und tippte mit dem Zeigefinger die Bücher an, die er noch nicht berührt hatte, als erwartete er dahinter einen Mechanismus. Theodore beschlich das Gefühl, dass das zu leicht wäre. Sollte es einen Gang geben, könnte der sich hinter den hölzernen Vertäfelungen befinden. Die Horatio hatte sicherlich ein Interesse daran, die Areia zu beobachten. Wer wusste schon, was die Sanduhr alles konnte?

Langsam trat Theodore auf den Gang zwischen den Regalen und lief auf die Hinterwand der Bibliothek zu. Akribisch musterte er die Vertäfelungen und achtete auf die Abstände der kleinen Spalten, die sie voneinander trennten. Er suchte nach Einkerbungen oder unnatürlichen Formen, doch nichts davon war zu erkennen.

„Was genau tun Sie da?"

Theodore fuhr herum und sah sich plötzlich Mister Hempshire, dem Bibliothekswart gegenüber. „Oh. Ähm, ich interessiere mich für die Vertäfelungen. Aus welchem Jahr stammen sie? Sind sie noch original aus dem 12. Jahrhundert?" Er versuchte, sich betont lässig, aber interessiert zu geben und Rick starrte ungläubig zu ihm.

Mister Hempshire, der sich offensichtlich über sein gemimtes Interesse freute, begann zu erzählen. „Ach, wie schön, dass sich mal jemand für die Räume interessiert. Sie müssen wissen, dass die Bibliothek einige Kriege überstanden hat. Die Wand vor Ihnen ist leider nicht mehr original, sie wurde im neunzehnten Jahrhundert zweimal neu verkleidet."

Theodore versuchte, enttäuscht dreinzublicken, obwohl das ein sehr interessanter Hinweis war. Die Horatio konnte dabei ihre Finger im Spiel gehabt haben. Mister Hempshire schien seine gespielte Enttäuschung aufzufallen, hastig drehte er sich um und zeigte auf die alte Standuhr, die neben dem Ausgabetresen stand. „Dieses Stück steht allerdings original und unbeschadet hier, seit der Erbauung dieser Bibliothek im späten sechzehnten Jahrhundert." Er führte Theodore vor die opulente Pendeluhr. „Das Beeindruckende ist, dass sie in die Wand eingemauert wurde." Er wies mit dem Zeigefinger auf den nahtlosen Übergang ihres braunen Uhrenkastens in die Holzvertäfelung.

„Das ist sehr interessant", sagte Theodore und musterte die Uhr eingehend. Für eine Standuhr war sie groß. Sie überragte ihn um zwei Köpfe und ihr Korpus war relativ breit, er schätzte ihn auf gut eineinhalb Meter. Das goldene Pendel schwang auffällig langsam, nicht im Sekundentakt, wie es die Pendel anderer Uhren für gewöhnlich taten.

Sein Blick glitt nach oben zum Ziffernblatt, das ebenfalls golden war. Darauf prangten römische Zahlen und zwei Zeiger waren in der Mitte durch einen goldenen Knopf fixiert.

Moment. Er kniff irritiert die Augen zusammen. Der goldene Knopf war für eine Unterlegscheibe, die Zeiger halten sollte, viel zu groß. Insgesamt erhob er sich beinah zwei Zentimeter vom Ziffernblatt. Die Zeiger waren längst nicht so breit, dass sie so viel an Gewicht nötig hätten, um sie zu halten.

„Beeindruckend, oder?", riss Mister Hempshire ihn aus seinen Gedanken.

„In der Tat. Wurde sie schon einmal auseinandergebaut?", fragte er neugierig.

Empört zog der Bibliothekswart die Augenbrauen nach oben. „Ich würde jedem den Finger abschneiden, der das wagen würde."

Theodore nickte knapp. „Verständlich. Es wäre ein Jammer, wenn sie zerstört werden würde."

Mister Hempshire nickte energisch und Rick gesellte sich unauffällig zu ihnen. „Oh, schon fast drei Uhr", sagte der Bibliothekswart und zeigte auf das Ziffernblatt. „Meine Mittagspause", entfuhr es ihm freudig. „Seid ihr beiden hier fertig?"

„Ich würde die Uhr gern weiter betrachten, wenn es Ihnen nichts ausmacht?", antwortete Theodore und bemerkte, dass Mister Hempshire hin- und hergerissen war. Er durfte keine Studenten in seiner Abwesenheit in der Bibliothek lassen.

„Wir haben sowieso in zwanzig Minuten Vorlesung. Sollen wir die Tür dann abschließen?", fragte Rick den alten Mann geschäftig.

Mister Hempshire zögerte. „Ich darf Sie hier wirklich nicht allein lassen."

„Ich versichere Ihnen, dass Sie hier alles so vorfinden, wie es war. Wenn Sie möchten, lassen wir unsere Studentenausweise als Pfand hier." Theodore kramte seinen aus der Tasche. „Damit würden Sie uns drankriegen, falls wir was anstellen sollten. Was wir nicht tun werden."

Rick gab Mister Hempshire seinen Ausweis ebenfalls und der Mann zog die grauen Augenbrauen verwundert nach oben.

„Ich sehe, Sie meinen es durchaus ernst." Er steckte die beiden Ausweise in seine Jackentasche. „Meine Pause ist in einer Stunde zu Ende. Sollte ich alles zu meiner Zufriedenheit vorfinden, werde ich die Ausweise im Sekretariat hinterlegen und als verloren melden. Sie brauchen die Tür nicht abzusperren, machen Sie sie einfach zu." Damit drehte er sich zwinkernd um und schritt aus der Bibliothek.

Theodore fiel ein Stein vom Herzen. Er hatte es noch selten geschafft, Menschen mit seiner sozialen Ader einzulullen. Jetzt war er schon fast stolz.

„Okay, was ist dir an der Uhr aufgefallen?", fragte Rick und inspizierte sie neugierig.

Theodore machte drei Kreuze, dass Mister Hempshire keinen Kommentar über den Neoprenanzug abgelassen hatte.

„Sieh dir den Knopf genauer an, der die beiden Zeiger fixiert. Er ist unnatürlich hoch und breit. Fast schon, als verstecke sich ein Mechanismus dahinter." Er klopfte auf die Scheibe, die das Ziffernblatt bedeckte.

Rick sog laut die Luft ein. „Du hast recht. Das Ding wirkt übertrieben protzig. Dass die Uhr in die Wand eingebaut wurde, ist auch seltsam."

„Richtig." Theodore nickte und suchte nach einem Riegel, um den Uhrenkasten zu öffnen. Er strich über das kantige Holz und fand eine kleine, metallische Konstruktion an dessen Seite. Eine Metallöse, die um einen kleinen Nagel geschlungen war. Er runzelte die Stirn. Was für eine merkwürdige Konstruktion, aber definitiv unauffällig. Vorsichtig zog er die biegbare Schlinge vom Nagel und die Scheibe des Uhrenkastens sprang auf.

„Uuh!", rief Rick und kam näher. „Fast schon gruselig. Soll ich auf den Knopf drücken?", fragte er ehrfürchtig und Theodore nickte. Rick strich langsam über den goldenen Knopf. „Und was ist dann unser Plan?", fragte er.

„Ich weiß es nicht, Rick. Wir müssen improvisieren", antwortete Theodore und ließ Ricks Zeigefinger nicht aus den Augen. Mit einer minimalen Bewegung drückte er den goldenen Knopf und Theodore beobachtete, wie er nachgab und fast komplett im Ziffernblatt verschwand.

Zischen und Ächzen erklang und das alte Pendel stand still. Kerzengerade verweilte es unter dem Ziffernblatt.

Theodore, der auf einen geheimen Mechanismus gehofft hatte, wollte schon enttäuscht die Scheibe wieder schließen, als ein Ruck durch den Korpus der Uhr fuhr. Langsam schob sich die schwarze Rückwand des

Kastens zur Seite. Der Staub vom Gemäuer bröckelte auf den hölzernen Boden.

„Nicht zu fassen", raunte Rick und Theodore übermannte eine Gänsehaut. Als die Rückwand die Sicht auf den dunklen Gang dahinter freigab, fröstelte es ihn.

„Da willst du rein?", fragte Rick und steckte den Kopf in den Kasten. „Abgefahren!"

„Sht!", mahnte ihn Theodore zur Ruhe. „Man sollte uns nicht gleich hören." Er holte sein Handy aus der Hosentasche und aktivierte die Taschenlampen-App. Dann leuchtete er in den Gang hinein. Dieser war nicht sonderlich breit und ungefähr zwei Meter hoch. Theodore hielt das Handy schräg, um das Gemäuer genauer zu beleuchten. Lichtschalter würde er hier definitiv keine finden, denn der Gang sah aus, als wurde er original im sechzehnten Jahrhundert ins Gemäuer gemeißelt.

„Wo, denkst du, führt er hin?", überlegte Rick aufgeregt.

„Keine Ahnung, aber Livia wusste davon. Wir sollten ihr vertrauen", sagte Theodore und schluckte den riesigen Angstkloß, der ihm im Hals steckte, hinab. Dann fasste er allen Mut zusammen und stieg durch den alten Uhrenkasten, schob das Pendel knirschend beiseite und bedeutete Rick, ihm zu folgen. Im dunklen Gang drehte er sich zum Eingang und leuchtete für Rick. Der folgte ihm entschlossen.

„Wir sollten die Tür irgendwie wieder verschließen. Sonst schöpft der Hempshire Verdacht", flüsterte Theodore Rick zu, der sogleich noch mal in den Uhrenkasten trat und die Scheibe zuzog. Danach eilte er zurück zu Theodore, der ihm zur schwarzen Rückwand leuchtete. „Versuch, sie einigermaßen zu schließen", forderte er ihn auf und beobachtete, wie Rick an der Wand zerrte. Stück für Stück ließ sie sich aus dem Gestein ziehen.

„Mann, ist das anstrengend", keuchte Rick und hielt inne.

„Mach weiter!", forderte er Rick auf. „Nicht dass der alte Hempshire früher von der Pause zurückkommt." Nie im Leben hätte er sich träumen lassen, in eine Uhr zu steigen, um nach Livia und Ty zu suchen. Ganz abgesehen davon, dass er derjenige war, der einem Zeitjäger den Arsch retten musste.

Mit einem Ruck und aufwirbelndem Staub verbarg Rick das letzte Stück Sicht auf die alte Bibliothek. Er stöhnte und lehnte sich an die schwarze Tür. „Wenn das vorbei ist, brauche ich mindestens zwölf Schnitzel, um wieder auf Niveau zu sein", witzelte er und Theodore leuchtete in sein Gesicht.

„Gut gemacht", lobte er anerkennend. „Hoffen wir mal, dass Mister Hempshire nicht zu viel Gestein im Uhrenkasten auffällt."

Mit einem mulmigen Gefühl leuchtete Theodore in das schwarze Dunkel vor ihnen. Er hörte, wie Rick näher kam und ihm die Hand auf die Schulter legte.

„Wir schaffen das!"

Theodore nickte und schluckte den noch mal aufkeimenden Kloß herunter. Er konzentrierte sich auf die Schwärze und leuchtete entschlossen mit dem Handy vor seine Füße, bevor er den nächsten Schritt wagte.

KAPITEL 13

„Setz ihn auf den Stuhl und fixiere seine Hände!", sagte jemand und der Befehl hallte im Raum wider. Als wäre es ein Echo, das direkt in Ty reflektieren sollte. Sein Hinterkopf war ein einziges Schmerzzentrum. Er war sich sicher, dass dort eine ordentliche Platzwunde klaffte.

„Mach schon!", zischte dieser Jemand aufgebracht und Ty spürte, wie er ruppig nach oben gezogen und auf einer harten Sitzfläche platziert wurde. Ein stechender Schmerz durchzuckte seine Handgelenke, bevor sich Metall fest darum schloss. Es fühlte sich eiskalt und schwer an.

Ein Stück weit hob er seine schweren Augenlider und sah grelles Neonlicht.

„Er kommt zu sich", sprach die bekannte Stimme mit dem Quäntchen Genervtheit, das er von Amber kannte.

Moment. Amber? Schockiert erinnerte sich Ty, was sich vor dem Fahrstuhl abgespielt hatte. Er dachte an den trainierten Körper in dem schwarzen Lederanzug und die braunen aufmerksamen Augen, die ihn so voller Abscheu angesehen hatten. Danach war seine Welt schwarz geworden.

Was hatte Amber damit zu tun? Und wo war Livia?

Ty versuchte, die Augen weiter zu öffnen. Offensichtlich hatte man ihn in einen kleinen Raum gebracht, der aus nichts als weißen Wänden und den Neonlichtern bestand. Gegenüber von ihm war eine schlichte graue Tür. Er musste sich in der Zentrale der Horatio befinden. An dem Ort, den er nie ausfindig machen konnte.

Langsam drehte er den schmerzenden Kopf und entdeckte zwei weitere Personen in diesem Raum. Eine davon war Amber. Allerdings war sie im Gegensatz zu ihm nicht an einem Stuhl festgeschnallt, sondern bewegte sich frei im schwarzen Lederanzug. Verdammt.

„Na, nettes Schläfchen gehabt?" Sie beugte sich zu ihm hinab und sah ihm in die Augen. Er war versucht, ihr ins Gesicht zu spucken, tat es aber nicht. Wer weiß, was sie mit ihm anstellen würde.

„Wo ist Livia?", krächzte er und richtete sich auf. Sein Rücken schmerzte und in seinem Kopf dominierte ein Hämmern.

„Ich bin hier", wimmerte sie und Ty reckte den Kopf in die Richtung, aus der ihre geschundenen Worte kamen.

Sie war ebenfalls an einen Stuhl geschnallt und blickte ihn verängstigt an. Ein großer blauer Bluterguss schimmerte an ihrer Schläfe.

Er ballte die Hand zur Faust und der kalte Metallreif schnitt in die Haut. „Lasst sie frei", herrschte er Amber an, die nur hämisch grinste.

„Nein. Livia wird alles live miterleben. In 3D sozusagen." Ambers Augen funkelten boshaft zu ihrer „besten" Freundin.

Ty entfuhr ein Knurren. „Das ist widerlich!"

„Nicht so widerlich, wie du es bist, Zeitjäger."

Die andere Person im schwarzen Lederanzug trat auf ihn zu. Ty zog scharf die Luft ein, als er den harten Blick ohne jeden Funken Mitgefühl erwiderte. Die Person zog amüsiert die Mundwinkel nach oben und zeigte ein hämisches Grinsen, als sie näher kam. Der Schock rauschte durch Tys Adern, denn vor ihm stand niemand anderes als …

„Cleo", keuchte er.

Sie strotzte vor Selbstsicherheit, wie sie es schon vor dem Fahrstuhl getan hatte.

„Überrascht?", fragte sie in säuselndem Ton, doch Ty durchschaute die Maskerade. Ein manipulatives Spiel, das sie perfekt beherrschte.

Cleo hätte er am wenigsten im schwarzen Lederanzug erwartet. Die immer freundliche und von allen geschätzte Cleo, die keinem was zuleide tun wollte. Sie war die hinterlistige Verräterin, die allen was vorgemacht hatte. Leider hätte er es besser wissen müssen.

„Miststück", presste er zwischen zusammengepressten Zähnen hervor.

Sie kniete sich vor seinen Stuhl und packte grob sein Kinn. Ihre braunen Augen taxierten ihn hart und er erkannte den tiefen Hass, der ihm entgegenloderte. „Durch deinen Tod werde ich berühmt", sagte sie und ließ sein Kinn abrupt los. Dann richtete sie sich auf und sah zu Livia. Aus ihrem kniehohen Lederstiefel zog sie einen langen Dolch.

Ty stockte der Atem. Diese Waffe hatte seine komplette Familie niedergestreckt. Der Dolchgriff hatte die Form einer Sanduhr, das silbrige Blatt glänzte rot und schimmerte scharfkantig im Neonlicht.

Cleo reichte den Dolch Amber. Entschlossen nahm diese die Waffe aus Cleos filigraner Hand und aktivierte ihn durch ihren Körperspeicher. Der Dolch leuchtete blutrot auf.

Ty stockte der Atem. Das war das erste Mal, dass er den zeitmagischen Dolch betrachtete. Zuvor hatte er ihn nur auf kargem Bildmaterial gesehen, das die Menschen zum Pakt mit Hades festgehalten hatten. Die rote Klinge war getränkt mit dem Blut seiner Familie. Dadurch verlieh er dem Fluchjäger die Kraft, alle Zeit eines Zeitjägers zu absorbieren und ihn zu töten.

„Schockiert?", fragte Cleo mit bittersüßem Lächeln. „Dachtest du, ich würde unvorbereitet vorgehen?" Sie lachte auf. Es war ein eiskaltes und gefühlloses Lachen.

Seit Generationen hütete die Horatio diesen Blutdolch wie ihren Augapfel. Es wurde gemunkelt, dass die Menschheit mit Hades persönlich einen Pakt geschlossen hatte, um eine Waffe gegen die Zeitjäger zu erhalten. *Der Dolch ist für mich bestimmt, nicht für Livia*, dachte Ty schockiert, während Amber ihn an Livias blasse Kehle hielt. Blankes Entsetzen durchfuhr ihn.

„Nein!", schrie er auf. „Lasst sie gehen, bitte! Sie hat euch nichts getan."

Amber hob verächtlich eine Augenbraue und die rote Klinge ruhte bedrohlich an Livias Hals.

„Für sie wird es ein schmerzvoller und langsamer Tod sein. Ein minimaler Schnitt reicht aus, um sie in Höllenqualen zu versetzen", erklärte Cleo und musterte desinteressiert ihre manikürten Fingernägel. „Schrecklich, nicht wahr?"

„Was wollt ihr von mir?", herrschte er. „Ihr tötet mich sowieso. Nehmt all meine Zeit, meine Energie und mein

Herz, aber lasst Livia am Leben", bat er verzweifelt. Er wäre bereit, sofort in den Tod zu gehen, um sie zu retten.

Livia wimmerte auf und suchte seinen Blick. Panik flackerte darin. Doch Amber presste unnachgiebig den Dolch an ihren Hals.

„Nun gut. Du würdest dich opfern? Für sie?" Cleo lächelte boshaft. „Wie reizend." Sie nahm Amber den Dolch aus der Hand und trat zu Ty. Provokant schwang sie das Artefakt vor seinem Gesicht. Die Klinge schimmerte in gefährlichem Rot und er erkannte das flüssige Blut darin. Ihm stockte der Atem.

„Was ich will, sind Informationen. Offenbare deine letzten Geheimnisse. Zeig uns, wie du Zeit raubst."

Ty stutzte. „Wie? Ihr wisst nicht, wie den Menschen die Zeit geraubt wird?"

„Ich werde nicht noch einmal fragen!"

Er konnte es nicht fassen. Sie hatten seine Familie ausgelöscht, gefoltert und geschändet. Warum hatten sie von keinem seiner Brüder erfahren, wie sie Zeit raubten? Und warum interessierten sie sich dafür?

„Also?" Cleo schwang den Dolch gefährlich nahe an seinem Ohr. „Jede Einzelheit, oder ich bringe sie sofort um." Mit der Dolchspitze wies sie auf Livia, die voller Angst zusammenzuckte.

„Was wollt ihr mit den Informationen?", fragte Ty skeptisch.

Cleo lächelte diabolisch. „Informationen sind Macht."

Ty schnaubte. Macht war schon immer ein niederer Handlungsgrund der Menschen gewesen. „Warum sollte sich die Horatio für Macht interessieren?"

„Oh, in Anbetracht dessen, dass du sowieso stirbst, kann ich es dir ja sagen." Cleo beugte sich zu ihm und flüsterte: „Wir entwickeln eine Maschine, die Lebenszeit rauben und sie auf andere übertragen kann. Doch sie absorbiert noch nicht richtig."

Ty keuchte auf. „Das werde ich niemals zulassen!", erwiderte er, sah ihr in die Augen und schloss mit seinem Leben ab. „Lieber sterbe ich sofort, als nur ein Sterbenswörtchen zu verraten." Unsterbliche Horatio? Das brauchte diese Welt noch weniger als die Zeitjäger.

Cleos Blick wurde wild. Sie hat den Dolch schon zuvor von Amber genommen und presst ihn jetzt an die Kehle.

„Eine letzte Chance", raunte sie und drückte das kalte rote Metall an seinen Hals. Ty schluckte vorsichtig, Livia schrie neben ihm. Doch er konnte es nicht zulassen, dass die Horatio ihre kranken Pläne verwirklichte. Dann wäre die Menschheit wirklich in Gefahr.

„Töte mich", befahl er Cleo und schloss die Augen. Sie würde nicht zögern, ihm die gewollte Information mit Gewalt zu entlocken. Aber lieber ging er durch Höllenqualen, als dass sein Tod umsonst war.

Schweißperlen benetzten seine Stirn und er atmete tief ein. Er erwartete den Schmerz – doch er kam nicht.

Plötzlich schwoll das Surren der Neonröhren unnatürlich laut an und der Luftdruck um Ty herum veränderte sich. Es fühlte sich an, als würde eine mächtige Präsenz den Raum einnehmen und ein Beben durchfuhr den Erdboden.

Als Ty die Augen öffnete, blendete ihn ein heller Schein. Zwei goldbraune Augen zeichneten sich darin ab und wilde braune Locken auf einem männlichen Kopf.

Ty wusste, dass er den Mann kannte, dieses junge Gesicht hatte er schon einmal gesehen. Der Körper des Mannes materialisierte sich. Er war breit gebaut und trug eine beige Leinenhose. In der Hand hielt er eine goldene Waage, und da erkannte Ty, wer es war: der zweite Zeitgott. Kairos, der Gott des richtigen Zeitpunktes, Enkelsohn von Chronos.

Das helle Licht um Kairos verebbte und er baute sich neben Ty auf. Dabei hielt er seine schützende Hand über Tys Haupt.

Cleos Miene wirkte wie eingefroren. Sie war vom Stuhl zurückgetreten und umklammerte den Dolch.

„Wie ich sehe, komme ich zum richtigen Zeitpunkt", sagte der Gott mit tiefer Stimme, die in dem sterilen Raum widerhallte. Amber starrte ihn ungläubig an. Ihre Körpersprache wirkte fast schon unterwürfig. Unfähig, sich zu bewegen, starrte sie auf den jugendlichen Zeitgott.

Ty wollte schon erleichtert aufatmen, da setzte sich Cleo blitzschnell in Bewegung. Mit gezücktem Dolch und entschlossenem Gesichtsausdruck hechtete sie auf Ty zu, kalte Mordlust funkelte in ihren Augen. Aber Cleo und der Dolch erreichten ihn nicht, denn eine Druckwelle unterbrach ihren Sprung und schleuderte sie brutal zurück. Dumpf schlug Cleos Körper gegen den Beton, prallte an der weißen Wand ab und sank leblos zu Boden. Der Dolch rutschte ihr aus der Hand und schlitterte über den weißen Boden.

Gänsehaut kroch über seinen Rücken, als er Ambers Aufschrei hörte. Cleo fielen die braunen Haare ins

Gesicht und Blut sickerte über ihre Schläfen. Er schluckte hart. Das Leben war aus Cleos Körper entwichen und ihre Augen starrten leer ins Nichts.

Cleo war tot. Getötet von Kairos selbst, der die Druckwelle erschaffen hatte.

„Ein Jammer", kommentierte Kairos und blickte fast schon väterlich zu Ty. „Sie hätte niemals von dir abgelassen."

„Cleo", murmelte Livia und starrte fassungslos zu deren leblosen Körper. Amber aber schnaubte.

„Ah, wir haben ja noch Gesellschaft", sagte Kairos beschwingt und schritt langsam auf Amber und Livia zu. Amber wich angstvoll zur Seite. Livia jedoch saß nur leichenblass auf dem Stuhl und gab keinen Mucks von sich.

„Du, mein liebes Kind des Kairos, das ich so gern unter meinen Schutz gestellt habe, hast es geschafft, sein hartes Herz zu erweichen." Liebevoll strich er Livia über die Wange, umhüllt von seinem goldenen Schein. Livia sah ihn verwirrt an, sicher hatte sie Angst vor ihm. Und das nicht ohne Grund.

Kairos drehte sich zu Ty. „All die Zeit hast du dich gefragt, warum du ihre Zeitskala nicht sehen kannst, nicht wahr?"

Ty keuchte auf. Natürlich, Kairos war es gewesen, der sie verhüllt hatte. Wer sonst hätte die Macht dazu gehabt? Außer Chronos? Entsetzt realisierte er, dass sich Kairos in die Angelegenheiten seines Großvaters eingemischt hatte. Wenn das kein Nachspiel gab … „Warum?", hauchte er und blickte Kairos fragend an.

Der junge Gott beantwortete seine Frage nicht und drehte sich stattdessen zur grauen Tür, deren Klinke langsam nach unten gedrückt wurde. „Ich schätze, wir bekommen Besuch."

Panik stieg in Ty auf. In der Zentrale wimmelte es sicher vor Fluchjägern. Er rechnete nicht damit, hier lebend wieder rauszukommen, außer er gewann Kairos' Gunst. Sein Auftauchen und seine Hilfe konnte er sich rational momentan nicht erklären. Aber was war schon rational?

Langsam wurde die Tür geöffnet. Ty klappte der Mund auf, es war tatsächlich Theodore, der den Raum betrat, dicht gefolgt von Rick im Neoprenanzug. Halleluja! Waren denn alle in seiner Umgebung mit der Horatio verstrickt?

Ungläubig musterten die zwei den Raum und ihre Blicke hefteten sich an Cleos Leiche. Kaltes Entsetzen huschte über Theodores Miene und ein gequälter Ausdruck glitt über Ricks Gesicht.

„Es tut mir so leid", flüsterte Ty und Theodores Blick flammte zu ihm. Tränen standen in seinen Augen. Ty wusste, dass soeben sein Herz zerbrochen war. Ein Schmerz, den er nur zu gut kannte.

„Was ... wie ... wer?", stammelte Theodore und Rick legte ihm freundschaftlich die Hand auf die Schulter. Rick, der immer für andere da war. Auch in dessen Augen las Ty die Trauer um Cleo.

„Was wollt ihr denn hier?", fragte Amber empört und brach die Stille. Forsch trat sie zu den beiden und stemmte die Hände in die Hüfte.

Rick zog scharf die Luft ein und sein Blick wanderte zwischen Amber und Kairos hin und her. Ungläubig musterte er den Zeitgott, der Amber warnend fixierte.

Theodore stand blass neben ihm und haderte schwer mit dem Anblick der toten Cleo.

„Freundschaft und Hingabe haben euch hergeführt. Ihr habt nichts vor mir zu befürchten", verkündete Kairos in Richtung der beiden. Rick schluckte hart und nickte, sah Kairos aber dennoch wachsam an. Theodore riss seinen Blick endlich von Cleo los und suchte Livias.

„Amber, was machst du hier?", fragte er und ein gefährliches Funkeln trat in seine Augen.

Amber hatte nur ein hämisches Lächeln für ihn übrig. „Ich war Cleos Untergebene. Und was genau macht ihr hier?"

„Du fiese Schlange. Ihr steckt hinter alldem?", fuhr Rick sie ungläubig an. „Du bist bei der Horatio?"

„Livia, ich habe deinen Schrei gehört auf dem Gang", sagte Theodore, ohne die zwei zu beachten. „Die Koordinaten haben uns hergeführt."

„Ich war so verzweifelt, niemals wollte ich dich in so große Gefahr bringen", flüsterte Livia, doch in ihrem Blick stand Dankbarkeit.

Ty schluckte, als er die Bande der Freundschaft zwischen den beiden erkannte.

„Es tut mir so leid", wisperte Livia und sah zu Cleos Leiche.

Traurig nickte Theodore. „Ich kann es nicht glauben."

Kairos' warmer Blick ruhte auf Theodore. „Es tut mir leid, dass sie dich getäuscht hat, Junge. Doch sie war durch und durch eine Jägerin. Unfähig, zu fühlen!", erklärte er ihm milde.

Theodore schluckte hart. Auch Ty konnte es kaum glauben, er hörte Livia schluchzen. Wie gerne hätte er sie jetzt in den Arm genommen.

Amber stand noch bei Theodore und Rick und verfolgte das Gespräch. Offensichtlich traute sie sich aus Respekt vor Kairos nicht, einzugreifen.

Der Zeitgott wandte sich währenddessen zu Livia um. „Du stehst unter meinem Schutz. Lange habe ich nach einem reinen Herz wie deinem gesucht. All meine Hoffnung habe ich in dich gesetzt." Er nahm ihr Gesicht in seine großen Hände und sah sie väterlich an, als plötzlich eine weitere gewaltige Präsenz den Raum einnahm. Erschrocken drehte sich Kairos zum Ursprung der mächtigen Energie.

Das Neonlicht flackerte und verlöschte schließlich. Ein eiskalter Wind fegte durch den Raum und ließ Ty zittern. Die Kälte fraß sich bis auf die Knochen und jede Böe fühlte sich an, als schnitt sie in seine Haut. Donnergrollen erklang. Die Kälte verschwand augenblicklich und feuerrotes Licht explodierte in der Dunkelheit.

„*Kairos!*"

Ty brach der kalte Schweiß aus. Diese Stimme war unverkennbar. Er versteifte sich, Livia kreischte und Schritte hallten durch den Raum. Wilde Blitze durchzuckten die Dunkelheit, bis zwei gelbe Augen inmitten der Lichterglut flackern. Wütend stierten sie Kairos an. Tys Atem stockte. Chronos war fuchsteufelswild.

„Du wagst es, mich zu hintergehen?", spie er seinem Enkel entgegen und grelle Funken flogen aus seinem Mund, die Löcher in Kairos' beige Leinenhose brannten. Die Neonlampen warfen ihr flackerndes Licht auf Chronos, der wutentbrannt vor Kairos stand und seinen goldenen Zeitstab hob. „Wenn ich könnte, würde ich dich auf der Stelle in tausend Scherben zerschmettern!", schrie er zornig, dass die Lampen wackelten.

Kairos hob beschwichtigend die Hände. „Ruhig, Chronos. Ich kann es erklären." Es war keine Angst in seinem Gesicht zu erkennen, nur unendliche Geduld. Als hätte er erwartet, ihn zu sehen.

Chronos' wilde Funken beruhigten sich etwas, doch er fixierte Kairos noch immer zornig. „Warum mischst du dich in meine Angelegenheiten ein?"

Ty duckte sich instinktiv. Chronos' Missgunst, das wusste er aus Erfahrung, war nicht angenehm. Sein Blick glitt zu Livia, die leichenblass auf ihrem Stuhl saß. Ihre Augen waren geweitet vor Schock. Amber hingegen stand angespannt daneben und starrte auf die beiden Götter. Rick und Theodore waren still, sie hatten sich tatsächlich hinter Ty geschlichen.

Gebannt blickte er wieder zu Kairos, der sich schützend zu Livia gestellt hatte. Er verschränkte die Arme vor seinem bulligen Oberkörper. „Du weißt, dass du mich einbeziehen musst, wenn du einen Zeitfluch aussprichst. Ich verfüge über etliche Zeitfragmente, über den richtigen Momente gewissermaßen", erklärte Kairos ernst und Chronos starrte ihn entsetzt an.

„Schweig! Von dir lasse ich mich nicht belehren. Ich bin der Gott der Zeit!", schrie er erbost. „Du, Enkelsohn, besitzt nur einen Bruchteil meiner Macht."

„Ich verstehe deine Wut, Chronos", gab Kairos lächelnd zurück. „Doch dein Zorn war es, der damals, auf dem Anwesen der Contevilles, die totale Strafe erschaffen hat. Ein Fluch, aus dem sich die Menschheit nicht mehr hätte befreien können. Was wäre gewesen, wenn sie den letzten Fluchjäger jetzt getötet hätten? Würden sie nicht wieder zu ihrer grausamen Ader zurückfinden?"

Oder noch schlimmer, dachte Ty und seine Gedanken glitten zu Cleos Aussage über die Zeitraubmaschine, die die Horatio gebaut hatte. Die Organisation hätte es gewagt, sich über die Götter zu stellen.

„Durch den Pakt mit Hades wurden sie in einen Kampf manövriert, den sie längst nicht mehr ausfechten müssen", sagte Kairos gefasst.

Chronos' Augenbrauen schossen wutentbrannt in die Höhe. „Der Menschheit wurde zur Belehrung die Zeit geraubt. Den Tod des Zeitjägers werde ich nicht zulassen. Nur wenn er lebt, beachten die Menschen ihre Zeit, dann leben sie bewusster und vergeuden sie nicht an Medien, Klatsch und niedere Tätigkeiten!"

Kairos seufzte ergeben. „Aber sie morden nicht mehr aus Langeweile. Sie politisieren und wollen über ihre Länder herrschen, aber ihre Grausamkeit und ihre Dekadenz haben nachgelassen und ..."

Plötzlich hallte ein wütender Aufschrei durch den Raum und unterbrach den Gott. Alle Blicke schossen zu Amber, die mit gezücktem Dolch neben Cleos Leiche stand. „Ihr werdet die Pläne der Horatio nicht vereiteln! Wir, die Menschen, entscheiden selbst, was gut für uns ist! Und der ..." Sie zeigte mit der Dolchspitze auf Ty. „Ist es gewiss nicht. Deshalb werde ich ihn bestrafen!"

Sie stürmte mit einem schrillen Kampfschrei los, doch nicht zu Ty. Sein verzweifelter Schrei gellte durch den ganzen Raum und er wand sich in seinen metallischen Fesseln. Er war der Zeitjäger, er verdiente den Tod, nicht Livia!

Kairos stand noch zwischen ihr und Livia, und er erwartete sie mit offenen Armen. Amber stoppte, hob den Dolch und rammte ihn mit aller Wucht in sein massiges Fleisch – doch die magische Klinge stach durch ihn hindurch, denn sie war genauso von Zauber durchtränkt wie der Zeitgott selbst.

Amber stach wie im Wahn weiter auf ihn ein. Kairos blickte fast bittend zu Amber hinab. Als würde er ihr die Chance geben, ihre Meinung zu ändern.

Aber Ambers Hass saß tief, so tief, dass sie immer wieder auf den Gott einstach und versuchte, an ihm vorbei zu Livia zu kommen.

„Tut doch was!", rief Theodore.

Kairos wechselte einen bedeutungsvollen Blick mit Chronos und dieser richtet mit ernster Miene seinen Zeitstab auf die rasende Amber.

Chronos aktivierte den Zeitstab und goldene Fäden glitten aus dessen Spitze. Sie ummantelten Amber, zogen sie sanft von Kairos weg und nahmen ihr den Dolch aus der Hand. Sie keuchte, zitterte und versuchte wild, sich zu befreien. Nur der wilde Hass in ihren Augen verebbte nicht. Chronos ließ sie mit einer Handbewegung gefesselt über dem Boden schweben.

„Amber, reiß dich zusammen. Das bist nicht du", flehte Rick.

Amber lachte gequält auf. „Was wisst ihr schon über mich? Die Amber, die naive Klatschtante, das bin ich nicht. Ihr kennt mich nur so, wie ihr mich kennen sollet! Ich werde meine Werte sicher nicht verraten. Lieber sterbe ich!"

„Lieber stirbst du? Das kann doch nicht dein Ernst sein!", versuchte Rick, sie umzustimmen. Doch Amber verzog keine Miene und starrte ihn nur hasserfüllt an.

„Meine Zukunft lag immer bei der Horatio. Anderenfalls gibt es keine für mich!" Damit spuckte sie Chronos mit feindseliger Miene ins Gesicht. Rick sog entsetzt die Luft ein.

Chronos wischte sich mit seiner bulligen Hand übers Gesicht und fixierte Amber mit zornigem Blick. Immer mehr der goldenen Zeitfäden bohrten sich in Ambers Haut. Sie ertrug den Schmerz mit Fassung und presste die Lippen zusammen.

„So weit ist es schon gekommen, dass die Horatio sich über die Götter stellt", wisperte Kairos zu Chronos.

„Wir werden in Zukunft über die Menschheit richten!", sagte Amber inbrünstig und reckte ihr Kinn. Aus den eingeschnittenen Stellen in ihrem Lederanzug sickerte das Blut.

Plötzlich schoss eine Stichflamme aus Chronos' Zeitstab in die Höhe. Mit einem Knurren entfesselte er sie und knisternd bahnte sie sich ihren Weg zu den goldenen Fäden, die Amber gefangen hielten. Lodernd verbrannten die goldenen Fesseln und die hellen Feuerspitzen leckten nach Ambers Körper. Deren Gesicht war schmerzverzerrt, doch sie gab keinen Laut von sich. Theodore schlug die Hand vor den Mund und Rick versteifte sich augenblicklich. Dann hallten ihre Schmerzensschreie durch den Raum und ein eiskalter Schauer lief Ty den Rücken hinab.

„Halte ein, Chronos!" Beschwichtigend legte Kairos seine Hand auf den rot glühenden Zeitstab. „Sie ist noch nicht verloren, ihre Sicht ist nur vernebelt."

Chronos blickte seinem Enkelsohn tief in die Augen und schleuderte Amber schließlich mit aller Macht durch den Raum, dass sie hart auf den Fußboden prallte. Die lodernden Flammen erloschen und Ty stieg der Geruch von verbranntem Fleisch in die Nase. Theodore keuchte auf und Rick hielt sich die Hand vor den Mund, als wäre er kurz davor zu brechen. Ambers Bein wirkte verdreht und eine Platzwunde prangte an ihrem Kopf. Die goldenen Fäden waren verschwunden und das Blut sickerte aus den vielen Schnittwunden. *Es ist nicht so, dass sie es nicht verdienen würde*, dachte Ty. Trotzdem schmerzte ihn der Anblick von Ambers geschundenem Körper. Livia schluchzte.

„Ist sie ...", flüsterte Theodore dicht an Tys Ohr. „Ist sie tot?"

Kapitel 14

Die blanke Panik rauschte durch Livias Adern und sie hatte das Gefühl, dass ihr der Brustkorb zugeschnürt worden war. Die Luft, die sie einatmete, füllte nur einen Bruchteil ihrer Lunge und mit jedem Atemzug entwich gefühlt noch mehr Energie aus ihr. Sie war am Rande der Verzweiflung. Ihr Herz raste und der Schmerz drohte sie zu verschlucken. Trauer und Wut übermannten sie gleichermaßen. Cleos und Ambers Verrat schnitt tiefe Wunden und lähmte sie.

Zeitgleich war sie froh, dass Ty lebte. Noch! Die Angst regierte ihre Instinkte und sie zitterte am ganzen Körper. Rick und Theodore standen stocksteif hinter Ty, der leichenblass um die Nase war. Theodores Trauer um Cleo und seine Tränen versetzten ihr einen weiteren Stich. Kairos hatte sie einfach umgebracht. Ihrem Leben ein Ende gesetzt. Eine Tatsache, die Livia nicht begreifen konnte. Was noch tiefer saß, war Ambers Verrat. Ihre ganze Freundschaft war eine Lüge gewesen. Die gemeinsamen Erlebnisse eine Fassade, die Amber gewaltsam eingerissen hatte. Weil sie in die Horatio hineingeboren und dazu erzogen worden war, den Zeitjäger zu finden.

Livias Blick flackerte zu Ambers verletztem Körper auf dem Boden und eine emotionale Lawine drohte sie zu erfassen. Übelkeit stieg in ihr auf, als sie das verdrehte Bein sah. Ob sie noch lebte?

„Zeitjäger, nun zu dir", wandte sich Chronos an Ty, der sichtlich zusammenzuckte. Die Metallfesseln knirschten. „Beweise mir, was Kairos angedeutet hat." Chronos fixierte ihn mit stechendem Blick und voller Angst sah sie zu Ty. Sie wusste, dass Chronos sein Leben in der Hand hatte.

„Die Horatio entwickelt eine Maschine, um deinen Fluch nachzuahmen. Ihnen fehlt nur das Wissen, wie sie richtig absorbiert", sagte er mit zitternder Stimme, aber ernstem Blick.

Verwundert blickte Chronos zu seinem Enkel Kairos, der bestätigend nickte. „Und das entlastet dich von deinem Fluch?", fragte er ungläubig und zog die grauen, buschigen Augenbrauen nach oben.

Ty schüttelte zerknirscht den Kopf und das schwarze Haar fiel ihm in die Stirn. „Nein. Ich habe es nicht verdient zu leben. Aber die Menschen hier im Raum haben es. Allesamt. Sie haben ein gutes Herz und ihr Leben aufs Spiel gesetzt, um mir zu helfen." Er schwieg und suchte Livias Blick. „Insbesondere Livia hat es verdient, unbelastet weiterzuleben." Dann sah er flehend zu Chronos. „Bitte, zerstört die Maschine und die Horatio, damit die Menschheit in Frieden leben kann. Dafür opfere ich mein Leben gern. Denn die Menschen verbringen ihre Zeit mit Freunden, verlieben sich, investieren Zeit in die Liebe, ins Studium und manchmal auch in Dinge, die vielleicht keinen Sinn ergeben. Doch die Menschen machen nicht mehr dieselben Fehler wie meine Familie damals." Er senkte die Stimme und wisperte beschämt: „Wie ich damals."

„Du opferst dein Leben für deine Freunde?", fragte Chronos ernst.

Ty nickte ergeben. „Ja, denn es ist schon lange nichts mehr wert."

„*Nein!*", schrie Livia auf. Das konnte sie nicht zulassen. Sie wollte Ty nicht verlieren!

Chronos hob die Hand. „Das ist nicht deine Entscheidung, mein Kind", sagte er streng.

Rick ballte die Hand zur Faust. „Ty war am Anfang vielleicht ein oberflächlicher Idiot. Aber er ist uns ans Herz gewachsen. Er ist unser Freund", sagte er inbrünstig.

„Das ist richtig. Obwohl ich ihn noch immer nicht sonderlich mag, gehört er zu uns", sagte Theodore entschlossen.

„Chronos", ergriff Kairos besänftigend das Wort. „Ich habe damals in deinen Fluch eingegriffen, weil ich den Menschen eine Chance geben wollte. Weil ich an sie glaube." Er legte sanft seine große Hand auf Livias Kopf und darüber materialisierte sich ihre Zeitskala.

„Was ist das?", raunte Theodore erstaunt. Ty zog bei dem Anblick der Zeitskala die Luft ein, während Theodore und Rick sie nur verwirrt anstarrten.

„Ich habe ihre Zeitskala geschützt und mit ihrem Herzen verbunden. Das Kind des Kairos, ein Herz, das seine Zeit der Hingabe und Liebe widmet. Seht genau hin." Er wies auf die kupferfarbene Zeit, die in der Zeitskala schimmerte. „Es ist kein Funken vergeudeter Zeit zu erkennen, denn sie hat jede Sekunde ihrer Zeit mit Liebe gefüllt."

Überraschung glomm in Chronos' Augen auf. „Du hast dieses Mädchen die ganze Zeit beschützt?", fragte er ungläubig.

Kairos nickte. „Sie war die perfekte Prüfung für Ty, dessen schwarze Seele wieder ein paar goldene Funken erschuf."

„Aber ... aber ich habe ihre Zeit geraubt? Ich ..." Ty blickte irritiert zu Chronos. „Du hast mich gezwungen, sie zu berauben. Wieso?"

„Ich soll was getan haben?", schoss Chronos mit wilden Augen zurück.

Kairos räusperte sich. „Nun ja. Genau genommen war ich das."

„Du?", herrschten ihn Chronos und Ty fast gleichzeitig an.

„Mein Trugbild war doch gelungen, oder? Auf die Stimme bin ich besonders stolz." Kairos grinste, Chronos wirbelte wutentbrannt zu ihm herum und richtete den Zeitstab auf seinen Enkel.

„Dass du es wagst, mir in den Rücken zu fallen, ist das eine. *Aber meine Gestalt anzunehmen!*" Wahllos schoss er Blitze aus seinem Stab und ein wütendes Donnergrollen durchzuckte den Raum. Rick und Theodore duckten sich und Livia schloss die Augen, um sich vor dem grellen Licht zu schützen. Chronos in Rage zu erleben, war beängstigend. Seine massive Präsenz forderte jeden Winkel im Raum und lud jedes kleine Molekül elektrisch auf. Die Spannung in der Luft spürte Livia wie ein Prickeln auf der Haut. Sie stand kurz vor der vernichtenden Explosion.

„Ich glaubte an den Wandel der Menschheit. An Tys Wandel. Sieh in dir doch an, er steckt voller Reue!", schrie Kairos gegen das tosende Donnergrollen an. Dann verebbte der Donner und mit einem Mal regnete ein warmer Sternenregen aus Kairos' Waage, der die Chronos' Donnerwolken langsam vertrieb. Der alte Zeitgott senkte seinen Stab. Sein Blick ruhte auf Ty, der ihm wacker standhielt.

Chronos schnaubte. „Kairos glaubt an dich und du magst dich für deine Freunde opfern, doch deine Seele ist zerfressen von meinem Fluch. Der dunkle Stachel steckt schon zu lange in dir."

Die Luft zerriss vor Spannung und Kairos wippte nervös mit einem Bein.

Schließlich stieß Chronos ein lautes Seufzen aus. „Ich werde den Fluch von dir nehmen."

Überrascht keuchte Ty auf und Livias Herz pochte wild vor Aufregung. Er würde ihn verschonen?

„Doch wir wissen nicht, wie es sich auf deinen Körper auswirken wird. Ob er altert oder ob er stirbt", gab Chronos zu bedenken.

Ty schluckte ebenso schwer wie Livia. Noch war es nicht zu spät. Vielleicht könnte sein Körper ja irgendwie überleben ... Sie klammerte sich an diesen hoffnungsvollen Gedanken, wie ein Schiffbrüchiger an ein fauliges Stück Holz.

Ty nickte ergeben. „Ich danke Euch." Rasch suchte er Livias Blick, als wolle er sich verabschieden. Sie erkannte darin so viel Wärme und Tränen rannen ihr über die Wangen. Jeder Millimeter ihres Herzens hoffte, dass er überleben würde und sie ihn in die Arme schließen konnte. Sie war nicht bereit, ihn gehen zu lassen!

Rick und Theodore musterten ihren Freund betreten und Kairos legte seine Hand beschwichtigend auf Tys Schulter, der den Blick nicht von ihr nahm.

„So sei es!", rief Chronos und Livia spürte, wie die Fesseln sich von ihren Handgelenken lösten.

Endlich! Sie sprang auf und hastete zu Ty. Eilig kniete sie sich neben ihn und strich ihm zärtlich über die Wange, bevor sie seine Hand nahm. Eiskalt war sie. „Du schaffst das", flüsterte sie und schob ihm eine schwarze Strähne aus der Stirn. „Ich weiß es."

Tys grüne Augen füllten sich mit Bedauern, als Chronos seinen Zeitstab schwang und die goldenen Zeitfäden auf ihn zuschossen. Als sie sich um ihn legten, gab er Livias Hand frei. Sanft strichen die Fäden um Tys Körper, nicht so brutal, wie sie es bei Amber getan hatten, sondern wie ein schützendes Gespinst. Das goldene Licht hüllte ihn ein und sie erstarrte, als schwarze Schlieren aus Tys Körper entwichen.

Das goldene Licht schien die Schwärze aus ihm zu absorbieren. Zähe, pechartige Fäden zogen sie aus seinem Körper, die sich gegen das Licht wehrten. Livia erkannte Fratzen in den schwarzen Fäden und schluckte beklommen. Das musste der Zeitfluch sein. Sie suchte Tys Blick, doch seine grünen Augen wirkten leer und teilnahmslos. Es machte nicht den Anschein, als hätte er Schmerzen, trotzdem überkam Livia die verzweifelte Angst ihn zu verlieren, je mehr Schwärze aus ihm entwich.

Immer mehr und mehr Schlieren flossen aus seinem Körper hervor und langsam begann er sich zu verändern. Entsetzt beobachtete Livia das Schauspiel. Tys Körper schwoll an und wurde unnatürlich breit. Ein kaltes Grau legte sich über die rosige Haut seiner Hände und mit Schrecken erkannte Livia, dass sie metallisch wurde.

Ty schien davon nichts mitzubekommen, er blickte weiterhin ins Leere. Das graue Metall breitete sich unaufhaltsam aus und hatte bereits seine Hände verschluckt. Auch vor seinen Klamotten machte es nicht halt, im Gegenteil, das harte Metall riss sie auf. Livia schrie verzweifelt. Warum half ihm denn niemand? Sie wollte näher zu ihm, doch die goldenen Fäden hinderten sie daran.

Dann erfasste ein metallisches Knirschen den Raum. Tys Rumpf schimmerte ebenfalls silbern, das zerrissene weiße Hemd und das blaue Schuljackett lagen in Fetzen auf dem Boden. Langsam arbeitete sich das silbrige Grau zu seinen Beinen vor und nahm sie ein. Vereinzelt waren rostige Stellen zu erkennen und Livia registrierte schockiert, wie sich das Metall über seinen Rumpf zum Hals ausbreitete. Hilfesuchend blickte sie zu Kairos, der langsam den Kopf schüttelte.

„Was ist das? Warum hört es nicht auf?", fragte sie Chronos verzweifelt. „Könnt Ihr es nicht stoppen?", flehte sie und Tränen rannen über ihre Wangen. Sie keuchte, als das Metall gnadenlos Richtung Gesicht wanderte. Das nebulöse Schwarz entwich Tys Körper mit ächzenden Geräuschen.

„Nein, meine Liebe. Er wird zu dem, was er ist."

„Was soll das sein?", rief Rick verzweifelt. „Ein Klumpen Metall?"

Chronos senkte bestürzt das Haupt. „Es ist sein wahres Ich. Wie es scheint, ist es hart wie Stahl."

In diesem Moment erreichte das Metall Tys Gesicht und seine Wangen färbten sich langsam silbern. Wie ein Helm legte es sich über seinen Kopf und raubte ihm die ihr so bekannten Gesichtszüge. Zuletzt das Smaragdgrün seiner Augen. Dort klafften nun zwei schwarze Löcher in hartem Stahl.

Ein tiefes Stöhnen durchrüttelte die metallische Rüstung und die schwarzen Nebel verhüllten Tys Anblick für einen Moment. Dann leuchteten die goldenen Fäden ein letztes Mal auf und durchbrachen den Nebel.

Ty, oder das, was er geworden war, saß auf dem Stuhl und ... regte sich. Seine Brust hob und senkte sich. Auf und Ab. Er atmete.

„Tychon Conteville. Du bist erlöst", erklärte Chronos förmlich. Ein metallisches Ächzen durchfuhr Tys Körper und mit einem Quietschen drehte er den helmartigen Kopf zum Zeitgott.

„Ty", hauchte Livia, als die goldenen Fäden auch von ihr abließen. Vorsichtig trat sie zu Ty und legte ihre Hand auf das kalte Metall. Die schwarzen Löcher im silbernen Helm durchbohrten sie.

„Sieh, was aus mir geworden ist", hallte es blechern aus ihm. „Der Tod wäre mir lieber."

„Nein", sagte Livia unmissverständlich und rückte näher zu ihm, das kalte Metall fest unter ihrer Hand. „Ich weiß, dass du unter dieser Hülle steckst. Das ist mir jedes Opfer wert."

Die schwarzen Löcher fixierten sie emotionslos.

„Den Tod können wir dir noch immer gewähren", sagte Chronos und wies auf den Dolch, der neben Amber auf dem Boden lag.

Einen endlosen Moment lang sah Ty zu dem Dolch. Dann hob er den Blick zu Livia. „Versteh doch, Livia. Ich werde wieder zu einem Gejagten. Mehr noch, zur Sensation. Das Monster, das der Fluch erschaffen hat. Ich werde nie meine Ruhe finden."

„Nein!", rief Livia und schluchzte. „Du darfst mich nicht verlassen." Sie spürte, wie Theodore ihr die Hand auf die Schulter legte und sie von Ty wegziehen wollte. Sie wehrte sich und schob seine Hand fort.

„Livia, er hat recht", versuchte Theodore, sie sanft zur Vernunft zu bringen. „Ihr habt keine Zukunft. Die hattet ihr nie."

Seine Worte hingen schwer in der Luft und Livia schluckte hart. Sie wollte nicht glauben, dass ihre Vernunft ihr dasselbe einredete wie Theodore. Doch insgeheim wusste sie, dass er recht hatte. Nach all den Jahrhunderten verdiente Ty ein Ende in Frieden. „Nein", hauchte sie verzweifelt und legte eine Hand auf Tys metallene Wange. Eiskalt fühlte sich das Silber an.

Ty versuchte, ihre andere Hand zu greifen, doch das Metall um seine Finger war zu starr. Vertrauensvoll legte Livia ihre Hand in das scharfkantige Gebilde.

„Lass mich gehen", bat er sie blechern. „Ich bin lange genug geflüchtet und bereit zu sterben. Mein Herz ist dunkel und zerrissen. Nur in seinen hellen Momenten schlug es für dich."

Sie schluckte den Kloß in ihrem Hals mühevoll hinab. Sollte dies das Ende sein? Nein, das würde sie nicht ertragen. Zu wissen, dass er sich gegen das Leben entschied ...

„Livia", sprach er sie mit der fremdartigen Stimme an. „Es wäre kein Leben. Vielmehr ein weiteres Versteckspiel. Ich bin es leid, das zu tun. Bitte versteh mich."

Rick hob den Dolch neben Amber auf und reichte ihn Chronos, der ihn schweigend entgegennahm. „Er will es so", flüsterte Rick erstickt.

Um ihren wilden Schrei der Verzweiflung zu unterdrücken, schlug sie die Hände vor den Mund und ließ ihren Tränen freien Lauf. Ihr Brustkorb drohte vor Schmerz zu explodieren und ihr Herz fühlte sich an, als ob es in tausend Scherben zerspringen würde. Ein Schmerz, den sie bis auf den tiefsten Grund ihrer Seele spürte und der sie fast bewusstlos machte. Theodore zog sie in seine Arme, doch sie starrte nur in Tys emotionslose Augen.

„Sieh, was dein Opfer bewirkt hat", erhob Chronos das Wort an Ty und hob seinem Zeitstab.

Die goldenen Fäden verwoben sich zu einer Kugel, welche das Bild der zerspringenden Areia zeigte. In tausend Scherben ruhte sie unter der schwarzen Folie im Innenhof der Oxford Universität. Dann erschienen Bilder von erstarrten Menschen vor technischen Geräten. Vermutlich die Horatio der Zentrale.

„All das passierte in jenem Moment, als du bereit warst, dein Leben zu geben", erklärte Kairos. „Mit deinem Ableben wird der Zeitzauber schwinden und die Horatio wird keinen Existenzgrund mehr haben, wenn die Zeitjäger fort sind. Eine Zeitmaschine wird es nicht mehr geben, dafür sorgen wir. Es war nicht umsonst", sagte er wohl eher erklärend zu Livia als zu Ty.

Tys metallene Gestalt nickte.

„Es wird Zeit", sagte Chronos sanft und reckte den Dolch entschlossen in die Höhe. Güte erstrahlte in seinen Augen und Livia sah ihn flehentlich an. Sie wollte es nicht wahrhaben, dass der Moment gekommen war, an dem Ty sterben sollte.

Chronos schritt langsam auf Ty zu, während Kairos Livia vehement von ihm wegzog.

Ty saß in Metall gehüllt da und seine kalte Schwärze entließ Livia. Die Löcher seines Helmes wandten sich zu Chronos. Der blecherne Oberkörper hob und senkte sich gleichmäßig. Er hatte keine Angst, doch Livia hatte sie umso mehr. Verzweifelt schluchzte sie auf.

„Nein, bitte!" Sie riss sich von Kairos los und hastete zu Ty, sie warf sich auf ihn und schlang die Arme um seinen harten Körper. Das Metall ächzte und sie spürte, wie sein mechanischer Arm sie von ihm hinunterschieben wollte. Doch es war ihr egal. Wenn er gehen sollte, dann ging sie mit.

Livia schmiegte sich an das kalte Metall und legte ihre Hand auf die silberne Brust. „Ich kann dich nicht gehen lassen", flüsterte sie unter Tränen und dachte für einen Moment, einen Herzschlag an ihrer Hand gespürt zu haben. „Ich weiß, dass du denkst, ich würde dich nicht richtig kennen. Aber das stimmt nicht. Deine Liebe war ehrlich, nicht gespielt. Du hast dich geöffnet und zugelassen, dass du verletzlich wirst. Deiner Liebe wegen. Du hättest dich für mich und meine Freunde geopfert, die auch deine Freunde geworden sind." Sie strich ihm über die Brust und spürte das Herz, das im harten Brustkorb klopfte. „Dein dunkles Herz hat einen kleinen Teil Schatten gegen das Licht eingetauscht. Und ... dafür liebe ich dich, Ty." Livia fühlte sich seltsam beschwingt. Ein warmes Gefühl strömte durch ihre Adern und umfing sie, es wiegte sie einlullend in Geborgenheit. Sie spürte, wie das warme Gefühl in das eiserne Metall eindrang und ... dort zu pulsieren begann.

Tys Körper wurde von einem sanften, goldenen Schimmer überzogen, und dann brach das Metall knarzend auf. Tiefe Risse zeichneten die Rüstung, das Silber verbog und fiel von ihm ab.

Keuchend wich Livia zurück, als Tys Körper sich von dem Metall löste und emporschwebte. Chronos erstarrte mit dem Dolch in der Hand und blickte ratlos auf das immer weiter brechende Metall.

„Was ist das?", hauchte Theodore zu Livia, doch sie reagierte nicht. Sie spürte nur weiter die Wärme in ihrem Herzen und beobachtete die zwei schwarzen Löcher im Helm, die sich nun veränderten. Die Schwärze verschwand, das Metall zerbarst und ein grelles, weißes Licht blendete alle.

Rick schrie auf und wollte zu dem schwebenden Körper springen, doch Kairos hielt ihn fest. „Lass es geschehen", hörte Livia ihn sagen, die fest daran glaubte, dass das weiße Licht etwas Gutes zu bedeuten hatte. Sie hob schützend die Hände vor die Augen, während das Licht immer greller wurde und den gesamten Raum verschleierte.

Dann wurde es von Schwärze verschlungen. Eiskalt und plötzlich breitete sie sich aus und bohrte sich in Livias Körper. Schreckerfüllt hörte sie Rick und Theodore aufkeuchen und ihr Herz zog sich krampfhaft zusammen, doch sie hatte nur einen Gedanken: Wo war Ty?

Panisch versuchte sie, etwas in der Dunkelheit zu erkennen, reckte die Arme nach vorn, um auf etwas Hartes und Metallisches zu stoßen. Doch da war nichts. Nur Schwärze. „Kairos?", rief sie panisch.

„Ja?", hauchte er an ihrem Ohr.

„Ist er ..." Sie zitterte. „... tot?"

Kairos legte ihr die Hand auf die Schultern und drückte sie sanft. Die Kälte, die ihr Herz eisern umschlang, konnte er damit nicht vertreiben. Verzweifelt schluchzte Livia und barg ihr Gesicht in den Händen. Sie hatte Ty verloren. Endgültig. Die Dunkelheit verschlang sie mit ihm und zerfraß ihrer beider Herzen. Ihr Herz, das an die Liebe geglaubt hatte. Der bodenlose Schmerz über den Verlust schnürte ihr die Kehle zu, während Kairos sie tröstend in seine starken Arme zog.

„Sei nicht traurig. Du hast Großes vollbracht." Er strich die Tränen von ihrer Wange und Livia bemerkte hinter ihrem Tränenschleier einen winzigen Lichtschein. Sie erkannte, dass Chronos mildes Licht aus seinem Zeitstab zu den Neonröhren schickte.

Im Dämmerlicht erkannte sie Theodore und Rick, die sich in den Armen lagen und um Ty trauerten. Der Stuhl, auf dem er noch vor wenigen Augenblicken gesessen hatte, war leer. Chronos' mitleidvoller Blick ruhte auf Livia und sie senkte teilnahmslos den Kopf an Kairos' Brust.

„Ich habe ihn umgebracht ..." Sie weinte leise und fühlte sich schuldig wie noch nie in ihrem Leben.

„Du hast ihn bewahrt. Vor einem Leben, das er nicht wollte", tröstete Kairos sie mit warmer Stimme. Livia wollte das nicht wahrhaben.

Die Neonröhren fanden wieder zu ihrer alten Leuchtkraft und spendeten grelles Licht. Kairos löste sich von Livia und betrachtete sie mitfühlend. „Ich weiß, es ist nicht das Ende, das du dir gewünscht hast." Der junge Gott schluckte. „Aber er wäre kein Mensch der heutigen Zeit gewesen."

Das sollte ihr Trost spenden? Sie schluchzte. Der Schmerz und ihre Schuld saßen zu tief. Wie könnte sie jemals wieder unbefangen aufstehen?

„Was passiert mit der Zeitmaschine?", fragte Rick leise, vielleicht um sich selbst von den düsteren Gedanken abzulenken.

„Mit meinem Erscheinen verweilte die Zeit in diesem Moment", erklärte Kairos geruhsam. „Wir haben noch Zeit, sie zu zerstören, bevor ich den Moment wieder freigebe."

Theodore legte den Kopf schief, als müsste er überlegen.

„Für einen Technikfreak wie dich muss das hart sein, zu begreifen, dass es eine Art Matrix gibt, was?"

Diese Stimme! Livia fuhr hoch und Gänsehaut kroch über ihren Rücken. Ihr Herz stolperte über den Keim der Hoffnung. Es war sicher nur Einbildung! Oder nicht?

Sie fing Ricks stutzigen Blick auf, bevor er sich fahrig zu der Stimme umdrehte.

„Nicht. Dein. *Ernst!*", gab Theodore blass, empört und irgendwie freudestrahlend zurück.

Bevor Livia die Situation begreifen konnte, trat ein schwarzhaariger Mann aus dem Schatten hinter Chronos' bulliger Statur hervor. Theodore war mit einem Schritt bei ihm, schloss ihn euphorisch in die Arme und klopfte ihm anerkennend auf den Rücken. Rick zog hörbar die Luft ein und hastete auf die beiden zu.

„Hey, Mann!", rief er und warf sich ebenfalls in die Umarmung.

Livia starrte reglos auf das schwarze Hinterhaar und rang mit ihrer Fassung. Wenn das eine Halluzination war, dann würde sie sich freiwillig einweisen lassen.

Chronos, der inzwischen in schallendes Gelächter ausgebrochen war, gab ihr einen kleinen Schubs. „Na mach schon!" Beherzt schob er sie zu den drei Jungs. Mit wummerndem Herzen trat sie auf diese zu, während Rick beiseite rückte. Theodore gab den schwarzhaarigen Kerl ebenfalls frei und die smaragdgrünen Augen, die sie so liebte, fixierten sie.

„Ty", hauchte sie und konnte es nicht fassen, ihn lebend vor sich stehen zu sehen. Er überwand jeden noch so kleinen Abstand zwischen ihnen und zog sie zärtlich in seine Arme. Dann umfasste er ihr Gesicht mit den Händen.

„Ich bin es wirklich, Livia", raunte er und ein sanfter Ausdruck trat in seine Augen, als er eine Träne von ihrer Wange wischte. „Ich bin bei dir, du brauchst nicht mehr zu weinen. Deine Liebe hat mich gerettet", flüsterte er und legte seine Lippen auf ihre, um sie zu küssen, als würde er sie nie wieder loslassen. Livia legte all ihre Liebe in den Kuss, der ein süßes Versprechen war, immer zu ihm zu stehen. Sie war so dankbar, dass er leben durfte und zugleich so überfordert mit ihren Emotionen, dass sie ihre Tränen trotz des Glückes nicht stoppen konnte.

Erst als Chronos sich laut räusperte, löste sich Ty verlegen von ihr und strich ihr über die tränennassen

Wangen. „Ich denke, wir sollten die Zeitmaschine zerstören", sagte der alte Zeitgott zu Kairos, der glücklich nickte.

Theodore trat schüchtern zu Livia und Ty. „Ich bin froh, dass es irgendwie doch glimpflich ausgegangen ist", sagte er lächelnd. Dann wandte er den Blick ab und Trauer verschleierte ihn, während er wehmütig zu Cleo blickte. Sie griff Theodores Hand und drückte sie.

„Wir alle werden lang brauchen, um das zu akzeptieren."

Theodore nickte und seufzte leise. „Ich hab sie wirklich gemocht."

„Ich weiß", sagte Ty und legte kameradschaftlich seine Hand auf dessen Schulter. „Wir finden eine, die dich wirklich verdient hat", versuchte er ihn zu trösten, und Theodore lächelte schief.

„Amber lebt noch", sagte er dann. Livia folgte seinem Blick zu der am Boden liegenden Amber, deren Brustkorb sich unregelmäßig hob und senkte.

„Was wird jetzt aus ihr?", fragte Rick.

„Ich denke, die Polizei wird hier sein, sobald ich den Moment freigebe", antwortete Kairos. „Aufgrund eurer Aussagen wird sich ihr Schicksal dann zusammenfügen. Es liegt in euren Händen."

Chronos nickte zustimmend. „Sie wird immer an ihr Vergehen erinnert werden, denn sie wird etwas verlieren."

Livia schluckte hart. Jetzt war sie an der Reihe, ihre beste Freundin zu verraten.

Ty griff Livias Hand und drückte sie.

„Deine Liebe hat ihn gerettet", sagte Kairos anerkennend und ehrfürchtig. „Dein goldenes Leuchten hat seine Seele berührt und ihn vor dem Tod bewahrt. Das war der älteste aller Zauber."

Livia schluckte. „Ich wusste nicht, was ich tat. Ich war nur so unendlich traurig und wollte ihn nicht gehen lassen."

„Ein Glück bist du aber auch hartnäckig", erklärte Ty liebevoll.

„Ich denke, wir werden nicht mehr länger gebraucht." Auffordernd sah Chronos zu seinem Götterenkel. Livia meinte, einen wehmütigen Schimmer in seinen alten Augen zu sehen, als er die bullige Hand fest um den Zeitstab schlang.

„Aber wie genau erklären wir der Polizei Cleos Tod?", fragte Theodore und rieb sich übers Kinn. „Was passiert, wenn sie uns nicht glauben? Ist es im Grunde nicht so, dass Rick und ich hier eingebrochen sind? Und warum hatte das Glas der Areia einen Sprung?"

Chronos hob beschwichtigend die freie Hand. „Junge, sei unbesorgt. Die Polizei wird euch glauben." Er zog eine Rolle Pergament aus seinem Ärmel. „Dies ist eine komplette Schilderung der Ereignisse der letzten Stunden. Unterschrieben mit meinem Namen und meinem Zeichen. Ich denke, das sollte Beweis genug sein", erklärte er souverän.

„Andernfalls werde ich das der Polizei schon weismachen." Kairos grinste. „Ich wollte schon immer mal auf ein Revier und dort für Unruhe sorgen."

„Untersteh dich!", grollte Chronos. „Du wirst jetzt erst einmal für lange Zeit wieder im Götterhain bleiben", befahl er seinem Enkel, der Livia frech zuzwinkerte.

„Ach, und die Areia", setzte Chronos noch mal an. „Zu meinem Leidwesen wird das auf Tys moralischen Wandel zurückzuführen sein."

Kairos nickte geschäftig. „In dem Moment, als er der Liebe seine Zeit schenkte, begann er schon am Bruch des Fluches zu arbeiten. Um ihn komplett zu bannen, war nur noch Livias Herz nötig, das sie dir vorhin so golden geschenkt hat", erklärte er stolz. „Ich wünsche euch nur das Beste. Nutze deine zweite Chance", sagte Kairos an Ty gewandt.

Dieser drückte lächelnd Livias Hand, während Chronos seinen Zeitstab aktivierte und der sanfte Lichtschein ihn und Kairos einhüllte. Die Neonlampen surrten lauter als zuvor und langsam verschwammen die Konturen der beiden Götter.

„Liebe überwindet jeden Fluch", hallte es durch den Raum, als die beiden goldenen Augenpaare ihre Schärfe verloren und schließlich im ewigen Kosmos verschwanden.

„Okay. Wie war das? Jetzt kommt die Polizei?" Rick blickte nervös zur Tür. „Leute, ich weiß nicht, ob die mich ernst nehmen mit dem hier." Er deutete auf seinen Neoprenanzug und Ty grinste, bevor die Tür auch schon aufschwang und die Polizei den Raum schwerbewaffnet stürmte.

Livia aber blieb ruhig und hielt Tys Hand. Denn jetzt würde alles gut werden.

KAPITEL 15

Monate später

Zufrieden saß Ty in dem alten Ohrensessel, den er und Livia für ihre Wohnung nahe dem Campus ausgesucht hatten. Eine große Tasse Tee stand auf dem luxuriösen Glastisch, zu dem er Livia wirklich lange überreden musste. Auf seinem Schoß ruhten alte Pergamentrollen, die ihm vom Leben seines Bruders erzählten. Nachdem Livia ihm erzählt hatte, wo die Hinterlassenschaft auf Pergament versteckt war, rettete er diese aus dem alten Lager, ohne dass es jemand bemerkte. In der gläsernen Vitrine im Wohnzimmer hatte sie einen Ehrenplatz bekommen. Ty wollte immer an seine dunkle Vergangenheit erinnert werden, um die zweite Chance, die er durch Livia bekommen hatte, zu schätzen zu wissen. Ja, er bereute es, seinen Diener vor langer Zeit öffentlich hingerichtet zu haben – aus purer Langeweile. Doch heute war er ein anderer Mensch. Durch Chronos' Fluch und Livias Liebe hatte er erkannt, was wirklich im Leben zählte, und er wünschte sich, er hätte niemals gemordet und diese tief sitzende Schuld auf sich geladen.

Sein Blick glitt neben die Vitrine, zu den Medaillen an der Wand. Er hatte es geschafft, bei den Ruderern aufgenommen zu werden. Rick war unglaublich stolz auf ihn.

Ty stand schmunzelnd auf und legte die alten Rollen wieder auf die gläserne Zwischenwand der Vitrine, als das Türschloss knackte.

„Hallo Schatz, ich habe Theodore mitgebracht", hörte er Livias fröhliche Stimme aus dem Hausflur. Er schnaubte empört auf. Die alten Kabbeleien waren schon ein Ritual zwischen ihm und Theodore, der nun lachend das Wohnzimmer betrat.

„Hey, Mann", begrüßte er Ty und sank auf das Sofa.

„Mein Lieblingsnerd", erwiderte Ty und zog eine Grimasse. Theodore verdrehte gespielt genervt die Augen und grinste.

„Tee?", fragte Livia und küsste Ty zur Begrüßung. Theodore nickte und Ty holte ihm eine Tasse aus dem antiken Geschirrschrank. Dann goss er ihm vom Tee ein. Dankend nahm Theodore die Tasse und seufzte.

„Okay, was ist mit dem los?", fragte Ty skeptisch und blickte fragend zu Livia, die bis über beide Ohren grinste.

„Er ist verliebt", antwortete sie.

Überrascht hob Ty die Augenbrauen. Theodore hatte lange an Cleos Tod zu nagen gehabt. Die Wochen nach den nervenaufreibenden Aussagen auf dem Polizeirevier, die darauffolgenden Gerichtsverhandlungen und Cleos Beisetzung hatten allen und besonders Theodore zu schaffen gemacht.

„Okay", sagte er langsam und musterte den Nerd neugierig. „Wer ist die Glückliche?"

Livias Lächeln nahm einen gequälten Touch an. „Du wirst es nicht glauben", sagte sie und ihm schwante nichts Gutes. Er erhaschte einen Blick auf Theodores verträumte Miene.

„Wer ist es?", fragte er noch einmal.

„Penelope", seufzte Theodore und Ty schlug sich auf die Stirn.

„Das ist jetzt nicht dein Ernst", motzte er empört, aber Livia nickte.

„He, ihr müsst zugeben, die letzten Monate war sie unglaublich freundlich und gütig und nett und lieb und wunderschön und toll ...", schwärmte Theodore. Dann hob er den Zeigefinger und sagte ernst: „Außerdem ist mir ihre südländische Schönheit schon immer aufgefallen."

Ty konnte nicht anders, als zu lachen, und Livia stimmte mit ein.

„Er hat recht, ich glaube, manchmal bereut sie ihre Gemeinheiten etwas", pflichtete sie Theodore bei und erntete dessen dankbaren Blick.

„Der Nerd und das Biest. Was für eine Ironie", sagte Ty und nahm einen großen Schluck Tee. Dann holte er die Tageszeitung und legte sie demonstrativ auf den Wohnzimmertisch, um das Thema zu wechseln. „Habt ihr es schon gesehen? Heute wird sie entlassen."

Betretenes Schweigen trat ein. Auf der Titelseite prangte ein Bild von Amber in Handschellen. Mittlerweile tat sie ihm fast schon leid. Nachdem sie bewusstlos von der Polizei abgeführt worden war, erwachte sie im Krankenhaus unter höchster Sicherheitsverwahrung. Anschließend musste sie ihre Gefängnisstrafe antreten.

In Livias Miene sah er den aufkeimenden Schmerz, doch Amber hatte bekommen, was sie verdiente.

„Ja, ich hoffe, sie wird sich eines Tags ändern", flüsterte Livia und Ty hauchte ihr einen Kuss auf den Scheitel.

„Ich bezweifle, dass sie das wird. Aber ihre gerechte Strafe hat sie bekommen."

Theodore nickte. „Wer weiß, vielleicht sind wir eines Tages so weit und besuchen sie im Gefängnis." Damit drehte er die Zeitung um und stellte seine Teetasse darauf. „Jetzt zu einer freudigeren Tatsache. Wann wirst du dein Studium beginnen?", fragte er Ty.

„Zum nächsten Semester", antwortete Livia für ihn und drückte stolz seine Hand. „Ich kann es kaum glauben, dass neben mir ein zukünftiger Professor für Historik sitzt."

Ty lächelte bei dem Gedanken, dass er eines Tages sein Wissen niederschreiben und an die hoffentlich lernfreudigen Studenten weitergeben durfte. Denn er hatte die Chance bekommen, sein Leben noch einmal zu leben, und das würde er tun. Aber so richtig! Mit Livia an seiner Seite, einem erfüllenden Beruf und Freunden wie Theodore, der sich hoffentlich nicht mit Penelope ... Ach, lassen wir das.

ENDE